Fiancés sur ordre du roi

TORI PHILLIPS

Fiancés sur ordre du roi

Les Historiques

éditions HARLEQUIN

Collection : LES HISTORIQUES

Titre original : MIDSUMMER'S KNIGHT

Traduction française de MARIE-FRANCE BALAZS-KNOPP

Ce roman a déjà été publié en août 1999

Photo de couverture
Sceau : © ROYALTY FREE / FOTOLIA

83-85, boulevard Vincent-Auriol, 75646 PARIS CEDEX 13.
Service Lectrices — Tél. : 01 45 82 47 47
www.harlequin.fr

ISBN 978-2-2802-3250-0 — ISSN 1159-5981

Chapitre 1

Hampton Court, Angleterre, mai 1530

— Ma… mariage ?

Sir Brandon Cavendish, gentilhomme de la chambre du roi, prononça le mot terrible avec un hoquet, comme s'il venait de recevoir un coup dans l'estomac. Puis il abaissa sa raquette, bien qu'il fût en train de gagner le set, et laissa sans réagir la balle de son adversaire lui effleurer l'oreille.

Ravi de ce moment d'inattention, son vis-à-vis, qui n'était autre qu'Henri, huitième du nom et roi d'Angleterre, poussa un véritable rugissement de satisfaction :

— J'ai marqué, Cavendish, et vous voilà enfin en mauvaise posture !

L'intéressé se contenta de hausser ses larges épaules.

— Pas encore, Sire, rectifia-t-il, même si vous tentez de me désarçonner avec vos plaisanteries !

Plût au ciel qu'il ne s'agît en effet que d'une mauvaise farce ! pria-t-il mentalement. Quel autre motif aurait pu pousser le roi à aborder un sujet aussi désagréable par cette belle journée de printemps ?

Pour toute réponse, Henri émit un rire tonitruant qui se répercuta entre les murs de bois de la salle de jeu de paume de Hampton Court.

— J'ai bien l'intention en effet de vous battre ! précisa-t-il enfin. Attention, second service !

Sur cet avertissement, il se pencha en arrière et lança vers sa victime une nouvelle balle. Brandon réussit à la renvoyer, mais sans sa puissance habituelle. Ses pensées étaient décidément ailleurs ! Quel mauvais tour le roi s'apprêtait-il à lui jouer ? se demanda-t-il avec appréhension. Henri semblait en effet d'une bonne humeur inquiétante, bien qu'il fût mené par deux sets à zéro !

Incapable de trouver pour l'instant une réponse satisfaisante à ses questions, le gentilhomme essuya du revers de sa manche la transpiration qui perlait à son front, puis passa une main dans ses cheveux blonds.

— J'ai gagné, Sire, s'écria-t-il, bien que vous m'ayez pris un point d'une façon plus que contestable !

Après avoir tendu sa raquette à un valet, le roi se dirigea vers la galerie latérale, où un page attendait les joueurs avec un pichet de vin frais et des gobelets en argent. Puis il lança d'un ton goguenard :

— Allons donc, Cavendish ! La vérité, c'est que vous grossissez en prenant de l'âge, ce qui nuit à votre souplesse.

Brandon voulut répliquer, mais se mordit la langue à temps. Inutile de faire remarquer au roi qu'il était lui-même plus âgé, et surtout plus corpulent que son adversaire ! Il fallait savoir exactement où s'arrêter lorsqu'on s'adressait à Henri. Il avait beau en effet jouer les sportifs francs et débonnaires, il cachait sous cette jovialité apparente un caractère vaniteux et emporté. Après tout, un jeu perdu n'avait aucune importance et mieux valait ne pas risquer sa vie pour si peu !

Résigné, Cavendish vida son verre d'un trait, sans réussir à dissoudre le goût amer que le mot « mariage » lui laissait toujours dans la bouche. Il savait parfaitement qu'il n'avait pas l'étoffe d'un bon époux et n'avait jamais éprouvé pour une femme un intérêt qui durât plus d'une quinzaine !

— Il n'est pas très loyal de se moquer d'un homme qui

joue sérieusement ! murmura-t-il après s'être essuyé les lèvres du revers de la main.

— Mais j'étais très sérieux, Cavendish, assura Henri, dont les yeux pétillèrent.

Brandon respira profondément dans l'espoir de recouvrer son calme et remarqua d'un ton posé :

— Si vous me parlez de mariage, Sire, j'ai bien peur que ce ne soit en vain. Il ne me faudrait même pas un mois pour être fatigué de mon épouse, si je m'avisais d'en prendre une !

Henri pinça la bouche sous ses moustaches rousses.

— C'est votre opinion, répliqua-t-il, mais votre père, lui, est fatigué de vous voir célibataire !

Irrité, Brandon poussa malgré lui un grognement de dépit. Où diable Sa Majesté voulait-elle en venir ?

— La semaine dernière, reprit le roi, sir Thomas m'a envoyé une longue lettre afin de requérir mon aide dans une importante affaire de famille.

Il s'interrompit un instant pour faire signe au page de leur verser un second verre, et continua :

— Il semble que vous soyez resté sourd à toutes ses supplications, chaque fois qu'il a abordé avec vous la question de votre avenir !

Brandon fit un geste de protestation. Une pensée très peu filiale venait de lui traverser l'esprit. Il était décidément las des bonnes intentions de son cher père. Le brave vieillard ne pouvait-il enfin le laisser tranquille ?

— Mon avenir, c'est de vous servir, Sire, affirma-t-il en choisissant ses mots avec soin.

— Certes, et vous continuerez à le faire… mais pas à la cour ! rétorqua Henri en frappant vigoureusement le dos de son compagnon.

Surpris par cette bourrade, Brandon eut le plus grand mal à ne pas répandre le contenu de son verre sur les souliers du roi !

— Ne parlons plus de mariage, je vous en prie ! implora-t-il. Puis-je savoir ce que mon père vous a demandé ?

— Mais c'est précisément là le sujet de sa lettre ! Ce brave comte de Thornbury en a assez d'attendre en vain que son fils aîné veuille bien fonder un foyer. Aussi s'est-il adressé à moi.

Le roi fronça les sourcils et son regard s'assombrit.

— Sans doute a-t-il pensé que j'étais particulièrement à même de le comprendre, acheva-t-il. Le désir d'avoir un héritier ne m'est certes pas étranger !

Cette réflexion provoqua un silence de mort chez les courtisans qui se tenaient dans la galerie, et Brandon lui-même resta coi. Tout le monde savait que le roi avait un désir frénétique d'engendrer un fils pour assurer sa succession. Ce besoin, jusque-là insatisfait, l'avait amené à exiler son épouse, la sainte mais stérile reine Catherine, dans un manoir isolé des Midlands. Avide d'occuper la place vacante, lady Anne Boleyn, fille du vicomte Rochford, n'avait eu aucun mal à séduire Henri. Il lui avait suffi d'affirmer qu'elle donnerait une pleine maisonnée d'enfants à l'homme qui l'épouserait !

Quoi qu'il en fût, ce sujet tenait fortement au cœur du roi, qui ne demandait pas mieux que de laisser s'exprimer cette obsession. Brandon regrettait seulement que cela se fît à ses dépens !

— Le choix d'une femme ne peut s'effectuer à la légère ! murmura-t-il sans oser affronter le regard du roi.

Il joua un instant avec sa raquette et ajouta d'un ton qu'il voulait désinvolte :

— Surtout quand il reste tant de sets à jouer !

Le roi se dérida brusquement.

— C'est vrai, concéda-t-il. Votre dernière partie, Cavendish, a été plutôt rapide !

La lueur moqueuse qui brillait dans les yeux de son interlocuteur inquiéta Brandon.

— Parlons-nous toujours de jeu de paume, Sire ? interrogea-t-il d'un ton léger.

Les spectateurs qui se tenaient dans la galerie se penchèrent sans vergogne pour entendre la réponse du roi. Il y avait là quelques dames que Brandon avait ouvertement courtisées ces dernières années, et elles ne dissimulaient pas leur intérêt pour la conversation. Quant à lady Anne Boleyn et à sa dame de compagnie, lady Olivia Bardolph, elles sourirent franchement, ravies de voir Cavendish en si mauvaise posture.

— Allons, vous m'avez compris ! fit le roi d'une voix tonitruante. Je parle évidemment du jeu du mariage ! Il y a assez longtemps que vous êtes un adepte des « parties rapides »...

Le roi s'interrompit pour jeter un regard sur la compagnie féminine, qui suivait l'échange dans un charmant déploiement d'étoffes colorées et de bijoux scintillants.

— ... au grand désespoir de vos amies ! compléta-t-il. Aussi ai-je décidé de vous trouver moi-même la perle rare.

Un chuchotement s'éleva des gradins, et Brandon blêmit d'une rage impuissante.

— Une femme pour moi ? se récria-t-il. Allons, Sire, vous avez déjà tant d'affaires importantes ! L'indiscrète demande de mon père risque de vous faire perdre votre précieux temps.

— Laissez là vos craintes, Cavendish. Tout est déjà réglé !

— Vous avez arrangé une union ? questionna Brandon, abasourdi.

Le rire d'Henri fusa de nouveau, couvrant les chuchotements de ses courtisans.

— Oui, assura-t-il, avec une charmante dame qui possède un grand domaine dans le Sussex ! Il s'agit de lady Katherine Fitzhugh, de Bodiam Castle. Vous l'épouserez pour la Saint-Jean, car tel est mon bon plaisir. Les bans ont été publiés ce matin par l'archevêque de Canterbury. Vous partirez dès que possible dans le Sussex pour faire la cour à votre fiancée !

Brandon faillit s'étrangler. Se marier à une femme inconnue dans moins d'un mois, et renoncer pour elle à sa liberté ? C'était tout bonnement impossible ! Aussi, pourquoi son père avait-il décidé qu'il lui fallait un autre héritier ? Assez d'enfants trottinaient déjà dans la demeure familiale de Wolf Hall, et Brandon ne voyait aucune raison de prendre femme à son tour. Il avait déjà bien assez de responsabilités familiales ! Belle, sa fille naturelle, lui mènerait une vie d'enfer s'il faisait entrer une épouse à la maison ! Et que dire de Francis Bardolph, son petit page ?

Brandon jeta un rapide regard à la mère du jeune garçon, lady Olivia Bardolph, qui se tenait avec les autres dames dans la galerie. Bien que Francis ne soupçonnât pas encore qui était son vrai père, il ressemblait de plus en plus à un Cavendish, et sa filiation n'était un secret pour personne. Comment l'heureux père allait-il s'y prendre pour présenter à sa fiancée ces deux enfants de l'amour ?

— Eh bien, cria le roi en se tournant vers sa cour, regardez un peu lord Cavendish ! Il a l'air d'un poisson pris dans une nasse !

Et il ajouta à l'adresse de Brandon :

— Vous avez peut-être remporté quelques sets, bourreau des cœurs, mais j'ai bel et bien gagné le match !

— Seigneur, qu'ai-je fait pour mériter ce triste sort ?

Désemparée, lady Katherine Fitzhugh se laissa tomber sur l'un des bancs de pierre qui bordaient la roseraie de Bodiam Castle. Elle s'éventait avec un parchemin cacheté à la cire rouge, qui portait gravées les armes du roi.

Miranda Paige, la cousine et dame de compagnie de Kat, abandonna aussitôt son panier de jardinière sur une plate-bande.

— Que se passe-t-il, ma chérie ? interrogea-t-elle avec sollicitude. Avez-vous reçu de mauvaises nouvelles de la cour ? Que fait votre chenapan de neveu ?

Ainsi questionnée, Kat poussa un profond soupir et ne put bredouiller qu'un seul mot :

— Mariage !

— Fenton s'est marié sans votre permission ? s'écria Miranda, qui prit son mouchoir et en éventa le visage de sa cousine.

— Non, non ! C'est pire que cela, tenta d'expliquer Katherine, qui avait l'impression d'étouffer dans sa collerette blanche.

Elle relut la missive royale, dans l'espoir qu'elle avait peut-être mal compris le message. Hélas ! il n'en était rien !

— Dieu me vienne en aide ! murmura-t-elle. Je suis vraiment anéantie !

Décidément très inquiète, Miranda cessa d'agiter son mouchoir, au grand soulagement de sa cousine.

— Voulez-vous que j'appelle Montjoy ? proposa la jeune fille. Il vous soutiendra jusqu'à votre chambre et vous pourrez vous coucher. A moins que vous ne préfériez prendre un cordial ! Je peux demander à Sondra de…

Coupant la parole à sa compagne, Kat s'écria :

— Demandez plutôt que la foudre détruise Hampton Court ! C'est tout ce qui peut me sauver désormais.

Interloquée, Miranda saisit la main de sa cousine.

— Mais enfin, interrogea-t-elle, qui va se marier ? Est-ce donc moi ?

Kat vit briller une lueur d'espoir dans les yeux de la jeune femme, et malgré sa détresse elle eut un faible sourire. Pauvre Miranda ! songea-t-elle. Bien qu'elle eût dépassé l'âge fatidique de vingt-cinq ans, elle était toujours aussi romantique et rêvait sans désemparer du grand amour, comme si les deux mariages malheureux de sa cousine n'auraient pas dû lui servir d'exemple !

— Vais-je enfin avoir un mari ? insista Miranda.

— Je le voudrais bien, ma chérie. Hélas ! c'est de moi qu'il s'agit, et le roi m'envoie un ordre formel…

— Pour l'épouser ? interrompit la jeune fille, consternée. Mais il est déjà marié depuis vingt ans à la bonne reine Catherine, et on dit qu'il a une maîtresse !

— Non, il ne s'agit pas de lui. Il veut que je convole avec un godelureau de la cour, nommé…

Kat hésita et consulta de nouveau la lettre avant de poursuivre :

— … sir Brandon Cavendish, le fils aîné du comte de Thornbury. Mais peu importe de qui il est question ! Depuis que le Seigneur m'a fait la grâce de rappeler Fitzhugh à Lui, j'espérais…

— Dieu ait son âme, coupa Miranda en entendant le nom du défunt.

— Economisez votre salive, ma mie. Si la justice divine n'est pas un simple mot, cet homme rôtit en ce moment même dans le feu de l'enfer.

Effrayée, Miranda fit un rapide signe de croix et s'exclama :

— Oh ! Kat, cela porte malheur de dire du mal des morts ! Vite, faites une prière !

— Vous la direz à ma place, ma chérie. Fitzhugh a suffisamment entendu les miennes lorsqu'il était en vie… et n'en a jamais tenu compte. Aussi n'en gaspillerai-je pas une de plus pour son salut !

Elle agita la lettre du roi et soupira d'un air pensif :

— Ces deux années ont été pour moi un tel repos ! Après avoir survécu à deux maris comme les miens, j'espérais passer le reste de ma vie à m'occuper tranquillement de Bodiam. Je ne veux pas me lier de nouveau à un homme !

— Peut-être celui-ci sera-t-il différent, suggéra Miranda.

— Impossible ! D'ailleurs, je suis fatiguée des maris.

— En ce cas, écrivez au roi, et tâchez de le faire changer d'avis !

Kat eut un rire sans joie.

— Vous ne le connaissez pas ! se récria-t-elle. C'est l'homme le plus obstiné du monde et il est incapable d'en démordre. Non, je suis bel et bien perdue, croyez-moi !

Miranda saisit le parchemin que Kat avait laissé tomber sur le banc et souligna d'un doigt le nom du prétendant.

— Si seulement vous pouviez me le donner ! murmura-t-elle pensivement. J'aimerais tellement tenter ma chance !

— Vous n'êtes pas réaliste ! assura Kat. Le mariage est un paradis pour l'homme, et un enfer pour la femme. Tout ce que ces messieurs recherchent, c'est une ménagère pour s'occuper de leur maison, et une mère qui mette leurs enfants au monde !

Elle s'interrompit un instant avec une moue douloureuse, car il lui était impossible d'oublier que ses deux précédentes unions étaient restées stériles.

— Notre roi ne pense qu'au mariage, reprit-elle au bout d'un instant. Il ferait mieux, en l'occurrence, de gérer ses propres affaires. Qu'il épouse la Boleyn et me laisse profiter de mon veuvage !

— Chut ! fit Miranda, qui jeta par-dessus son épaule un regard inquiet. Ne parlez pas ainsi du roi, ma chérie. Il est risqué de lui manquer de respect, même ici !

Kat poussa un soupir.

— Vous avez raison, reconnut-elle. Mais que faire ?

— Quand votre prétendant doit-il venir ?

— Le roi a écrit sa lettre il y a huit jours, et il précise que ce Cavendish doit partir incessamment. Seigneur Dieu, il pourrait être à Bodiam aujourd'hui même !

Trop agitée pour rester immobile, Kat se leva et se mit à arpenter l'allée. Elle devait absolument trouver un moyen d'échapper à ce mariage, si elle ne voulait pas voir son bonheur fondre comme neige au soleil ! Tout plutôt que de vivre de nouveau une relation formelle et sans amour…

— Peut-être s'est-il perdu en route, suggéra sa cousine avec une moue malicieuse.

— Je n'ai pas le cœur à rire, Miranda ! L'idéal, ce serait que je puisse observer un peu mon prétendu fiancé. J'aurais vite fait de savoir à quoi m'en tenir sur son caractère !

Incapable de répondre à cette suggestion, Miranda reprit machinalement sa tâche, qui consistait à débarrasser une plate-bande de ses mauvaises herbes. Tout en travaillant, elle se mit à chantonner sur l'air d'une comptine pour enfants :

— Un Cavendish part à la chasse, lirelirela, mais comme il n'y a pas de biche au bois, c'est une laie qu'il ramènera, lala…

Kat s'arrêta brusquement et se frappa le front de la main.

— Voilà l'idée ! s'écria-t-elle. Bravo, ma petite Miranda !

— Quoi donc ? s'étonna la jeune fille.

Sans répondre, Kat prit la main de sa cousine.

— Venez, lui enjoignit-elle, vous n'avons pas de temps à perdre en bavardages.

— Qu'allons-nous faire ? interrogea Miranda, tandis que sa cousine l'entraînait vers le château.

— Echanger une biche contre une laie ! répliqua Kat avec un sourire malicieux.

— Vous pouvez vous lever, milord, ils sont partis !

A ces mots, sir Fenton Scantling rejeta draps et couvertures et lança un coup d'œil prudent vers la porte. Par tous les diables ! songea-t-il. Comment les marchands londoniens osaient-ils envoyer leurs larbins jusqu'ici pour exiger de lui le paiement de ses factures ? On était tout de même à Hampton Court, le palais du roi ! Pourvu que personne n'eût entendu le raffut ! Il avait eu beau se calfeutrer dans la chambre, ces insolents ne l'en avaient pas moins agoni d'insultes par le trou de la serrure.

D'un coup de pied, Fenton se débarrassa de la courtepointe, puis il se leva d'un bond et alla s'examiner devant la glace. Sa toilette ayant été quelque peu dérangée par cet épisode intempestif, il déplissa son pourpoint de velours violet, et rajusta la chaîne en or qui pendait autour de son cou.

Tod Wormsley, son valet de chambre, s'empressa de redonner du gonflant à ses manches bouffantes en satin, que le séjour au lit avait considérablement aplaties.

— Cette couleur décidément me sied ! observa Fenton. Qu'en pensez-vous, Wormsley ?

— Elle est du meilleur effet, approuva le valet, qui saisit le chapeau plat de Fenton, dont il fit friser la plume entre ses doigts. Mais la mode de nos jours coûte cher, s'il faut en croire ces garçons tailleurs qui vous ont rendu visite !

Scantling faillit gifler le valet pour le punir de son insolence, mais il se ravisa à temps. Il avait trop besoin de ce railleur de Wormsley pour risquer de perdre ses services ! Seulement, ce satané garçon devait apprendre à ne pas aller trop loin !

— Je vois à votre air qu'il y a du nouveau, dit-il au serviteur, dont il avait remarqué l'air pétillant de malice. Allons, parlez !

Tod Wormsley souffla délicatement sur la plume du couvre-chef avant de répliquer :

— Il est vrai que vous revenez juste de Londres et n'avez sans doute entendu parler de rien !

— Le roi a-t-il enfin obtenu le divorce ? interrogea Fenton. Anne Boleyn attend-elle un enfant ? Voilà qui mettrait la cour en ébullition !

— Oh ! non, milord ! Les nouvelles dont je parle vous concernent personnellement.

— Eh bien, parlez ! s'écria le jeune homme, à qui la main démangeait de nouveau. J'ai mieux à faire que de jouer avec vous !

Tod se passa la langue sur les lèvres avant de déclarer :

— Il va bel et bien y avoir un mariage, milord, mais le futur est sir Brandon Cavendish !

A l'énoncé de ce nom, Fenton éclata de rire.

— Ainsi, le bourreau des cœurs a fini par donner dans un piège ! s'esclaffa-t-il. Aurait-il fait un enfant à une pauvre fille, dont le père aurait exigé réparation ? Je parierais qu'il ne va pas à l'autel de son plein gré !

Tod s'éclaircit la voix et expliqua :

— C'est un mariage arrangé à la requête du père de

Brandon, et ordonné par le roi lui-même. L'heureuse élue est votre tante, lady Katherine Fitzhugh. Les noces auront lieu dans un mois, le jour de la Saint-Jean.

— Qu… Quoi ? s'exclama Fenton.

Il eut brusquement l'impression que son col l'étouffait et qu'il ne pouvait plus respirer ! La bouche grande ouverte, il tenta de proférer quelques sons, mais sans aucun succès. D'un geste, il montra à Tod le flacon de vin à demi plein qui se trouvait sur la table, et le valet s'empressa de remplir une coupe, qu'il tendit à son maître. Fenton avala le breuvage d'un trait, sans réussir à dissiper le goût amer qui lui emplissait la bouche.

Voyons, ce n'était pas possible, songea-t-il dans son désarroi. Qu'avait-il fait pour mériter cela ? Il avait toujours été pour Kat un neveu prévenant, bien que souvent absent. Il s'était montré constamment poli, même avec cette geignarde de cousine Miranda. Chaque fois qu'il allait à Bodiam, il n'oubliait jamais d'apporter aux deux femmes de petits présents.

A vrai dire, il ne se rendait au château que lorsque ses fonds étaient en baisse, et s'était fort réjoui, deux ans plus tôt, lorsqu'une attaque avait envoyé l'oncle Edward *ad patres*. La mort de l'irascible gentilhomme avait fait de lui l'unique héritier de lady Katherine, ce dont il se félicitait sans vergogne. Mais le mariage de Kat avec un étalon comme Cavendish, qui ne manquerait pas de faire des enfants à son épouse, représentait tout simplement la mort de ses plus chères espérances !

— Tout va bien, milord ? interrogea Wormsley en lui versant une nouvelle rasade.

Fenton vida la coupe et répliqua d'un ton acerbe :

— Je vais aussi mal que possible, et il devrait en être de même pour vous, car votre sort est lié au mien ! Mais trêve de paroles inutiles. Dites-moi plutôt où est Cavendish. A-t-il déjà quitté Hampton Court ?

— Non. Il cherche à gagner du temps, dans l'espoir que le roi reviendra sur sa décision.

Cette remarque eut raison de la mauvaise humeur de Fenton, qui esquissa même un léger sourire.

— Ah ah ! s'écria-t-il. Ce cher Cavendish se ferait-il tirer l'oreille ?

— Il paraît qu'il s'est quasiment évanoui sur le court de jeu de paume, lorsque le roi lui a signifié qu'il devait épouser lady Katherine dans un mois !

Ravi, le jeune homme se frotta les mains et s'exclama :

— C'est bien mieux que je ne pensais !

Sur ce constat rassurant, Fenton mit son chapeau et annonça :

— Je vais tâcher de trouver Cavendish, afin d'aborder avec lui ce sujet éminemment familial. Ne m'attendez pas trop tôt, Wormsley, car j'ai l'intention d'aller jouer après le souper. Par les cornes du diable, j'ai l'impression que la fortune va enfin me sourire !

Bien que les galeries de Hampton Court fussent un véritable labyrinthe, Fenton eut tôt fait de mettre la main sur celui qu'il cherchait. Retiré à l'écart de la foule, sous les arches de la cour, Cavendish était en grande conversation avec son compère John Stafford.

Aussi grands l'un que l'autre, les deux chevaliers se ressemblaient comme des frères. Pourvus de larges épaules et de hanches étroites, ils possédaient tous deux une prestance qui faisait l'admiration des dames de la cour, depuis les comtesses jusqu'aux filles de cuisine. Mais ce jour-là, les deux amis avaient d'autres préoccupations, comme Fenton put en juger en s'approchant d'eux en catimini.

— Ne vous leurrez pas, mon ami, conseillait Stafford à Cavendish. Le roi ne changera pas d'avis, et déteste que l'on ne se soumette pas à sa fantaisie. Or, déplaire à Henri, c'est risquer la mort !

Le causeur aperçut alors Fenton et interrompit son discours par ces mots :

— Attention, voici ce petit vaurien de Scantling !

Le nouveau venu, qui avait parfaitement entendu la remarque, ravala tant bien que mal son mécontentement et s'inclina devant les deux amis tout en murmurant :

— Milord Stafford, milord Cavendish… à moins que je ne doive vous appeler désormais « oncle Brandon », puisque nous allons être bientôt apparentés !

Les deux hommes lui rendirent son salut, mais il était facile de voir que Cavendish était de fort méchante humeur.

« Tant mieux, songea Fenton, cela prouve qu'il est aussi réticent que moi devant cette alliance ! »

— Quel mauvais vent vous amène ? interrogea Brandon d'un ton peu amène.

— A en juger par l'odeur qui émane de sa personne, intervint Stafford, il doit venir tout droit des bas-fonds londoniens !

Le jeune homme esquissa un sourire forcé.

— Messieurs, vous me récompensez bien mal de l'empressement que j'ai mis à venir vous saluer, protesta-t-il. Je tenais à vous parler avant que vous ne demandiez la main de ma tante, lord Cavendish.

— Que voulez-vous dire ? questionna Brandon.

Fenton se rapprocha des deux hommes et baissa la voix pour expliquer :

— Il s'agit de lady Katherine, sir Brandon. Il vaudrait mieux que vous sachiez la vérité sur elle avant de vous engager. Ce n'est peut-être pas mon rôle de vous prévenir, mais…

Impatienté par ces précautions oratoires, Cavendish agrippa l'épaule de son interlocuteur, qu'il secoua sans ménagement.

— Parlez donc ! lui enjoignit-il. Est-ce une femme de mauvaise vie ?

— Oh ! non ! se récria Fenton, sa vertu est sans tache. En fait, c'est de son âge que je voulais parler.

— Vous vous moquez de moi, gronda Brandon, et je ne suis pas d'humeur à me prêter à vos plaisanteries. Dépêchez-vous, car ma dague ne demande qu'à sortir de son fourreau !

Fenton avala péniblement sa salive avant d'articuler :

— Eh bien, ma tante Katherine est… âgée. Je suis vraiment surpris que le roi vous ait choisi une pareille épouse, car elle est désormais beaucoup trop vieille pour mettre des enfants au monde. Du reste, ses deux premiers mariages sont restés stériles.

— Mais enfin, elle n'est tout de même pas centenaire ! explosa Brandon, qui avait grand-peine à contenir sa croissante exaspération.

— Bah ! vous connaissez les femmes ! rétorqua Fenton. Elles ne se gênent pas pour tricher avec leur date de naissance. Je ne saurais dire l'âge exact de ma tante, mais je pense qu'il est plus proche de celui de votre mère que du vôtre !

Déconcerté, Cavendish jeta un regard pensif vers la chapelle qui s'élevait de l'autre côté de la cour, et dont les vitraux étincelaient dans le soleil. Ce fut lord Stafford qui reprit l'entretien en demandant :

— Qu'est-il donc arrivé aux deux maris ?

Cette question remplit Fenton d'allégresse. Enfin, le poisson avait mordu à l'appât !

— Ne vous a-t-on pas informés que ma tante était veuve ? interrogea-t-il d'un ton faussement naïf.

C'en fut trop pour Brandon, qui empoigna la chaîne du jeune homme et le tira violemment à lui. Pourvu que les maillons ne cèdent pas ! pria mentalement Fenton. Ce bijou lui avait coûté les yeux de la tête, et il y avait consacré plusieurs mois de la pension que lui versait sa tante.

— Dites-moi tout ! ordonna Cavendish d'une voix menaçante.

Fenton reprit son souffle et déclara d'une traite :

— Tante Kat a été d'abord mariée à lord Thomas Lewknor.

Il prit froid la nuit de ses noces et passa dix-huit mois au lit, soigné par sa tendre épouse. Puis il mourut !

Une expression d'horreur se peignit sur le visage de Cavendish.

— Et son second mari ? interrogea Stafford.

— C'était sir Edward Fitzhugh.

— Je l'ai connu, affirma Brandon. C'était un bagarreur notoire et un fort mauvais caractère, qui battait ses serviteurs comme plâtre. Sa pauvre femme devait être bien à plaindre.

Fenton toussota d'un air gêné. Cette réflexion n'allait pas du tout dans le sens de ses desseins !

— Mon oncle était impossible, concéda-t-il, et aurait fait perdre patience à un ange. C'est peut-être d'ailleurs ce qui est arrivé, car il est mort, dit-on, des suites d'un coup qu'il aurait reçu à la tête.

Il s'arrêta un instant pour laisser l'accusation implicite imprégner l'esprit de ses auditeurs, et ajouta d'un ton sinistre :

— J'étais alors à la cour et serais bien en peine de dire comment les choses se sont passées. Lorsque je suis arrivé à Bodiam, mon oncle était déjà enterré !

Il ne précisa pas que sa visite était survenue six mois après le décès de Fitzhugh. Inutile de s'égarer dans des détails inutiles ! songea-t-il.

— Je vois, fit Cavendish, dont le regard s'assombrit.

— J'ai pensé à vous avertir, milord, continua Fenton. Après tout, tante Katherine a déjà perdu deux maris dans des circonstances bien étranges…

Brandon se tourna vers le jeune homme et l'examina attentivement.

— Vous avez bien fait de me parler, assura-t-il. Je vous en suis très reconnaissant.

— Une fois que le roi aura été mis au courant par vos soins, nul doute qu'il ne vous trouve une épouse plus… agréable !

— Qui peut savoir ce que décidera le roi ? soupira Cavendish. En attendant, je suis votre serviteur, monsieur !

Ainsi congédié, Fenton s'inclina devant les deux amis.

— Bonne journée, messieurs ! lança-t-il avec empressement.

Et il laissa les deux géants seuls, libres de remuer les doutes qu'il venait de semer dans leur esprit. Il ne lui restait plus qu'à écrire à Kat pour la prévenir que son prétendant n'était qu'un coureur de dot. Si sir Brandon ne réussissait pas à fléchir le roi, lady Katherine s'en chargerait à sa place !

Brandon regarda la mince silhouette de Scantling disparaître derrière les colonnades, puis il fit une moue de mépris. Mais son ami Stafford n'était pas dans les mêmes dispositions que lui.

— Vous voilà dans une situation plutôt délicate ! s'exclama-t-il. Pensez donc, une tueuse de maris !

Mais Brandon se contenta de secouer la tête.

— Je ne fais guère confiance à ce chenapan ! maugréa-t-il.

— Il est vrai qu'il a tout intérêt à vous écarter du chemin de sa tante ! Les créanciers de ce jeune vaurien s'agitent beaucoup depuis que votre mariage avec lady Katherine a été annoncé.

— En tout cas, il ne manque pas d'aplomb ! grogna Brandon, que les insinuations de Fenton avaient malgré tout un peu troublé.

Si seulement il pouvait juger sur pièces ! songea-t-il avec regret. En fait, il aurait fallu qu'il pût rencontrer cette veuve incognito avant de prendre une décision. Rien de tel, pour un bon soldat, que de tâter le terrain avant la bataille !

— Il ne vous reste plus qu'à vous rendre dans le Sussex, observa John Stafford, et à faire subir à cette femme un examen approfondi. Si c'est vraiment une sorcière, vous…

Brandon coupa la parole à son ami d'un brusque éclat de rire.

— Vous avez raison, John ! Nous partirons demain à l'aube pour Bodiam Castle !

— Nous ? Que voulez-vous dire ?

Cavendish se contenta de ricaner, tandis que l'idée géniale se précisait lentement dans son esprit.

— Allons, conclut-il gaiement, nous avons du pain sur la planche. Je vous propose de partager la vedette avec moi dans la plus agréable des comédies de la Saint-Jean !

Chapitre 2

Installée dans une chambre du premier étage, Miranda brodait consciencieusement le col d'une chemise de nuit, lorsque Kat pénétra en trombe dans la pièce, une seconde lettre à la main.

— Des nouvelles fraîches ? demanda la jeune fille avec appréhension.

Pourvu que cette missive n'allât pas ruiner leur plan ! songea-t-elle. L'idée de Kat avait fait du chemin dans son esprit, et elle ne demandait pas mieux que de jouer son rôle dans cette petite mascarade.

— Le roi a-t-il changé d'avis ? ajouta-t-elle.

— Non, malheureusement ! s'exclama Kat en s'asseyant près de la fenêtre.

Elle brisa le cachet de cire avec son ongle et déclara :

— Cette fois, c'est un message de Fenton.

— Ah ! j'aurais dû m'en douter ! s'écria Miranda. En ce cas, il n'est pas difficile de deviner ce qu'il vous écrit : « Très chère tante Katherine, vous me manquez beaucoup et je prie quotidiennement pour que Dieu vous garde en bonne santé. »

Kat ne put s'empêcher de sourire.

— C'est à peu près cela, admit-elle en levant un instant les yeux de la feuille qu'elle était en train de parcourir. Continuez, devineresse ! Que dit ensuite mon cher neveu ?

Miranda enfila une aiguillée de soie jaune et poursuivit :

— Voyons, que peut-il ajouter ? Ah ! j'y suis : « La cour est très occupée et tout le monde passe son temps à satisfaire les caprices du roi. Nous allons interpréter une nouvelle comédie et les costumes sont déjà tout prêts. On m'a proposé de jouer... »

La jeune fille laissa son aiguille en suspens et réfléchit un instant. Quel rôle pouvait bien convenir à ce petit vaniteux de Fenton ?

— « ... de jouer Apollon, poursuivit-elle. Mais, ma très chère tante, mon costume doit être brodé de fils d'or et ma pension, aussi généreuse qu'elle soit puisqu'elle me vient de vous, ne saurait couvrir ces frais imprévus ! » Et ainsi de suite ! Combien ce mendiant vous demande-t-il, cette fois ?

Mais Kat secoua la tête.

— Non, Miranda. Cette lettre ne contient pas la moindre demande de subsides.

— Seigneur, quelle surprise ! Il va neiger en plein été, ma parole !

Lady Katherine replia la lettre et reprit en fronçant les sourcils :

— Il m'écrit pour me féliciter de mon mariage, et m'adresse tous ses vœux de bonheur.

— Hum... Il doit y avoir quelque chose d'autre entre les lignes !

— Cette fois, vous avez raison, je le crains. Fenton prétend qu'il connaît très bien sir Brandon Cavendish. Mon Dieu, s'il dit vrai, je suis vraiment la femme la plus malheureuse de la terre !

Miranda posa son ouvrage sur ses genoux et examina attentivement sa cousine.

— Qu'y a-t-il donc ? interrogea-t-elle.

— Mon neveu prétend que ce Cavendish est beaucoup trop jeune pour moi. De plus...

Kat s'arrêta, bouleversée.

— Quoi donc, ma chérie ? insista Miranda.

— Ce serait un joyeux luron, soupira Katherine, amateur de vin, de jeu... et de ce qui s'ensuit ! Apparemment, il ne fait grâce à aucune femme et courtise tout ce qui porte jupe, de sept à soixante-dix ans !

Anéantie, elle laissa tomber la lettre et ajouta d'un ton plaintif :

— Hélas ! je n'ai pas de chance ! J'ai d'abord servi d'infirmière à un vieillard aux portes de la mort, puis j'ai dû supporter un véritable démon. Et maintenant, on m'offre en pâture à un jouvenceau ! Si cela continue, je n'aurai plus qu'une ressource : prendre le voile et entrer au couvent !

Trop agitée pour rester à la même place, elle se mit à arpenter la pièce, sous le regard navré de sa cousine, qui finit par lui demander :

— Croyez-vous que les affirmations de Fenton soient dignes de foi ?

Une lueur d'espoir brilla dans les yeux de Kat. Elle s'arrêta brusquement et murmura d'un air pensif :

— Evidemment, nous savons qu'il ne dit jamais rien qui ne soit dans son intérêt. Si je me marie, cela n'arrangera guère ses problèmes d'argent. Ce n'est pas mon bonheur qui l'intéresse, mais les cordons de ma bourse ! Or, si je mets un enfant au monde, c'est ma fortune tout entière qui lui échappera...

Le mot « enfant » fit tressaillir Miranda.

— Ce serait si merveilleux d'avoir un tout-petit à la maison ! s'exclama-t-elle. Croyez-vous que ce soit possible ?

— Comment voulez-vous que je le sache ? Mon premier mari était trop vieux pour concevoir un héritier. Quant au second...

Elle haussa les épaules et continua :

— N'en parlons même pas ! Je ne demande pas mieux que d'avoir un enfant, mais n'est-il pas trop tard ? Un bébé est toujours un don de Dieu, et c'est avec joie que j'en mettrais un au monde... quel que soit le père !

— Alors, nous renonçons à notre plan ?

— Il n'en est pas question ! Je suis plus déterminée que jamais à le mettre à exécution.

— Pensez-vous vraiment que ce soit jouable ?

Pour toute réponse, Kat prit sa cousine par la main et l'entraîna devant un grand miroir.

— Regardez-nous, ma chérie ! Nous nous ressemblons comme deux gouttes d'eau… ou presque, ce qui n'a rien d'étrange, puisque nos mères étaient sœurs. Nous sommes presque aussi grandes l'une que l'autre, bien que vous soyez légèrement plus mince que moi. Nous avons les mêmes cheveux auburn, les mêmes yeux verts. Evidemment, vous avez deux ans de moins que moi…

Elle prit le visage de sa cousine dans ses mains et le tourna vers elle.

— Mais personne à la cour, excepté Fenton, n'a jamais vu lady Katherine Fitzhugh, poursuivit-elle. Nul ne se doutera que nous avons échangé notre identité !

— Moi, je le saurai, déclara tout à coup une voix caverneuse, qui retentit sur le seuil de la porte. Et je peux vous dire que je n'aime pas cela !

L'interruption fit sourire Kat, qui s'écria d'un ton léger :

— Mon pauvre Montjoy, vous n'aimez jamais rien et ne voyez que le mauvais côté des choses !

Le vieux régisseur renifla avec dédain, et dit en agitant son doigt comme s'il était un maître d'école :

— Retenez bien ce que je vous prédis, milady : une relation qui commence dans la tromperie finit toujours dans le malheur !

Katherine émit un rire gai et prit le vieillard par les épaules.

— Montjoy, s'exclama-t-elle, ma bonne conscience ! Comment ferions-nous sans votre joyeuse présence ?

Le serviteur prit le temps de se moucher bruyamment avant de répondre :

— Vous prenez un mauvais chemin, milady, et vous vous en repentirez !

Miranda s'avança à son tour vers Montjoy et lui prit la main.

— Avez-vous prévenu la maisonnée ? interrogea-t-elle.

— Oui, mademoiselle, répliqua le vieillard d'un ton sinistre. Ils sont tous au courant, jusqu'au dernier lad de l'écurie. Tous ces coquins aiment trop milady pour lui refuser quoi que ce soit. Quand le prétendant sera là, nous appellerons tous mademoiselle Miranda « lady Katherine »... et réciproquement ! Que fera ce malheureux lorsqu'il apprendra la vérité ? C'est un grand péché, madame !

Kat se rapprocha de Montjoy et lui tira le lobe de l'oreille.

— Vous avez raison, concéda-t-elle, aussi je compte bien que vous adoucirez le ciel en priant pour nous. La plaisanterie ne durera d'ailleurs guère plus d'un jour ou deux !

— Seulement ? se récria Miranda.

Déçue, elle poussa un soupir. Elle avait espéré au moins une semaine. Une semaine de mots doux murmurés à l'oreille, de bouquets et de poésie... N'était-ce pas ce qu'elle avait souhaité toute sa vie ?

— Eh bien, disons huit jours, concéda Kat. Je ne suis pas pressée. Après tout, la Saint-Jean n'est que dans trois semaines.

— Cela ne me plaît pas, mais pas du tout ! maugréa le régisseur.

— Mais vous jouerez votre rôle, n'est-ce pas, mon cher Montjoy ? implora Katherine avec un sourire enjôleur.

Le vieil homme poussa un profond soupir.

— Vous savez bien que oui, milady, répliqua-t-il. Mais, en dehors de cela, ne me demandez pas de proférer le moindre mensonge !

— J'espère que vous n'aurez pas à le faire, dit Kat en réprimant un nouveau sourire.

Elle adorait Montjoy et ne l'aurait pas offensé pour tout l'or du monde, mais prenait toujours un malin plaisir à le taquiner !

A cet instant, le son d'un cor de chasse retentit au loin, et les trois occupants de la pièce se regardèrent avec un indicible étonnement. Puis, d'un même mouvement, ils se précipitèrent vers la fenêtre et jetèrent un regard vers les champs qui s'étendaient au-delà des douves du château.

— C'est le cor de Granger, expliqua le majordome. J'avais posté ce garçon sur la colline, pour qu'il surveille la route. Votre fiancé doit approcher du château, milady !

A ces mots, Miranda froissa nerveusement la broderie qu'elle tenait encore à la main, et son cœur se mit à battre la chamade. Dans quelques instants à peine, elle allait devoir jouer à la maîtresse de maison… et ne savait même pas quelle robe elle devait mettre pour cette solennelle occasion !

— Voilà un instrument qui sonne comme le glas, reprit mélancoliquement Montjoy.

Kat se contenta de sourire, bien qu'elle eût elle aussi les mains tremblantes.

— Allons, Montjoy, laissez-nous nous préparer, enjoignit-elle au vieux serviteur. Quant à vous, vous recevrez notre hôte dans la grande salle du bas. Colombine, notre petite musicienne, lui jouera deux ou trois airs pour le faire patienter.

Elle se tourna vers sa cousine et s'écria :

— Eh bien, Miranda, ne restez pas là à me regarder ! Hâtez-vous de revêtir ma robe verte.

— *Votre* robe ? répliqua la jeune fille en ouvrant de grands yeux. Mais pourquoi donc ? J'en ai une toute semblable, qui a été taillée dans la même étoffe !

— Oui, mais la mienne est plus richement brodée et convient mieux à une dame de qualité. Lady Katherine doit sortir ses plus beaux atours pour recevoir son futur mari !

Comme son interlocutrice restait muette, Kat ajouta à l'adresse du majordome :

— Envoyez-nous Laurel, Montjoy. Miss Miranda a besoin d'une servante pour s'habiller. Vite, lord Cavendish peut arriver d'une minute à l'autre !

Kat poussa le serviteur récalcitrant hors de la pièce, puis, sans perdre une seconde, elle commença à délacer la robe brune de sa cousine.

— Mon… mon futur mari ! répéta Miranda dans un soupir.

Pour la première fois de son existence, elle avait l'impression que ses rêves les plus fous étaient sur le point de se réaliser. Une robe de soie, des bijoux, et un fiancé pour lui faire la cour ! Même si cette comédie ne durait qu'un seul jour, elle s'en souviendrait toute sa vie…

L'entrée de Laurel la tira brusquement de sa rêverie.

— Milady, s'écria la jeune servante en se précipitant vers Kat, ils arrivent ! Je les ai aperçus depuis les remparts. C'est un beau spectacle, pour sûr ! Ils sont encore loin, mais on peut voir leurs bannières flotter sur la crête de la colline.

Encore tout excitée par le spectacle de cette magnificence, Laurel se tourna vers Miranda et se mit en devoir d'achever le travail de Kat.

— Vos lacets sont complètement emmêlés ! s'écria-t-elle. Comment avez-vous pu vous mettre dans un état pareil, miss Miranda ?

— Ne l'appellez plus ainsi, intervint Kat. Elle est maintenant lady Katherine, tâchez de ne pas l'oublier !

— Oh ! je n'y pensais plus ! fit la servante avec un gloussement de rire. Comme cela va être amusant ! Mais cessez donc de bouger, miss M…, pardon, lady Katherine, sinon, je n'en viendrai jamais à bout.

Miranda s'était en effet haussée sur la pointe des pieds pour tâcher de glisser un regard par la fenêtre.

— Sont-ils déjà en vue ? demanda-t-elle à Kat, qui ajustait sur ses cheveux la coiffe grise de sa cousine.

Katherine s'approcha de la croisée et ne put retenir une exclamation de surprise :

— Seigneur ! Mais il a amené avec lui tout un régiment !

— Des gens importants ? interrogea Laurel, dont l'excitation s'accrut.

Miranda et elle rejoignirent la maîtresse de maison dans

l'embrasure, et les trois jeunes femmes scrutèrent la route où venait d'apparaître un groupe de cavaliers vêtus d'étoffes chatoyantes.

— L'escorte est impressionnante, observa lady Katherine. Ma parole, nous allons être littéralement envahies !

— Nous y sommes tous ? interrogea Brandon en dénombrant ses compagnons du regard.

Il y avait là ses deux pages, son veneur, qui répondait au nom de Jess, son fauconnier, trois domestiques et une douzaine d'hommes d'armes, sans compter son ami John Stafford !

— Oui, milord, répliqua Jess. Est-ce là le château de lady Fitzhugh ?

A cette question, Brandon sentit sa gorge se nouer. C'était absolument ridicule, mais il n'avait jamais été aussi nerveux de sa vie, pas même sur un champ de bataille !

— Oui, c'est Bodiam Castle, répondit-il sèchement.

— Une belle demeure, observa Stafford.

— Comme prison, il y a certainement pire ! observa Brandon en fronçant les sourcils.

Niché au creux d'une vallée, sur la rive de la Rother, le château de Bodiam offrait à la vue des cavaliers ses hauts murs de pierre blanche qui réfractaient la lumière du soleil. Cette forteresse de forme carrée avait dû être construite quelques centaines d'années plus tôt, mais les bâtiments avaient été incontestablement bien entretenus. D'énormes tours gardaient les quatre coins de la demeure, surmontées de bannières colorées qui flottaient dans la brise. Un pont de bois permettait de traverser les douves, où nageait paresseusement un couple de cygnes blancs.

— Eh bien, interrogea Stafford, entrons-nous ou faisons-nous demi-tour ?

Ainsi rappelé à l'ordre, Brandon fit faire volte-face à son cheval et harangua sa troupe :

— Messieurs, déclara-t-il après s'être éclairci la voix, c'est ici que John Stafford et moi allons changer de personnage. Désormais, c'est lui que vous servirez sous le nom de Brandon Cavendish.

Les hommes de l'escorte hochèrent la tête, visiblement amusés par la situation.

— Un seul mot de trop et je me charge moi-même de vous corriger d'importance, reprit Brandon.

Cet avertissement ne parut pas effrayer les serviteurs, qui connaissaient bien leur maître, et le savaient parfaitement incapable de mettre sa menace à exécution !

— En revanche, si la farce est bien jouée, vous aurez droit chacun à une pièce d'or le jour de la Saint-Jean, promit Cavendish.

— Vous pouvez compter sur nous, milord Ca… euh, Stafford, répondit Jess au nom de tous ses compagnons.

Le vrai Stafford, pendant ce temps, avait redressé son nouveau chapeau de velours bleu, et ajusté son manteau de voyage autour de ses épaules.

— Ai-je l'air du tout-puissant sir Brandon Cavendish ? demanda-t-il à son ami, avec une lueur de malice dans les yeux.

— Vous avez l'air d'être le diable en personne, marmonna Brandon.

Il jeta un nouveau regard à l'imposante bâtisse qui se dressait devant eux, puis il prit une profonde inspiration avant d'ordonner :

— Sonnez du cor, Jess, pour avertir les habitants de cette auguste demeure. Allons, John, sus à l'ennemi !

Joignant le geste à la parole, il éperonna Windchaser, son pur-sang favori, et descendit la colline au galop, suivi de près par ses hommes. Puisqu'il s'agissait en somme d'une véritable bataille, autant attaquer avec panache ! songea-t-il.

En approchant du château, les deux amis remirent leurs chevaux au pas. Ils n'étaient plus qu'à quelques mètres du pont-levis, lorsqu'un rire argentin résonna au-dessus d'eux. Brandon et Stafford levèrent la tête, et eurent le temps de distinguer trois silhouettes féminines, embusquées à l'une des fenêtres du second étage. Ces dames venaient sans doute d'épier leur arrivée ! Elles n'avaient d'ailleurs pas été les seules spectatrices de l'événement, car une foule de servantes et de gens d'armes se pressait sur les remparts pour assister au spectacle.

— Je crois que l'ennemi est venu évaluer nos forces, chuchota Stafford à son ami. Il y a là de belles femmes, apparemment ! Vous verrez que ces vacances vont se révéler fort divertissantes.

— Faut-il vous rappeler que vous ne devez avoir d'yeux que pour lady Katherine ? grogna Brandon, qui engagea son cheval sur les planches du pont.

John suivit son ami en feignant l'accablement.

— Dire que, au milieu de toutes ces charmantes fleurs, il va me falloir faire la cour à une vieille femme qui a la réputation d'être une sorcière ! gémit-il.

— Tenez votre langue, John !

— Vous avez raison. A partir de cet instant, je suis Brandon Cavendish, et vous êtes mon excellent compère John Stafford !

Leur escorte sur les talons, les deux cavaliers franchirent une double porte et se retrouvèrent enfin dans la cour du château.

— Et maintenant, s'exclamèrent-ils d'une seule voix, que la pièce commence !

Chapitre 3

Parvenue au bas de l'escalier qui menait dans le hall, Kat s'arrêta un instant pour reprendre son souffle. A travers la porte fermée de la grande salle, lui parvenaient les doux accords du luth de Colombine. Jusqu'ici du moins, tout se déroulait selon le plan prévu !

Après avoir pris une profonde inspiration, la jeune femme redressa son chaperon et ajusta son voile blanc sur ses épaules. « Allons, songea-t-elle, il est temps d'aller voir quelle sorte d'écolier on m'a envoyé ! » Et, relevant à deux mains l'ourlet de sa jupe, elle pénétra résolument dans la pièce de réception.

Au bruit qu'elle fit en refermant la porte, deux géants blonds qui se tenaient près de la cheminée se tournèrent vers elle, et Kat faillit pousser une exclamation de surprise. Qui étaient donc ces hommes et où se cachait lord Brandon Cavendish ?

— Bonjour, belle dame ! fit l'un des inconnus.

Après avoir ôté son chapeau bleu, il vint s'incliner devant elle et lui demanda d'une belle voix de baryton :

— Est-ce à lady Katherine Fitzhugh que j'ai l'honneur de m'adresser ?

— Eh bien… C'est-à-dire…, balbutia Kat.

Prise au dépourvu, elle fit une gracieuse révérence pour se donner le temps de réfléchir. Si ces deux gentilshommes n'étaient que des émissaires du roi, elle se devait de leur révéler sur-le-champ son identité. Mais si tel n'était pas le cas…

Elle se releva lentement et adressa aux deux hommes un sourire étudié.

— Pardonnez-moi, messieurs, articula-t-elle, mais nous n'avons guère l'habitude de recevoir à Bodiam d'aussi nobles voyageurs, et je crains que vous ne me trouviez bien provinciale !

Sa phrase achevée, il ne lui resta plus qu'à prier le ciel pour que les deux visiteurs consentent enfin à décliner leur identité. Quels beaux hommes, en tout cas ! songea-t-elle. Celui qui portait le couvre-chef de velours devait mesurer plus d'un mètre quatre-vingts, et ses yeux bleus avaient l'éclat lumineux d'un ciel d'été. Malheureusement, il y avait quelque chose d'un peu trop mièvre dans ses attitudes, et Kat se tourna plus volontiers vers le second gentilhomme, qui déclara après s'être éclairci la voix :

— Excusez-nous, milady, mais je pensais que votre majordome vous avait annoncé notre arrivée. Permettez-moi de vous présenter sir Brandon Cavendish, de Wolf Hall, ajouta-t-il en désignant d'un geste son compagnon.

Kat jeta un nouveau regard vers le prétendu Cavendish, et ses yeux s'agrandirent de surprise. Certes, ce galant chevalier n'avait absolument rien à voir avec la description que lui en avait faite son neveu ! Bien que son menton fût fraîchement rasé, ce n'était pas un jouvenceau imberbe, mais bien un homme en pleine maturité. Etait-ce vraiment là le prétendant que le roi avait choisi pour elle ? « Miranda va s'évanouir sur place en voyant ce prodige ! » se dit-elle avec un certain amusement.

— Quant à moi, reprit l'inconnu, je suis John Stafford. J'ai été envoyé ici par le roi, qui tient à ce que votre bonheur ait au moins un témoin.

Intriguée, Kat leva candidement les yeux vers son interlocuteur… et sentit ses genoux se dérober. La voyant vaciller, lord Stafford se précipita vers elle et la soutint d'un bras vigoureux. Puis, un léger sourire aux lèvres, il se mit en devoir de la conduire vers un siège.

— Allez-vous bien, milady, ou voulez-vous que j'appelle

vos serviteurs ? interrogea-t-il lorsque la jeune femme fut installée sur une chaise à haut dossier.

— Merci, monsieur, mais ce sera inutile. En fait, j'ai glissé sur le parquet fraîchement ciré !

Les joues de Kat s'empourprèrent tandis qu'elle proférait ce mensonge, qui ne sembla pas troubler son interlocuteur le moins du monde. Si sir Brandon avait les traits réguliers d'un dieu grec, sa beauté pâlissait devant le charme viril de son ami, dont les robustes épaules saillaient de façon troublante sous les manches d'un pourpoint de satin vert. La voix de sir Brandon était peut-être douce comme du miel, mais celle de sir John, plus profonde, semblait promettre quelque chose de bien plus dangereux… et de plus excitant ! Quant à son regard… mieux valait n'en rien dire ! pensa Kat avec émoi.

Comme la pièce continuait à tourner sous ses yeux, elle s'agrippa désespérément aux bras de son fauteuil. Allons, il lui fallait absolument se reprendre ! décida-t-elle. Elle n'était plus une jeune fille sans expérience, mais une femme qui approchait de la trentaine, et devait faire montre de quelque sagesse. Tout ce qu'il lui fallait, c'était manger un peu, et son malaise se dissiperait comme par enchantement.

D'un air empressé, lord Stafford s'agenouilla près d'elle et lui prit la main.

— « Provinciale » n'est décidément pas le mot qui vous convient, assura-t-il avec une lueur d'amusement dans les yeux.

— En tout cas, je crains de ne pas être une vraie dame…

— Pas une dame ?

Le prétendu sir John enveloppa d'un regard appréciateur la silhouette de Kat, et s'attarda complaisamment sur les rondeurs de sa gorge.

— Votre beauté est le plus évident des démentis, affirma-t-il.

A ces mots, le pouls de la jeune femme s'emballa dramatiquement. « Par tous les saints, songea-t-elle, cet homme est en train de me séduire dans ma propre demeure, et avant même que nous ne nous soyons dûment présentés ! »

Effrayée par cette pensée, elle se redressa sur sa chaise et déclara :

— Je suis miss Miranda Paige, la cousine de la maîtresse de maison.

— Voilà une terrible malchance ! marmonna lord Stafford.

Que signifiait cette absurde réflexion ? s'interrogea Kat, qui crut comprendre que ces messieurs n'appréciaient guère le retard de la châtelaine, et se confondit en excuses :

— Lady Katherine vous demande de bien vouloir patienter, messieurs. La soudaineté de votre arrivée a surpris tout le monde. Ma cousine est encore dans ses appartements, et se prépare à vous recevoir.

« Pauvre Miranda ! » ajouta Kat *in petto*. Quel choc lorsqu'elle se trouverait en présence de ces deux demi-dieux ! Il fallait espérer qu'elle ne perdît pas ses esprits en les apercevant !

— Il faut du temps pour faire un chef-d'œuvre, intervint sir Brandon en jetant un coup d'œil à son compagnon, et l'attente ne fait qu'augmenter le plaisir !

— Bien sûr, se hâta de confirmer sir John.

Il prit la main de Kat et la retourna pour en embrasser délicatement la paume. Gênée, la jeune femme demeura coite. Heureusement qu'elle avait prié Colombine de jouer du luth ! La musique remplissait au moins les pauses de la conversation. Mais quel sujet aborder maintenant ? s'interrogea-t-elle en se mordant la lèvre d'anxiété. En fait, elle n'était guère experte dans l'art du badinage. Ni Lewknor ni Fitzhugh, ses deux précédents maris, n'avaient eu l'occasion de lui faire la cour, car elle ne les avait jamais vus ni l'un ni l'autre avant de franchir en leur compagnie le seuil de l'église ! Et, pendant ses treize ans de mariage, elle avait été singulièrement sevrée d'attentions masculines. « Que le Seigneur me vienne en aide ! » conclut-elle.

— Je dois avouer, miss Paige, que je ne m'attendais pas à trouver une demeure aussi confortable, déclara sir Brandon, en examinant la pièce d'un regard admiratif. Vu de l'extérieur,

Bodiam est une véritable forteresse, mais l'intérieur est un délicieux écrin !

Soulagée de pouvoir s'étendre sur ce thème inoffensif, Kat se hâta de répliquer :

— Oui, je suis… nous sommes ravies, ma cousine et moi, d'avoir fait repeindre ces vieux murs. Le château a été entièrement rénové depuis la mort de mon… du mari de ma cousine.

— Nous avons entendu dire en effet que lady Katherine avait déjà été mariée, remarqua inopinément sir John.

— Deux fois, répondit brièvement Kat, qui ne tenait pas à évoquer le souvenir de son dernier époux.

— Est-ce que ces unions ont été heureuses ? insista lord Stafford.

— Non, milord. D'ailleurs, je vous serais reconnaissante de ne pas en parler à lady Katherine, car…

Elle fut brusquement interrompue par la voix de Miranda, qui s'écria depuis le seuil :

— Bonjour, messieurs et bienvenue chez ma… Oh ! Mardon, bienvenue à Bodiam Castle, voulais-je dire.

Kat se hâta de rejoindre sa cousine, dont les joues cramoisies n'annonçaient rien de bon, et déclara d'un ton solennel :

— Messieurs, voici lady Katherine Fitzhugh.

Les deux hommes échangèrent un coup d'œil stupéfait avant de s'incliner respectueusement devant la nouvelle venue. Quant à Miranda, elle avait saisi désespérément la main secourable que lui tendait sa cousine, et c'est d'une voix affolée qu'elle murmura :

— Seigneur, Kat, ce n'est pas du tout à cela que nous nous attendions !

— Mes respects, belle dame, fit le faux Brandon en s'avançant d'un pas.

— Dites-lui quelque chose ! chuchota Kat à l'oreille de sa cousine.

— Bienvenue à Bodiam ! lança la malheureuse Miranda,

qui aurait voulu disparaître sous terre, tant elle se sentait intimidée.

— Vous vous répétez, chuchota Katherine d'un ton de reproche. Allons, un peu d'imagination !

Pourvu que cette mauviette n'allât pas flancher maintenant ! se dit-elle avec appréhension. Il aurait été tout de même dommage d'arrêter le jeu aussi vite.

— Votre... votre voyage a-t-il été fatigant ? interrogea la pauvre miss Paige en examinant tour à tour les deux visiteurs. Lequel est sir Brandon ? demanda-t-elle à mi-voix en se tournant vers sa cousine.

Lady Fitzhugh vit un sourire affleurer sur les lèvres de sir John. Sans doute avait-il entendu l'intempestive question de la pseudo-Katherine !

Comme son compagnon semblait distrait, lord Stafford lui poussa légèrement le coude.

— Je crois que lady Katherine vous a demandé quelque chose, murmura-t-il.

— Euh... oui, épuisant, répliqua l'intéressé avec quelque retard. Mais permettez-moi de me présenter, milady, ajouta-t-il en se ressaisissant. Je suis le fils aîné de sir Thomas Cavendish, comte de Thornbury, et à ce titre je suis chargé de vous transmettre les salutations de ma famille, ainsi que les bons vœux du roi Henri, à qui je dois la grâce d'être près de vous aujourd'hui.

Après avoir achevé ce petit discours, sir Brandon s'inclina de nouveau, au grand déplaisir de Kat. Son fiancé ne serait-il qu'un plat courtisan ? se demanda-t-elle avec dédain.

— Oh ! balbutia Miranda, à qui l'émotion ôtait décidément tous ses moyens.

— Faites votre plus gracieux salut, lui ordonna Kat à l'oreille. Et n'allez pas vous évanouir, pour l'amour du ciel !

Ainsi rappelée à l'ordre, la jeune femme plongea dans une profonde révérence... et s'aperçut avec horreur que ses genoux tremblants ne lui permettaient pas de se relever !

Prenant cette attitude pour une marque de respect exagérée, sir Brandon se précipita vers celle qu'il prenait pour la maîtresse du logis, et, posant un genou à terre, il déclara d'un ton pénétré :

— La perspective d'obtenir votre main est un cadeau du ciel, milady. Croyez-moi, je n'oublierai jamais cet instant, qui hantera mes rêves jusqu'à la fin de mes jours.

Evidemment, les compliments de sir Cavendish étaient plutôt du genre outré, songea Kat, mais ils semblaient produire un effet incontestable sur Miranda, qui dévorait son prétendant des yeux. Est-ce que ces deux-là allaient rester longtemps agenouillés au beau milieu du parquet ? Heureusement, sir John ne tarda pas à prendre la situation en main.

— C'est à mon tour de me présenter, milady, déclara-t-il après s'être éclairci la voix. Je suis sir John Stafford, gentilhomme de la chambre du roi.

— Enchantée, lui répondit Miranda sans même l'honorer d'un regard.

La jeune femme semblait s'être littéralement perdue dans les profondeurs bleues des yeux de sir Brandon, et le reste du monde n'existait manifestement plus pour elle ! « Tenez-vous, petite sotte ! songea Kat avec agacement. Ce bellâtre est supposé devenir mon époux… pas le vôtre ! »

Elle jeta un coup d'œil furtif à sir John, qui haussa les épaules en réponse. Il avait mis tant de charme et de vitalité dans ce simple geste, que Katherine sentit fondre son irritation. Celui-là était décidément un sacré gaillard, se dit-elle avec admiration. Quel dommage qu'il ne fût pas sir Brandon ! Lui, au moins, ne perdait pas son temps en insipides galanteries ! Comme pour confirmer cette opinion, lord Stafford haussa ses sourcils blonds et observa d'un ton mi-figue mi-raisin :

— Lady Fitzhugh va finir par avoir froid aux genoux, mon cher Brandon.

— C'est vrai, où avais-je la tête ? reconnut lord Cavendish.

Il se releva d'un mouvement souple et tendit la main à Miranda, qui se retrouva debout en face de son soupirant.

— Pardonnez-moi, madame, mais j'étais littéralement hors de moi ! reprit-il d'un ton pénétré.

La jeune fille émit un toussotement embarrassé.

— Ma cousine vous a-t-elle offert des rafraîchissements ? demanda-t-elle pour dissimuler sa gêne.

— Non, répliqua sir John en jetant à Katherine un regard éloquent, mais je suis prêt pour ma part à accepter tout ce qu'elle voudra bien nous offrir.

L'allusion était claire et Kat en frémit jusqu'à la moelle. « Que m'arrive-t-il donc ? s'interrogea-t-elle avec dépit. Ma parole, je suis en train de perdre la tête ! »

— Quant à moi, je n'ai pas besoin d'autre réconfort que celui que je puise dans les beaux yeux de ma dame, murmura sir Brandon en se rapprochant de Miranda, qui semblait avoir de nouveau pris racine.

Amusée par la situation, Kat ne put s'empêcher de rire, ce qui ne lui était pas arrivé depuis au moins deux décades !

— Ma cousine est un peu déconcertée, expliqua-t-elle. Nous vivons loin de la cour, et n'avons guère l'habitude d'entendre des discours aussi flatteurs !

— Vous avez raison, miss Miranda, et je crains que mon ami n'ait outrepassé les bornes de la civilité, intervint sir John, qui rappela son compagnon à l'ordre d'un regard impérieux. Eh bien, Staf… Brandon, n'est-il pas temps d'offrir à lady Fitzhugh le cadeau que vous lui avez apporté ?

Ainsi ramené au sens des convenances, le faux lord Cavendish tira de sa poche un petit sac de velours rouge, et le tendit à Miranda avec un sourire engageant.

— Ma très chère lady Katherine, voulez-vous accepter ce gage de mon amour ?

— Vous êtes trop aimable, murmura Miranda, qui faillit laisser tomber l'étui, tant ses mains tremblaient.

— Asseyez-vous, ma chérie, intima Kat en poussant sa

cousine dans un fauteuil. C'est l'émotion, ajouta-t-elle en se tournant vers sir Brandon. Elle est si heureuse de se trouver devant d'aussi nobles gentilshommes !

— Nous sommes aussi émus qu'elle, affirma son interlocuteur, et ne demandons pas mieux que d'approfondir ce sentiment !

— Parlez pour vous, crétin ! grommela le prétendu sir John entre ses dents.

Miranda, qui venait enfin de délier les cordons de la bourse, demeura bouche bée en découvrant un merveilleux collier d'or, dont le pendentif en forme de cygne était serti de diamants et de perles. Le souffle coupé, elle ne put que soupirer :

— Seigneur, quel présent !

Cette exclamation rencontra plus d'un écho dans la pièce.

— Dieu du ciel ! renchérit Kat.

Quant à Colombine, elle émit une fausse note avant de reposer son luth, tant elle était intéressée par le spectacle qui se déroulait au-dessous d'elle.

— Mais je ne puis accepter un pareil cadeau ! reprit Miranda d'un ton désespéré.

— Ce collier ne vous plaît pas ? interrogea sir Brandon d'un air étonné. Peut-être n'aimez-vous pas les perles... ou bien les diamants ?

— Oh ! si, je les adore, mais...

— C'est un cadeau très coûteux, intervint Kat. Nous menons ici une vie simple, milord, et n'avons pas souvent l'occasion de faire venir un bijoutier au château. En ce qui me concerne, je n'avais jamais vu un aussi beau joyau.

— Ni moi ! assura Miranda, qui avait repris entretemps un peu d'assurance.

— Ma cousine en a été toute retournée, assura Kat en tapotant l'épaule de la jeune fille.

— Puis-je le passer moi-même autour de votre cou, milady ? interrogea sir Brandon avec empressement.

Les joues cramoisies, Miranda jeta un regard éperdu à sa cousine, qui se contenta de hocher la tête.

« Dites oui et qu'on en finisse, pria mentalement Kat, mais ne tombez pas en pâmoison, pour l'amour du ciel ! Il ne serait pas très convenable que *mon* fiancé soit obligé de vous porter dans votre chambre ! »

— Faites donc, milord, dit-elle à haute voix. J'ai hâte de voir si ce bijou sied bien à ma cousine.

Obéissant à l'invitation, sir Brandon souleva délicatement les cheveux de Miranda et disposa le bijou autour du cou de la jeune femme, qui poussa un soupir éloquent avant de fermer voluptueusement les yeux. Etait-elle déjà sous le charme ? s'interrogea Kat. En ce cas, il était urgent d'avoir un entretien avec cette petite sotte. Mieux valait la mettre en garde contre la tentation de tomber amoureuse… du mari de sa cousine !

— Mais cette babiole va très bien à milady, observa négligemment sir John. Ecartez-vous donc, mon cher Brandon, que nous puissions juger de l'effet !

En attendant que son ami s'exécute, lord Stafford jeta un regard vers la galerie, et ajouta à l'adresse de Kat :

— Je crois que la petite musicienne est sur le point de choir sur nos têtes.

Alertée par cette réflexion, Kat leva les yeux et frémit en voyant la position de Colombine. Fascinée par le collier de Miranda, la jeune servante se penchait dangereusement par-dessus la rampe, au risque de tomber d'un instant à l'autre !

— Colombine ! s'écria Kat, faites attention !

— Oh ! pardon, milady ! s'écria la musicienne, qui disparut de nouveau derrière son pupitre.

Quelques secondes plus tard, le luth recommença à égrener ses notes, et Katherine remarqua que l'interprète avait choisi cette fois une ballade d'amour.

— Merci d'avoir attiré l'attention sur elle, milord, dit-elle à sir John. Comme vous le voyez, il suffit d'un colifichet pour tourner la tête à une jeune fille.

Lord Stafford comprit l'allusion et répliqua en souriant :

— Il me reste à vous présenter mes excuses, miss Miranda.

— Pourquoi donc ? interrogea Kat.

— Nous ne pensions pas trouver à Bodiam Castle deux femmes aussi délicieuses. Si nous avions su, c'est deux colliers que nous aurions apportés !

Kat émit un rire nerveux et détourna la tête. Non, elle ne voulait plus se perdre dans l'outremer de ces yeux qui restaient obstinément fixés sur elle ! Sir John se tenait si près d'elle, qu'elle pouvait sentir la chaleur de son corps à travers l'étoffe de ses vêtements, ce qui la mettait positivement dans tous ses états !

— Je... je n'ai aucun besoin d'un tel cadeau, allégua-t-elle. Comme vous pouvez le constater, je m'habille aussi simplement que possible, en conformité avec ma position sociale. Je connais ma place, hélas !

— Comme moi la mienne, rétorqua sir John. Et, puisque vous faites profession de modestie, voici une petite broche que je porte d'habitude au revers de mon pourpoint...

Il ouvrit la main et montra à Katherine une ravissante rose en or, dont les délicates ciselures brillaient doucement au creux de sa paume.

— Ce serait pour moi un grand honneur si vous acceptiez de l'épingler à votre robe, poursuivit-il. Tout près de votre cœur, si possible !

— Oh ! sir John ! balbutia Kat, qui ne put éviter cette fois de rencontrer les yeux de son interlocuteur.

Un sourire charmeur illumina le visage de sir John, qui se pencha vers sa voisine pour lui murmurer à l'oreille :

— Ne faites pas fi de ma demande, je vous en prie. A moins que vous n'ayez réellement aucune envie d'arborer un aussi humble joyau !

Kat comprit qu'elle ne pouvait se dérober davantage, et c'est d'une voix émue qu'elle répliqua :

— J'accepte ce présent, milord, et je le porterai aussi longtemps que je m'appellerai miss Paige !

— Puis-je l'agrafer moi-même ? Le fermoir est un peu difficile.

Mais la jeune femme secoua la tête.

— Merci, milord, je n'ai pas besoin de votre aide. Peut-être vous connaîtrai-je un jour suffisamment pour accepter de vous ce genre de service !

A peine eut-elle prononcé ces mots, qu'elle eût voulu les rattraper ! Comment une suggestion aussi inconvenante avait-elle pu franchir ses lèvres ? se demanda-t-elle désespérément. En tout cas, il était trop tard pour se mordre la langue !

— Milady ? fit à cet instant la voix de Montjoy.

Le régisseur était debout sur le seuil de la porte et observait la scène. « Dieu sait depuis combien de temps il nous examine de cet œil inquisiteur ! » se dit Kat avec amusement.

— L'heure du dîner est passée, reprit le vieil homme, et Philippe craint que sa soupe ne soit trop cuite. Puis-je faire mettre la table ?

— Oh ! oui, volontiers ! s'écrièrent en chœur les quatre jeunes gens.

Puis ils se regardèrent et éclatèrent de rire, heureux de cette complicité inattendue.

« Seigneur ! songea Kat, me voici dans la pire des situations. Cette joyeuse comédie vient seulement de commencer, et je suis déjà tombée amoureuse. L'ennui, c'est que je me suis éprise précisément de l'homme qu'il ne fallait pas ! »

Chapitre 4

— Fenton vous a menti !

C'est avec cette exclamation que Miranda s'effondra ce soir-là sur le lit richement ouvragé qu'elle partageait avec Kat, dans l'une des chambres du bâtiment central. Trois sentiments se partageaient le cœur de la jeune fille : l'étonnement, la colère et le désespoir !

Quant à sa cousine, elle s'était assise dans l'embrasure de la fenêtre et contemplait le jardin obscurci par les premières ombres du crépuscule.

— Cela n'a rien de nouveau, observa-t-elle en effleurant d'un geste machinal la broche d'or épinglée à son corsage. Fenton n'a jamais été capable de dire la vérité !

— Mais, cette fois, il s'est surpassé ! Sir Brandon est loin d'être le jouvenceau que votre neveu vous a dépeint.

— Oui, c'est un homme dans toute la force de l'âge, renchérit Kat d'un air pensif.

A vrai dire, c'était plutôt au compagnon de lord Cavendish qu'elle pensait en cet instant. Quelle allure avait ce John Stafford ! Personne ne l'avait jamais ainsi éblouie, et le souvenir du regard insistant dont il l'avait considérée pendant tout le dîner lui arracha un long frisson. Devait-elle se sentir flattée ou offusquée par ces attentions ? En tant que châtelaine de Bodiam, elle ne pouvait qu'être choquée par l'attitude de sir John à son égard, puisque c'était sir Brandon qu'elle devait épouser dans trois semaines !

Mais d'un autre côté… Stafford était tellement plus séduisant que son ami ! A vrai dire, Cavendish avait un genre qu'elle n'appréciait pas du tout. Il était trop cérémonieux et flatteur, et débitait trop de discours à l'eau de rose. Elle ne pouvait faire confiance à un tel homme, car on ne savait jamais ce que pouvaient cacher ces beaux dehors. Non, vraiment, ce n'était pas l'homme idéal, et elle avait déjà eu suffisamment affaire à cette sorte de mari !

En outre, force lui était de s'avouer qu'elle avait été profondément émue par les attentions de John Stafford. Quelle femme ne l'aurait été à sa place ? Il était si beau et si charmeur !

Parvenue à ce point de ses pensées, Kat émit un profond soupir. Que ferait cet intrépide soupirant lorsqu'il apprendrait que la femme à laquelle il faisait la cour était destinée à son ami ? Mieux valait ne pas y songer ! Décidément, John Stafford était un homme éminemment dangereux, et elle avait tout intérêt à se tenir sur ses gardes !

— Kat ! s'écria Miranda, vous n'avez pas entendu un seul mot de ce que j'ai dit !

Et, d'un geste mutin, elle saisit un coussin brodé et le jeta en direction de sa cousine, qui eut tout juste le temps d'arrêter le projectile avant qu'il ne passât par la fenêtre !

— Qu'y a-t-il, ma chérie ? interrogea Kat d'un ton contrit.

— Pendant que vous rêvassiez, je vous ai demandé plusieurs fois ce que vous comptiez faire maintenant !

— Voilà une bonne question, murmura Katherine, qui ne put s'empêcher de froncer les sourcils.

— Il ne faut pas continuer plus longtemps cette mascarade, affirma Miranda, qui s'assit sur le bord de la couche pour enlever sa coiffe.

Elle déroula ses longs cheveux, puis se mit en devoir d'ôter le pendentif en forme de cygne que sir Brandon lui avait passé autour du cou. Le soleil couchant, dont les derniers rayons entraient à flots par la fenêtre, se refléta dans l'eau pure des diamants, et le joyau se mit à étinceler de tous ses feux.

— Demain, vous devez avouer notre supercherie à ces messieurs, reprit la jeune fille, et prier pour qu'ils le prennent bien ! En attendant, je vous rends ce qui vous appartient, ajouta-t-elle en tendant le coûteux collier à sa cousine.

Mais Kat secoua la tête. Ses pensées étaient décidément ailleurs. Cesser la comédie ? Mais elle ne savait encore rien de sir Brandon, sinon qu'il avait une tournure plutôt agréable ! Les quelques heures qui avaient séparé le dîner du souper froid n'avaient pas constitué un laps de temps assez long pour qu'elle pût juger du caractère de son futur mari.

— Eh bien, Kat ? insista Miranda en agitant le collier.

Tirée brusquement de ses méditations, Kat se reprit et se leva d'un bond.

— Gardez ce bijou ! jeta-t-elle à sa cousine.

Et, après avoir pris sur la cheminée une longue mèche en coton, elle l'approcha du feu pour l'enflammer, puis alluma une à une toutes les bougies de la pièce.

— C'est à vous que sir Brandon l'a offert, reprit-elle, et il trouverait plutôt étrange de le voir porté par votre cousine !

— Mais il me l'a donné uniquement parce qu'il me prend pour lady Katherine ! murmura Miranda en jouant avec les maillons délicats de la chaîne. C'est vraiment un superbe travail ! ajouta-t-elle dans un soupir.

— Oui, reconnut Kat, qui posa de nouveau la main sur la rose d'or qui fleurissait son corsage.

« Portez-la près de votre cœur ! » lui avait susurré sir John. Le souvenir de ces paroles envoûtantes lui faisait encore battre le cœur. Quel sortilège lui avait-on jeté ce soir ? s'interrogea-t-elle avec inquiétude.

— Ce joyau est superbe, reprit-elle, et vous va mieux qu'à moi. En fait, il correspond davantage à votre genre de beauté. Gardez-le, ma chère, et n'en parlons plus !

— Mais, Kat…

— Pas de « mais » ! J'ai pris une décision irrévocable !

— Laquelle ? interrogea Miranda en ouvrant de grands yeux.

Au lieu de répondre, Kat rejeta la tête en arrière et rit de bon cœur.

— Eh bien... de continuer le jeu ! répliqua-t-elle lorsqu'elle eut repris son sérieux.

— Oh ! Kat, comment pouvez-vous faire cela à sir Brandon ? C'est le plus aimable, le plus attentionné des hommes qui aient jamais franchi le seuil de ce château. Il sera pour vous un mari idéal... et vous voulez le tourner en ridicule ? Fi donc ! c'est absolument honteux de votre part !

Cette violente diatribe surprit étrangement Katherine, qui haussa les sourcils. Jamais elle n'avait entendu la discrète Miranda élever la voix jusqu'à ce jour, et surtout pas en sa présence. Quelle mouche l'avait donc piquée ? Etait-ce l'arrivée de sir Brandon qui l'avait changée à ce point ? En vérité, elle se comportait comme si elle était amoureuse pour la première fois de sa vie !

« C'est moi qui devrais éprouver cela pour sir Brandon, songea Kat avec une légère pointe de jalousie. Mais il me faut davantage de temps pour m'habituer à lui, et pour savoir vraiment ce qu'il vaut ! »

— Paix, ma chérie ! murmura-t-elle en souriant à sa cousine. Je n'ai aucune intention de manquer de respect à lord Cavendish. Peut-être est-il vraiment tout ce que vous dites, mais je n'ai pas envie d'agir dans la précipitation. La Saint-Jean est encore loin, et je veux prendre le temps de connaître davantage mon fiancé. Continuons donc comme nous avons commencé ! Je veux savoir si Fenton a menti en affirmant que sir Brandon buvait, jouait et courtisait les femmes !

— Fenton n'est qu'un bavard inconsistant, remarqua Miranda d'un ton péremptoire.

Elle remit le collier autour de son cou, et s'examina dans le miroir pour juger de l'effet.

— Vous avez raison, Kat, continua-t-elle. Ce doux oiseau a l'air d'avoir été fait spécialement pour moi.

Cette réflexion fut suivie d'un long soupir qui donna fort à penser à Katherine. Miranda était-elle déjà amoureuse, par hasard ?

« En ce cas, conclut la jeune femme, il va me falloir lui trouver rapidement un mari. Quel dommage que je ne puisse pas lui donner le mien ! »

— Le diable vous emporte, John ! Où avez-vous été chercher ces beaux discours sucrés que vous avez débités tout l'après-midi à la maîtresse de maison ?

Après avoir ainsi apostrophé son ami, le vrai Brandon prit le gobelet en grès qu'une servante venait de monter dans la chambre, et se servit une rasade de vin.

Les deux chevaliers étaient logés au sommet de la tour nord, dans une vaste chambre dont les fenêtres avaient vue sur les douves du château. Des relents de vase pénétraient d'ailleurs dans la pièce, paresseusement portés par la brise du soir.

Brandon prit le temps de goûter au breuvage avant d'ajouter :

— Toute cette mélasse m'a presque donné la nausée !

Insensible à cette raillerie, John Stafford se jeta dans l'un des fauteuils confortablement disposés près du feu, et affirma tranquillement :

— Votre lady Katherine est un ange, et vous devriez lui prêter plus d'attention, au lieu de courtiser ostensiblement sa cousine. Après tout, c'est la maîtresse de maison que vous allez épouser, espèce de matou impénitent ! Vous feriez mieux de ne pas l'oublier… et de m'offrir de cet excellent vin, au lieu de tout siroter en égoïste !

Brandon s'exécuta, et tendit à son ami un gobelet rempli jusqu'au bord.

— Ainsi, ma fiancée vous plaît ? interrogea-t-il. Allons,

parlez-moi en toute franchise ! En dehors de toutes vos courbettes, que pensez-vous de ma future ?

— Exactement ce que je vous en ai dit ! C'est la plus délicieuse créature que la terre ait jamais portée, et vous ne devriez pas la négliger.

— Oh oh ! Est-ce à John Stafford de me donner des leçons, lui que toutes les dames de la cour surnomment « John l'Infidèle », et qui a sûrement séduit trois fois plus de femmes que moi ?

John jeta à son ami un regard ironique et rétorqua :

— Pour ce qui est de mes conquêtes, vous en savez sans doute autant que moi. N'en avons-nous pas partagé un certain nombre ?

Cette remarque parut importune à Brandon, qui répliqua négligemment :

— Oh ! c'était il y a beau temps ! Mais laissons cela pour l'instant, et revenons à lady Katherine. La trouvez-vous vraiment si extraordinaire ?

John regarda son compagnon d'un air grave et affirma :

— Lady Fitzhugh est une véritable perle. En un mot, elle est adorable, douce, envoûtante…

— Voilà déjà trois mots au lieu d'un ! l'interrompit Brandon. Qu'est-il donc arrivé au légendaire John l'Infidèle ? Certes, j'ai été moi-même agréablement surpris de constater que Katherine était loin d'être la vieille douairière que nous avait décrite Scantling. Mais de là à la trouver « adorable » ou « envoûtante »…

Sans tenir compte de cette dernière remarque, John répliqua avec indignation :

— Ce petit imbécile de Fenton s'est moqué de nous, et il nous faudra le corriger d'importance quand nous reviendrons à la cour.

— Je suppose qu'il avait une bonne raison, répliqua Brandon en regardant le feu d'un air pensif.

Mais Stafford avait déjà oublié le jeune impertinent, et c'est d'une voix adoucie qu'il observa :

— Il est difficile de croire, en voyant lady Katherine, qu'elle ait jamais pu être deux fois mariée. Vous avez une sacrée chance, mon vieux, et vous devriez vous en réjouir !

Brandon fronça les sourcils. Comment faire comprendre à son ami qu'il ne se sentait pas particulièrement heureux, mais plutôt oppressé, comme si un piège s'était inopinément refermé sur lui ?

— Hum..., fit-il. Je me méfie tout de même.

— Que voulez-vous dire ?

— Lady Katherine est peut-être jeune, élégante et jolie, mais rien ne nous dit que ce n'est pas la sorcière que nous avions redoutée !

Les yeux de John étincelèrent, et c'est d'un ton vibrant de colère qu'il interrompit son ami :

— Taisez-vous donc ! Si vous n'aviez pas un peu trop bu, ce qui est votre seule excuse, je vous aurais déjà provoqué en duel pour défendre l'honneur de cette gente dame.

Brandon examina son complice avec étonnement.

— Qu'est-ce qui vous prend, John ? interrogea-t-il. Réfléchissez un peu, voyons ! Et si la personne que nous avons vue aujourd'hui n'était pas la vraie Katherine ?

— Vous êtes fou à lier... ou complètement soûl !

— Ni l'un ni l'autre ! Je veux simplement dire que Katherine a pu dissimuler son jeu afin de parvenir à ses fins. Je commence même à me demander si elle n'a pas fait plus ! Qui vous dit qu'elle n'a pas versé un philtre d'amour dans les mets qu'elle vous a servis ce soir ? Jusqu'ici, vous vous êtes beaucoup amusé avec les femmes, mais je ne vous ai jamais vu en prendre une au sérieux. A mon avis, cela cache quelque chose !

John haussa les épaules devant une pareille supposition et répliqua :

— Vous déraisonnez, Brandon. Heureusement, les choses

se clarifieront demain, lorsque vous lui révélerez votre véritable identité.

Cette suggestion fit bondir Cavendish.

— Quoi ? s'écria-t-il.

— Vous êtes sourd, ma parole ! Demain, à la première heure, vous devez demander pardon à cette dame pour le mauvais tour que nous lui avons joué. Le jeu est terminé, mon cher ! Il serait cruel de tromper lady Katherine plus longtemps.

Sans répondre, Brandon se versa un autre verre, dont il savoura lentement le contenu. John avait perdu la raison, songea-t-il. Tomber à genoux devant cette sainte-nitouche qui n'arrivait jamais à aligner deux phrases cohérentes ? Jamais de la vie — du moins, pas avant de la connaître davantage. Vraiment, sa promise avait l'air d'une chiffe molle. Quelle différence avec Miranda ! Voilà une femme pour laquelle il valait la peine de se battre, et dont on pouvait s'éprendre corps et âme. Il y avait tant de flamme dans le regard qui filtrait entre ses longs cils ! Katherine à côté d'elle n'était qu'une mauviette.

Galvanisé par cette image, Cavendish se leva d'un bond.

— Demain, déclara-t-il, vous serez encore sir Brandon, et je ferai de mon mieux pour ressembler à mon ami John Stafford.

— Et ces dames ?

— Je pense à elles à chaque instant, et elles vont sans doute hanter mes rêves.

« En particulier celle qui porte une rose d'or à la naissance de ses seins ! » aurait-il aimé ajouter. Mais ce n'était guère le moment de s'attendrir, et c'est d'une voix joviale qu'il ajouta :

— Allons, John, ne faites pas cette tête ! Ce n'est pas une sentence de mort que je viens de prononcer, bien au contraire. Vous allez pouvoir vous délecter à faire la cour à lady Katherine, qui de son côté — on se demande bien pourquoi ! — semble prendre plaisir à vos balivernes. Quant à moi…

Brandon s'interrompit, et un large sourire éclaira ses traits.

— Je poursuivrai mon offensive auprès de miss Miranda Paige, acheva-t-il.

John se leva à son tour et donna un coup de poing amical dans l'épaule de son ami.

— Et vous tromperez ainsi votre femme avant même de l'avoir épousée ! s'exclama-t-il.

Brandon fit la grimace et se massa le bras.

— Il faut bien savoir quelle vérité se cache derrière le masque de « Kat », allégua-t-il.

Et, comme son ami fronçait les sourcils, il ajouta :

— Pendant le souper, j'ai entendu les servantes, entre elles, appeler ainsi leur maîtresse.

— Ne vous avisez pas d'utiliser ce diminutif devant lady Katherine, si vous ne voulez pas avoir affaire à moi !

C'était l'occasion ou jamais de rendre à John son coup de poing, ce dont Brandon s'acquitta avec un réel plaisir.

— Je me le tiendrai pour dit, ô défenseur de la veuve et de l'orphelin ! conclut-il.

— Et combien de temps avez-vous l'intention de continuer cette comédie ?

— Pas plus de trois semaines, promit ironiquement Brandon. Je tiens à profiter de mes derniers jours de célibataire. Après cela, bon ou mauvais, mon destin sera inexorablement scellé !

Chapitre 5

Tirée d'une main sûre, la flèche empennée vola au-dessus de la pelouse et se ficha dans le cœur rouge de la cible.

— Regardez, sir John, j'ai encore gagné ! s'écria Kat avec une évidente satisfaction. Je suis très étonnée que sir Brandon nous ait vanté votre habileté d'archer. Votre flèche est plantée à plusieurs centimètres de la mienne !

— Il a exagéré mes talents, répliqua le faux John Stafford avec une lueur d'amusement dans les yeux. Au fait, quel était l'enjeu, cette fois ?

— Le ruban de votre manche gauche, milord, rappela Katherine. Il complétera l'assortiment que je vous ai déjà gagné !

Un léger sourire aux lèvres, sir John se rapprocha de la jeune femme, et détacha l'un des lacets de satin qui fermaient son pourpoint.

— Si vous continuez ainsi, mes vêtements vont tomber à vos pieds, murmura-t-il. Et que ressentirez-vous lorsque vous me verrez dans le plus simple appareil ?

Kat frémit à cette pensée, et ferma une seconde les yeux pour chasser la vision incongrue. Puis elle saisit le gage que lui tendait son adversaire, et essaya de nouer le ruban à son bras.

— Je ne vous conseille pas d'arpenter cette pelouse en costume d'Adam, rétorqua-t-elle d'un ton railleur. Le temps ici est très changeant, et vous risqueriez fort d'attraper un rhume !

— Bah ! je me serrerais contre votre cœur ! chuchota sir

John, qui prit le trophée des mains de la jeune femme, et le lui attacha lui-même autour du poignet.

Puis il baissa la tête et effleura le nœud d'un imperceptible baiser.

— Voilà bien des folies ! s'écria Kat, dont les joues étaient devenues cramoisies. Je vis loin des raffinements de la cour, milord, et ne suis pas habituée aux discours galants. Que parient donc les dames de Hampton Court lorsqu'elles se mesurent à des messieurs ?

— Oh ! le roi est très généreux envers elles, miss Miranda ! assura sir John en souriant. Chaque soir, après le souper, il fait distribuer à chacune d'elles un petit sac contenant des pièces en argent, afin qu'elles puissent les risquer aux cartes.

— Et vous, milord, jouez-vous aussi grâce à la générosité de Sa Majesté ?

Sir John accueillit cette question d'un franc éclat de rire.

— Vous êtes l'innocence même, répliqua-t-il. Non, ma chère Miranda, ce sont mes propres deniers que je dépose sur le tapis vert !

— Je comprends, fit Kat d'un air pensif.

En fait, elle était ravie de la tournure que prenait la conversation. C'était l'occasion rêvée d'en apprendre davantage sur son futur mari ! Sir Brandon était-il le joueur invétéré que lui avait décrit Fenton ?

— Et lord Cavendish ? interrogea-t-elle innocemment.

Elle jeta un regard furtif au couple qui se tenait à l'autre bout de la pelouse, et fronça les sourcils. Pourquoi sir Brandon se tenait-il aussi près de Miranda ? Il n'avait tout de même pas besoin de lui effleurer l'épaule pour l'aider à tendre la corde de son arc ! Quant à Miranda, son attitude était tout bonnement indécente. Quelle plaisanterie son chevalier servant venait-il de lui chuchoter, pour qu'elle s'esclaffât ainsi ? « Cette écervelée devrait tout de même se rappeler que c'est moi qu'il est censé épouser ! » songea Kat.

— Que voulez-vous savoir sur Cavendish ? interrogea

sir John, qui observait avec attention le manège de son ami. Il a l'air de trouver votre cousine… tout à fait charmante !

Le sujet étant périlleux, Kat préféra ne pas répondre.

— Nous parlions de sir Brandon, lui rappela sir John.

— Ah oui…, murmura la jeune femme après s'être humecté les lèvres. Est-ce qu'il joue beaucoup ?

— Un peu trop, mais c'est un travers qu'il partage avec tous les hommes de la cour !

— Et… risque-t-il de fortes sommes ? Peut-être allez-vous me trouver indiscrète, mais je suis la cousine de Kat, et ne puis que me préoccuper de son sort. C'est pourquoi je me permets de vous parler aussi franchement. Lord Cavendish essuie-t-il de grosses pertes ?

On entendit s'élever de nouveau le rire aigu de Miranda, et sir John esquissa une légère grimace.

— Il court en ce moment un plus grand danger que devant une table de jeu ! marmonna-t-il entre ses dents. Pour répondre à votre question, miss Miranda, je vous dirai que sir Brandon est un excellent joueur, qui adore tenter sa chance !

Il se pencha vers la jeune femme et lui murmura à l'oreille :

— Je sais pertinemment de quoi je parle, car il est mon meilleur ami.

Son souffle chaud, agréablement parfumé à la menthe, effleura la joue de son interlocutrice, qui se sentit doucement défaillir. Ce devait être le temps, songea-t-elle. Il faisait si chaud pour un début de juin ! « Il faudra que je demande à Sondra de me préparer un tonique », se promit-elle.

— Croyez-vous que sir Brandon soit capable de dilapider au jeu la fortune de ma cousine ? reprit-elle.

Sir John parut offusqué par une telle supposition, et c'est la main sur le cœur qu'il répliqua :

— Sur mon âme, je jure… pour lui, qu'il n'en est rien ! Mon ami appartient à une riche famille du Northumberland, et l'argent ne lui a jamais manqué. Ce n'est pas une tête brûlée comme ce petit Fenton Scantling, qui est fort capable de se ruiner en une seule nuit !

— Vraiment ? Ma cousine et moi nous posions justement des questions sur son compte. S'il vous plaît, ayez la bonté d'éclairer ma lanterne !

Un nouveau rire s'éleva derrière eux, et sir John fit une moue de mépris.

— Allons plutôt dans le jardin, proposa-t-il. Ce babillage d'amoureux m'agace !

— Avec plaisir, acquiesça Kat en acceptant le bras que lui offrait lord Stafford.

Tous deux franchirent la haie par un étroit portail et se retrouvèrent dans une allée gravillonnée, qui serpentait entre des plates-bandes de fleurs rares.

— Que disiez-vous de Fen… de lord Scantling ? interrogea Kat au bout d'un instant.

— Pardonnez-moi, mademoiselle, mais c'est un vaurien de la pire espèce !

— Vous pouvez me parler en toute sincérité, milord.

— Eh bien, déclara sir John, sachez que ce jeune fou passe toute la nuit devant les tables de jeu de Hampton Court. Et il perd sans cesse, car il n'a ni chance ni habileté ! Votre cousine ne s'en rend sans doute pas compte, mais il lui a déjà extorqué beaucoup d'argent. Jouer est chez lui une maladie, et il est capable de dilapider la fortune de lady Katherine en moins d'un an si je n'y mets pas le…

Il s'arrêta net et se mordit la lèvre. Mais Kat était trop absorbée dans ses pensées pour remarquer son erreur. Comme elle avait été stupide de croire aux billevesées de Fenton ! se morigéna-t-elle. Dire qu'elle était allée jusqu'à régler les factures de son bijoutier… Le jeune homme avait dû bien se moquer d'elle, en vérité !

— Que se passe-t-il, miss Miranda ? reprit sir John d'un air inquiet. Vous êtes toute pâle ! Pardonnez-moi de vous avoir transmis de si désagréables nouvelles.

Kat secoua la tête et répliqua :

— Ne soyez pas désolé, milord. Vous m'avez rendu le plus grand des services... euh... c'est-à-dire que... je me réjouis que vous ayez abordé ce sujet avec moi plutôt qu'avec ma cousine. Elle est si sensible qu'elle aurait risqué de s'évanouir en entendant cela !

Elle s'interrompit un instant avant de reprendre d'un ton plus léger :

— En ce qui me concerne, vous n'avez rien à craindre. Je suis d'une étoffe plus résistante.

— C'est ce que je vois, murmura sir John en se penchant vers elle, et je vous en félicite !

Seigneur, songea-t-il, comme elle était belle avec son petit menton volontaire et ses yeux verts pleins de flamme ! Résister davantage était au-dessus de ses forces. D'un mouvement impétueux, il la prit dans ses bras et déposa sur ses lèvres roses un baiser léger comme un frôlement d'aile de papillon.

— Ah ! mon Dieu, que faites-vous, sir John ? protesta Kat d'une voix mourante.

— Hum... Je n'aime guère que vous m'appeliez ainsi ! Mais tant pis, je dois m'en contenter pour le moment. Laissez-moi me désaltérer encore à vos lèvres, Miranda... et oublions ce qui viendra demain !

Joignant le geste à la parole, il prit le visage de Kat dans ses mains et le leva doucement vers lui. Eperdue, la jeune femme ferma les yeux. Sir John avait des gestes si tendres, si enveloppants ! Jamais, en treize ans de mariage, elle n'avait été caressée ainsi. Subjuguée, elle le laissa reprendre sa bouche dans un baiser cette fois plus profond, plus exigeant, dont elle partagea sans retenue les délices. Des étoiles colorées dansaient derrière ses paupières closes et elle crut que le souffle allait lui manquer tant elle était émue !

Lorsque son compagnon lentement s'éloigna d'elle, elle eut l'impression que le monde avait brusquement perdu toute chaleur. Frissonnante, elle entendit sir John murmurer :

— Je suis le plus grand fou de la terre, Miranda. Pardonnez-moi, je vous en prie !

Et, sans attendre de réponse, il tourna les talons et s'éloigna, laissant Kat immobile au milieu de l'allée ! Stupéfaite, la jeune femme le regarda disparaître en direction des écuries. « Mon Dieu, songea-t-elle, je n'aurais jamais dû… Comment ai-je pu me laisser aller ainsi ? Non, sir John, vous n'êtes pas l'être le plus insensé de la terre… car cette appellation me revient ! »

Mais le plaisir était décidément plus fort que le dépit, car elle ajouta après quelques secondes de réflexion : « Eh bien, tant pis ! Quoi qu'il puisse advenir désormais, ce que je viens de partager avec sir John m'appartient pour toujours ! »

— Par une aussi douce soirée, on s'attendrait presque à voir Cupidon voleter au-dessus de vos plates-bandes, ma chère Katherine !

Emu, sir Brandon pressa la main de sa compagne, qui était assise à son côté sur un banc de pierre, dans le coin le plus reculé du jardin.

— Le petit dieu attend sans doute le jour du mariage pour se manifester, murmura la jeune fille, qui porta la main à son pendentif en forme de cygne, comme si ce joyau avait été un talisman.

Tremblante, elle tourna la tête vers son compagnon et ajouta d'une voix incertaine :

— Je… je vous remercie encore pour ce merveilleux collier, sir Brandon. Ka… Ma cousine me taquine beaucoup à ce sujet et prétend même que je ne le quitte pas pour dormir !

— Puissé-je moi aussi reposer sur votre poitrine !

Miranda faillit s'étrangler à cette inconvenante suggestion.

— En temps voulu, milord, répliqua-t-elle. Je suis une honnête femme, et j'attendrai que le serment du mariage nous ait liés avant de vous accorder la moindre privauté !

Ainsi rappelé à l'ordre, sir Brandon s'écarta légèrement de sa voisine.

— Vous avez raison, milady, et la leçon était bien méritée ! reconnut-il. Je crains d'avoir été perverti par la légèreté de mœurs qui règne à la cour. Veuillez accepter mes plus sincères excuses.

— Mais je ne suis pas le moins du monde offensée, répliqua Miranda. Il est plutôt flatteur pour moi de constater que mon fiancé a hâte de devenir mon mari !

— Si seulement il en était ainsi ! soupira son compagnon dans un murmure inaudible.

— Je vous demande pardon ?

— Rien, mon amour. Je me disais seulement que vous méritiez le meilleur des époux !

La jeune femme s'apprêtait à répondre, lorsqu'un bruit de pas fit crisser le sable de l'allée.

— Je crois que c'est Violette, l'une des femmes de chambre du château, déclara Miranda en scrutant la silhouette de la nouvelle venue.

— C'est bien moi, mademoiselle… euh, lady Katherine ! balbutia la soubrette en esquissant une révérence. C'est miss Miranda qui m'envoie. Elle craint que vous ne preniez froid, et vous suggère de la rejoindre dans la grande salle, où elle se trouve déjà avec lord Stafford. Il fait trop frais à cette heure pour rester dans le jardin !

— Excellente idée, assura sir Brandon avec un sourire qui découvrit la blancheur de ses dents. Retournons auprès de votre vigilante cousine, milady !

Miranda hocha la tête et se leva aussitôt, sous le regard inquisiteur de la femme de chambre.

— Merci, Violette, murmura la jeune fille. Allez dire à miss Miranda que nous arrivons !

Ainsi congédiée, la servante s'inclina de nouveau, puis s'éloigna en courant dans l'ombre du sentier, non sans avoir jeté à la fausse Kat un regard de connivence un peu trop appuyé.

Dès qu'il se retrouva seul avec Miranda, sir Brandon fit une moue dubitative.

— Pouvez-vous éclairer ma lanterne, milady ? interrogea-t-il. Le comportement de vos soubrettes m'intrigue beaucoup. Seraient-elles affligées d'une étrange maladie ?

— Que voulez-vous dire, milord ? répliqua Miranda en acceptant le bras que lui tendait son compagnon.

Sir Brandon fit quelques pas avec elle avant de préciser :

— Depuis mon arrivée et celle de mon ami, elles n'arrêtent pas de ricaner et de se lancer des coups d'œil complices, quand elles ne sont pas en train de se pousser du coude. Serait-ce moi qui suscite leur permanente hilarité ?

Miranda rougit légèrement. Dieu merci, songea-t-elle, la nuit était maintenant assez profonde pour que sir Brandon ne s'aperçût pas de son trouble.

— Ne croyez pas cela, milord, murmura-t-elle enfin. Ce sont tout simplement des filles de la campagne, et elles n'ont guère l'habitude de côtoyer de beaux messieurs. Pardonnez-leur de se montrer parfois si sottes !

Sans répondre, sir Brandon ouvrit le portillon qui avait été ménagé dans une haie, et s'effaça galamment pour laisser passer sa compagne.

— J'ai une autre question, milady, reprit-il en observant une halte. Pourquoi ces jeunes filles portent-elles toutes un nom de fleur ? J'ai déjà croisé Marguerite, Rose, Violette... Leur mère était-elle jardinière, par hasard ?

Le trouble de Miranda se mua en amusement, et elle ne put s'empêcher de rire.

— Oh ! non, milord ! Au début, elles se nommaient Ann ou Mary comme la plupart des jeunes filles du comté. Quand lord Fitzhugh est mort, ma cousine a congédié tout le personnel qu'il s'était choisi, et a embauché à la place les filles de ses fermiers les plus pauvres, ce qui était une façon détournée de leur venir en aide.

— Votre cousine ? interrogea sir Brandon d'une voix étonnée.

Miranda se mordit la lèvre, puis se hâta d'expliquer :

— Oui, je… C'est elle qui s'occupe de la maisonnée et du domaine. Elle s'y entend beaucoup mieux que moi, et je suis heureuse de la laisser faire. C'est donc elle qui a eu l'idée de rebaptiser nos servantes. N'est-ce pas plus joli ainsi, et surtout moins banal ?

Sir Brandon se remit à marcher, et Miranda remercia le ciel de s'en être tirée à si bon compte. Comment n'aurait-elle pas perdu ses esprits, quand un seul regard de cet homme suffisait à lui faire chavirer le cœur ?

— Je ne voudrais pas vous attrister par un si beau soir, milady, reprit lord Cavendish, mais puisque vous avez vous-même prononcé son nom, puis-je vous demander comment est mort votre dernier époux ?

Miranda hésita un instant. Elle n'aimait guère à se rappeler les derniers instants de Fitzhugh. La fin de cet homme avait été à la hauteur de sa vie, et ni l'une ni l'autre n'avaient été bien recommandables !

— D'après le médecin, il a eu une congestion cérébrale, répliqua-t-elle enfin. C'est arrivé au moment où il était en train de battre ma cousine, et…

Sir Brandon s'arrêta si brusquement que sa compagne trébucha, et serait même tombée s'il ne l'avait retenue en lui passant un bras autour de la taille.

— Quoi, il a frappé votre aimable cousine ! s'écria-t-il d'une voix vibrante de colère.

Miranda réfléchit pendant quelques secondes. Certes, Kat détestait qu'on évoquât le souvenir de Fitzhugh, mais, d'un autre côté, il ne serait peut-être pas mauvais que sir Brandon sût quel enfer avait vécu sa future. Peut-être cela l'inciterait-il à être aimable avec elle, et à lui donner la tendresse dont elle avait tant manqué !

— Oui, répondit-elle enfin, c'était son habitude. Parfois

il se servait de sa ceinture, parfois d'un fouet… quand il ne se contentait pas de ses mains nues ! Il aimait entendre ses sanglots, et ne détestait pas non plus de voir son sang couler.

— Grand Dieu ! s'exclama sir Brandon. Pourquoi ne l'arrêtiez-vous pas ?

La jeune femme baissa la tête, un peu honteuse. En fait, elle n'avait jamais été très courageuse, et les colères de Fitzhugh l'avaient toujours terrifiée, au point qu'elle se réfugiait souvent dans le fenil, ou même au besoin sous un lit, le temps que son terrible cousin consentît enfin à se calmer ! Aussi fut-ce d'une voix à peine audible qu'elle répondit :

— Fitzhugh traitait ma cousine comme si elle était l'une de ses servantes. Personne n'aurait osé l'affronter dans ses moments de fureur, et c'était un soulagement lorsqu'il se rendait à la cour pour y passer un mois ou deux. Ma cousine et moi attendions ces absences avec l'impatience que vous pouvez imaginer. C'étaient les seuls moments où nous respirions un peu !

Bouleversé, sir Brandon prit Miranda dans ses bras et la serra tendrement contre lui.

— Comme vous avez dû souffrir…, murmura-t-il.

Mais la jeune femme n'en avait pas terminé. Levant la tête pour rencontrer le regard de son compagnon, elle chuchota d'une voix suppliante :

— J'ai quelque chose à vous demander, milord.

— N'hésitez pas ! Tout ce que vous exigerez est accordé d'avance !

— Quand vous serez marié, promettez-moi de ne jamais lever la main sur votre épouse !

Sir Brandon prit la main de sa compagne et la serra fermement dans les siennes.

— Sur mon salut éternel, déclara-t-il, je vous jure que sir Brandon ne brutalisera jamais son épouse.

Les yeux mi-clos, Miranda poussa un soupir de soulagement.

— Je vous remercie, milord, murmura-t-elle. Vous ne savez pas quelle joie vous venez de me faire.

— C'est bien peu de chose, et je vous donnerais davantage si c'était en mon pouvoir.

Cédant à la tentation, il baissa la tête pour poser ses lèvres sur celles de Miranda, mais la jeune fille devina son intention et fit un pas en arrière. « Pas de ces effusions, songea-t-elle, sinon je serai tout bonnement incapable de lui résister, et il obtiendra de moi tout ce qu'il voudra ! »

— La nuit devient fraîche, milord, chuchota-t-elle. Hâtons-nous de rentrer !

Le chevalier hocha la tête et s'empressa de lui offrir de nouveau le bras.

— Vous avez raison, acquiesça-t-il. C'est beaucoup plus sage ainsi !

Au moment où ils approchaient du château, Miranda se tourna une dernière fois vers sir Brandon et murmura :

— J'ai une ultime requête à formuler, milord. Puis-je vous recommander de ne pas aborder ce sujet avec ma cousine ? Bien que deux ans se soient écoulés depuis lors, le souvenir de cette terrible époque lui est encore douloureux.

— Vous avez ma parole, répliqua le gentilhomme en lui serrant la main. Je ne dirai pas un mot de tout cela à miss Miranda. Mais je me réserve le droit d'en parler encore avec vous !

Chapitre 6

— Que dites-vous ? s'écria Brandon. Fitzhugh battait Miranda ?

— Il s'en prenait aux deux cousines, affirma Stafford. Lady Katherine en a été si traumatisée qu'aujourd'hui encore elle a le plus grand mal à en parler.

Voyant la pâleur de son ami, il s'interrompit un instant pour lui tendre une timbale de vin.

— Buvez, conseilla-t-il, cela ira mieux ensuite.

Brandon leva le gobelet et en avala d'un trait plus de la moitié.

— Quand je pense que cette vipère venimeuse a osé faire du mal à une aussi charmante jeune femme ! s'exclama-t-il après s'être essuyé les lèvres.

— Ces deux charmantes jeunes femmes, corrigea Stafford.

Mais Cavendish ignora l'interruption et fit une moue de dédain.

— Je me rappelle avoir vu ce chien à la cour, murmura-t-il. C'était une espèce de bouledogue, gros et court comme un tonneau, toujours en train de hurler sur ses domestiques. Un triste sire !

Il jeta un regard sur son ami, qui s'était mis en devoir d'ôter ses bottes, dans l'intention manifeste de se coucher. Puis il reprit d'un ton navré :

— Et, pendant que cet imbécile s'amusait à la cour, la pauvre Katherine et la délicieuse Miranda rongeaient leur frein à Bodiam, tremblantes de peur à l'idée que cette brute pouvait rentrer d'un jour à l'autre !

Il poussa une exclamation de colère, et ajouta :

— Personne n'a donc essayé de les protéger ?

— Qui l'aurait pu ? répliqua John. Ce malheureux Montjoy ? Il ne tient pas debout, voyons ! Le cuisinier, les servantes ? Personne n'aurait osé défier le maître de Bodiam dans sa propre demeure !

— Et le neveu chéri de lady Katherine ? ricana Brandon.

Stafford haussa les épaules.

— Vous connaissez Fenton comme moi ! observa-t-il. En outre, ce petit pleurnichard était le pupille de Fitzhugh, et avait fort bien compris où étaient ses intérêts. Il ménageait son oncle et n'a changé d'attitude qu'après sa mort, lorsque la balle est passée dans le camp de Katherine !

Brandon poussa un long soupir et observa :

— Au moins, nous savons désormais que cette malheureuse femme n'a pas empoisonné Fitzhugh. Pourtant, il aurait été difficile de l'en blâmer si elle l'avait fait !

Stafford dénoua les lacets de ses manches et précisa :

— Elle est innocente aussi de la mort de son premier mari. J'ai interrogé sa femme de chambre, qui est formelle. Lewknor était âgé de quatre-vingts ans lorsqu'il l'a épousée… et elle n'en avait que quinze !

— A quoi pensait son père de la marier à un pareil barbon ? se récria Brandon.

— Lewknor était riche, expliqua John en ôtant son pourpoint de velours brun, et Bodiam lui appartenait. En fait, il n'avait pas besoin d'une épouse, mais d'une infirmière ! Il lui a fallu dix-huit mois pour rendre son dernier soupir…

— Et laisser derrière lui une jeune et riche veuve ! compléta son ami.

— Oui, mais la veuve en question avait aussi un père cupide et avare. Il attendit à peine que le deuil de sa fille fût terminé, pour la remarier à Fitzhugh, qui possédait d'immenses terres dans le comté. A ce propos, je dois vous féliciter, lord Cavendish ! Vous avez pour fiancée la femme la plus riche du Sussex. Ah ah ! voilà qui éveille votre intérêt, n'est-ce pas ?

— Que signifie cette remarque ?

— Que vous allez peut-être enfin faire la cour à votre fiancée ! Depuis une semaine que nous sommes là, vous l'avez à peine regardée et ne lui adressez pratiquement jamais la parole.

— Comment le pourrais-je ? protesta Brandon. Vous monopolisez constamment son attention, et passez votre temps à faire des singeries pour lui plaire : chanter, composer des poèmes, et j'en passe !

Stafford prit l'un des bas qu'il venait d'ôter et le jeta sans ménagement à la tête de son ami.

— Je l'ai fait pour vous, imbécile ! se défendit-il. N'oubliez pas que si je flirte avec cette sylphide, c'est en votre nom. Quant à vous, vous ne songez qu'à faire le joli cœur avec son accorte cousine. Non, décidément, il est temps de mettre un terme à cette comédie !

— Avant que vous ne tombiez amoureux pour votre propre compte de lady Katherine ? interrogea ironiquement Brandon.

Un instant de silence suivit cette question, et les deux hommes purent entendre le feu craquer joyeusement dans l'âtre.

— Mes sentiments me regardent, répliqua enfin Stafford.

Il s'assit sur le vaste lit capitonné qu'il partageait avec Brandon, et se glissa voluptueusement entre les draps.

— Faites attention, reprit-il. Katherine a été très malheureuse avec ses deux premiers maris, et ne mérite pas de connaître une troisième fois ce destin ! Pour être franc, je lui ai promis en votre nom qu'il n'en serait pas ainsi !

Brandon se tourna vers son ami.

— Le diable vous emporte, John ! Vous savez très bien que je suis incapable de frapper une femme. Pourquoi semblez-vous tout à coup en douter ?

— Oh ! j'en suis persuadé ! Mais il existe d'autres façons

de blesser. Lady Katherine est si sensible ! La moindre trahison l'atteindrait en plein cœur, soyez-en sûr. Voilà qui nous ramène d'ailleurs à un sujet brûlant : quand comptez-vous lui parler de Belle et de Francis ?

— Je verrai, répliqua évasivement Brandon, qui avait commencé à se dévêtir à son tour.

— Pourquoi pas demain ? insista Stafford en se soulevant sur un coude.

— Elle sera informée de leur existence quand je le jugerai bon ! rétorqua nerveusement Brandon.

Il reprit la cape qu'il venait d'ôter, et la jeta sur ses épaules.

— Où allez-vous ? interrogea Stafford. Il n'est pas loin de minuit !

— Je vais au diable ! répondit son ami en ouvrant la porte.

— Eh bien, saluez-le de ma part !

Sans répondre, Brandon claqua le battant derrière lui, et s'engagea dans l'escalier à vis qui débouchait sur les remparts. Lorsqu'il le vit surgir, le garde posté sur le chemin de ronde le salua d'un signe de tête. La nuit était superbe, et un croissant de lune, suspendu dans le ciel constellé d'étoiles, éclairait les treuils géants qui permettaient de manœuvrer les herses du château.

Les avant-bras appuyés sur le mur qui s'élevait à hauteur de sa poitrine, Brandon jeta un regard songeur sur le paysage enténébré. Dans quelle situation se trouvait-il ! Et tout cela par sa faute… Sa mère ne lui avait-elle pas répété autrefois que les menteurs finissaient toujours par être pris à leur propre piège ? Eh bien, c'était exactement ce qui venait de lui arriver !

Que pouvait-il faire, maintenant ? s'interrogea-t-il avec désespoir. Jusqu'à cet instant, il s'était refusé à envisager l'imminence d'un mariage dont chaque jour le rapprochait pourtant de façon inexorable. Jouant avec le feu, il s'était amusé à croire qu'il était en train de vivre quelques semaines de vacances à la campagne, en compagnie d'une femme plus que charmante. « La cousine de ma future ! songea-t-il. Décidément, je ne suis qu'un imbécile ! Que deviendrai-je lorsque j'aurai épousé Katherine, et qu'il me faudra, jour après jour, m'asseoir à la table familiale en présence de Miranda, et la regarder comme si elle ne m'inspirait rien d'autre qu'une fraternelle affection ? »

L'image de la jeune femme se dressa tout à coup devant lui, belle à damner les anges. « Miranda ! » se répéta-t-il doucement. Comme elle était séduisante avec son opulente chevelure auburn, où le soleil de juin allumait des reflets d'or et de cuivre ! Comment pourrait-il dormir auprès de lady Katherine, sans s'imaginer que c'était sa cousine qu'il tenait dans ses bras ? Construit sur de telles bases, son mariage ne pourrait être qu'un mensonge, pire encore que la comédie d'aujourd'hui !

Non, se promit-il, pour la paix de son âme, et au nom de la loyauté dont il devait faire preuve envers lady Fitzhugh, il fallait qu'il éloignât Miranda de Bodiam dès le lendemain de ses noces. Peut-être pourrait-il la confier à John, qui l'emmènerait avec lui à la cour. Là-bas, elle ne manquerait pas de soupirants prêts à se damner pour elle. Mais c'était justement là que le bât blessait Brandon ! Comment pourrait-il supporter l'idée qu'un autre homme le supplantât dans les bras de cette voluptueuse créature ?

« Alors, que veux-tu ? s'interrogea-t-il. L'envoyer au couvent ? » Mais la réponse ne se fit pas attendre, inexorable. Dieu vienne en aide à l'abbesse qui aurait sous ses ordres une telle novice ! Miranda n'était pas faite pour devenir religieuse. Elle n'avait pas plus de vocation que le jeune frère de Brandon, qui prétendait pourtant se faire moine, lorsqu'une jeune sirène française nommée Céleste l'avait heureusement détourné de ce projet.

Non, Miranda ne pouvait devenir nonne, mais il n'en restait pas moins qu'elle devait quitter le comté ! conclut-il. Le mieux qu'il pût faire, c'était de l'établir à la cour après l'avoir dotée d'une confortable rente. Et tant mieux si elle se mariait ! C'était la meilleure chose à lui souhaiter.

Avec un gémissement, Brandon se pressa les yeux de ses deux poings fermés. Comment pourrait-il jamais renoncer à cette enchanteresse ? Elle avait envahi ses rêves, son cœur, et réduit à néant ce qui pouvait lui rester de bon sens. Un dicton populaire affirmait que l'amour rendait fou, mais jamais il ne s'était rendu compte à quel point c'était vrai. Oui, il aimait Miranda, mais la jeune femme devait l'ignorer à jamais, et personne ne pourrait lui en extorquer l'aveu, même sous la torture !

John avait tout de même raison, songea-t-il. Il était impossible de se complaire plus longtemps à ce jeu de cache-cache. Qu'on le laissât seulement être John Stafford pendant deux jours de plus, le temps de se détourner en douceur de Miranda. Ensuite, il pourrait faire la cour à cette pauvre lady Katherine, et se consacrer à elle pendant les deux semaines qui précéderaient le mariage.

Brusquement, les paroles de son ami lui revinrent à l'esprit et il songea à Belle et à Francis, ses deux enfants de l'amour. Comment s'y prendrait-il pour avouer à Katherine qu'elle allait devenir épouse et mère en même temps ? Plaise au ciel qu'elle n'ait pas une crise de nerfs en apprenant la nouvelle ! se dit-il. Il valait mieux qu'elle gardât toutes ses forces, car elle en aurait besoin pour dompter cette petite capricieuse de Belle !

Parvenu à ce point de ses réflexions, Brandon poussa un soupir. Peut-être devrait-il attendre pour parler de Francis à sa nouvelle épouse. Un seul enfant à la fois, c'était sans doute plus sage !

« O Henri, conclut-il à mi-voix, vous êtes peut-être mon roi et mon suzerain, mais, comme c'est à vous que je dois tous ces ennuis, vous avez beaucoup de chance de n'être pas là en ce moment, car rien ne vous préserverait de lier connaissance avec mon poing ! »

*
* *

— Wormsley, où cachez-vous votre damnée carcasse ? cria Fenton Scantling, dont la voix retentissante résonna dans les sous-sols de Hampton Court.

Tod Wormsley, qui était en train de dîner à l'office avec les autres domestiques, s'essuya précipitamment la bouche et se hâta de quitter la pièce, sans paraître remarquer les ricanements de ses commensaux. Puis il remonta quatre à quatre les degrés qui conduisaient au rez-de-chaussée, en priant que son maître ne lui infligeât pas de correction en public. Mais cet espoir fut de courte durée, car, à peine émergea-t-il de l'escalier, que Fenton l'accueillit d'un violent coup de poing dans l'épaule.

— Imbécile ! s'écria le jeune homme. Il y a un quart d'heure que je vous cherche ! Ne savez-vous pas qu'un bon valet doit toujours se trouver là quand son maître a besoin de lui ?

Tod trébucha sous la violence de l'assaut, et dut retenir le chapelet d'injures qui lui était spontanément monté aux lèvres.

— Excusez-moi, murmura-t-il, je pensais que vous étiez à Londres, et…

— J'y suis allé, en effet, mais je suis de retour, comme vous pouvez le constater ! hurla Scantling.

Le jeune fat était vêtu de ses vêtements de ville les plus élégants, mais il était aisé de voir que quelque chose n'allait pas, comme le constata Wormsley en jetant un regard oblique à son tortionnaire.

— Que s'est-il passé ? interrogea le serviteur, qui fit prudemment un pas de côté pour éviter une nouvelle bourrade.

— Que le diable emporte cette catin ! répliqua Fenton pour toute réponse. Je vous donne ma parole qu'elle le paiera cher.

— De quelle catin parlez-vous, milord ? demanda timidement Wormsley.

— De la sorcière qui tient les cordons de ma bourse,

riposta Fenton, en poussant Tod Wormsley dans le couloir qui menait à son minuscule appartement.

— S'agit-il de lady Katherine ? insista le valet.

— Oui, la diablesse ! répliqua Scantling d'un ton furieux.

Il ouvrit la porte de sa chambre et propulsa Wormsley à l'intérieur sans le moindre ménagement.

— Faites mes bagages ! ordonna-t-il dès que le battant fut refermé.

— Vous partez pour longtemps, milord ? interrogea Tod en massant son bras endolori.

— Empaquetez tout ! ordonna Fenton. Depuis que la nouvelle des fiançailles de ma tante s'est répandue, je suis l'homme le plus recherché de Londres. Tous mes créanciers se sont juré de mettre la main sur moi !

Il saisit le pichet de vin qui se trouvait sur la table et se versa une rasade.

— Je ne suis plus qu'un gibier, reprit-il d'un ton maussade. Il n'y avait pas plus de dix minutes que j'étais en ville, lorsque j'ai été abordé par deux marchands.

— C'est terrible, répliqua Tod, qui avait tiré de dessous le lit deux grands sacs de voyage.

Il ouvrit la commode, et en sortit le linge de son maître, non sans formuler une muette prière : « Fasse le ciel que l'orage soit passé ! Lorsque ce jeune Scantling se met en fureur, il devient pire qu'un molosse enragé ! »

— Maudits chiens ! s'écria Fenton après avoir vidé son gobelet. Quand je leur ai donné ma pratique, ils étaient prêts à m'accorder un crédit illimité. Le nom de Fitzhugh était connu de tous les tailleurs et joailliers de London Bridge, et c'était un véritable passe-partout !

Il remplit une seconde fois son verre, tandis que Tod glissait une poignée de chaînes en or dans des souliers de danse en satin blanc. Dire qu'une seule de ces babioles aurait fait vivre ses frères et sœurs pendant toute une année ! songea le jeune serviteur avec une certaine amertume.

— Vous avez toujours eu bon goût en matière de mode, milord, observa-t-il, dans l'espoir bien vain de détourner la conversation.

— Certes, mais à quoi cela me servira-t-il maintenant ? Je vais en être réduit à porter des haillons !

Tod fit une moue dubitative. Le fils trop choyé de la sœur de lady Fitzhugh n'avait jamais connu le besoin, grâce à la générosité de sa tante, et il y avait fort à parier qu'elle ne l'abandonnerait jamais à lui-même. Scantling avait décidément trop de chance !

— N'exagérons rien ! Milady ne vous a tout de même pas supprimé tout subside, déclara-t-il.

Il savait qu'il prenait le risque de recevoir un nouveau coup, mais la phrase impertinente était sortie de sa bouche avant qu'il ait pu la retenir. Heureusement, Fenton ne parut pas s'en formaliser.

— Pas encore, reconnut-il, mais mes créanciers refusent d'attendre davantage. Ils veulent être payés tout de suite, avant que Cavendish ne mette la main sur les revenus de ma tante et ne me coupe les vivres !

Il avala son vin d'un trait, puis se mit à pianoter nerveusement sur son genou.

— L'un de ces roquets a même affirmé que mes jours de splendeur étaient passés ! ajouta-t-il.

— Hum…, fit Tod en empilant les chapeaux de Fenton d'une main experte.

— Le plan que j'avais conçu pour empêcher ce mariage a apparemment échoué. J'avais espéré que l'un des deux partenaires au moins prendrait mes avertissements au sérieux, et convaincrait le roi de changer d'avis. Mais, au lieu de cela, j'ai appris par un courrier de Bodiam que les deux futurs se plaisaient infiniment !

Fenton se pencha en avant et darda sur Tod ses yeux noirs étincelants de colère.

— Que Kat aille au diable avec ce Cavendish ! s'exclama-t-il. Je ne la laisserai pas faire. L'héritage de mon oncle m'appartient, et je n'ai aucune intention d'en être spolié !

Sans répondre, Tod déposa les couvre-chefs par-dessus les chemises, en prenant bien garde de ne pas froisser les plumes. Pourvu que Fenton ne réussît pas à accomplir ses mauvais desseins ! songea-t-il. Lady Katherine était trop gentille, et, s'il avait eu lui-même la moitié du courage dont elle avait fait preuve avec son second mari, il aurait quitté le service de ce petit monstre de Fenton ! Mais il était trop lâche pour cela, il le savait. Scantling, bien qu'il fût parfaitement vil, lui assurait le gîte et le couvert, outre de menus gages, et c'était plus que n'en avait jadis espéré le troisième fils d'un porcher !

— Vous avez un plan, milord ? s'enquit-il en exerçant une pression sur le sac pour le fermer.

— Oui. Nous allons partir ce soir même pour Bodiam. Une fois là-bas, je tâcherai de circonvenir ma tante pour qu'elle me signe une donation. Je suis passé chez un notaire avant de rentrer, et j'ai le document tout prêt dans ma poche. Après cela, elle pourra retourner à son cher Cavendish et avoir de lui une portée d'enfants si elle le souhaite, je n'en aurai cure. Bodiam m'appartiendra, et sir Brandon ne pourra rien y faire !

Revigoré par cette pensée, Fenton se leva et arrangea sa coiffure devant le miroir.

— Je vais souper à la table du roi, annonça-t-il. Les chevaux seront sellés à 20 heures et je vous conseille d'être prêt !

Tod fit une légère grimace. D'habitude, il ne s'immisçait jamais dans les projets de Fenton, mais cette fois il en allait autrement. Lady Katherine avait toujours été bonne pour lui, et il tenait à lui éviter des désagréments.

— Tout le palais va épier notre départ nocturne, allégua-t-il, et vos créanciers auront tôt fait de deviner que vous êtes en route pour Bodiam, où ils sauront bien vous retrouver… et mettre votre tante au courant de votre situation !

La main déjà sur le loquet, Fenton s'arrêta net.

— Pour une fois, vous avez raison, admit-il. Que proposez-vous ?

Tod réfléchit rapidement. L'essentiel était de gagner du temps afin de ne pas arriver à Bodiam en pleine nuit, ce qui ne lui laisserait aucun moyen de prévenir la maîtresse de maison des intentions de son neveu.

— Nous devrions partir demain matin, déclara-t-il, sans nous cacher, en affirmant à qui voudra l'entendre que nous allons rendre visite à des amis qui habitent Oxford.

— Pas mal ! Et après ?

— Dans un premier temps, nous nous dirigerons vers Bath, avant de bifurquer discrètement vers Bodiam. Ainsi pourrons-nous semer d'éventuels poursuivants.

Apparemment convaincu par la justesse de ce raisonnement, Fenton fit friser la plume de son chapeau et ordonna :

— Finissez les paquets, puis descendez à l'office. Vous y souperez avec vos camarades, et n'oublierez pas de claironner la nouvelle de notre départ pour Oxford. C'est là une excellente idée, en vérité !

Il fit claquer la porte sur ces mots, laissant son valet de chambre à ses préparatifs. Resté seul, Tod poussa un profond soupir. L'humeur changeante de son maître le déconcertait toujours, et il savait que c'était lorsqu'il paraissait calme que Fenton était en fait le plus dangereux. « Seigneur, faites que j'arrive cette fois à déjouer ses plans ! » pria-t-il avec ferveur.

Le lendemain, le soleil se leva sur Bodiam dans un ciel aussi bleu que celui des jours précédents, et Kat se hâta de faire honneur au petit déjeuner, avant de rejoindre ses hôtes dans la grande salle. L'un dans l'autre, la semaine qui venait de s'écouler avait été des plus agréables à vivre, songea-t-elle. Dieu merci, Miranda avait cessé de lui demander quand elle comptait mettre fin à cette petite comédie, et elle avait bien l'intention de profiter de ce répit. Encore quelques jours à jouir des attentions de sir John, et puis… Mais on n'en était pas encore là ! s'interrompit-elle.

Lorsque Miranda et Kat eurent retrouvé les deux chevaliers au rez-de-chaussée, sir John s'inclina avec empressement devant elles.

— Bonjour, mesdames ! murmura-t-il. Puisse ce jour vous apporter toutes les satisfactions que vous en attendez !

Ce préambule arracha un sourire à la maîtresse de maison, qui répliqua d'un ton railleur :

— Voilà une phrase fort bien tournée, sir John. Auriez-vous pris des leçons de lord Cavendish ?

— Il m'a sérieusement reproché mon manque de civilité, avoua le faux Stafford, qui adressa un clin d'œil à son ami.

— Qu'allons-nous faire avant le repas ? demanda Miranda en se tournant d'un air interrogateur vers ses compagnons.

Les deux hommes échangèrent un nouveau regard, et sir John s'éclaircit la voix.

— Pourquoi ne viendriez-vous pas vous promener à cheval avec nous ? demanda-t-il à la jeune femme, sans inclure sa cousine dans cette invitation.

Kat le dévisagea avec étonnement. « Ai-je donc fait ou dit quelque chose qui lui a déplu ? » se demanda-t-elle. Mais, avant qu'elle ait eu le temps de s'interroger davantage, Sondra Owens, la gouvernante du château, fit irruption dans la pièce, suivie de deux femmes de chambre qui portaient des rouleaux d'étoffe.

— Pardon, miss Miranda, fit la nouvelle venue en esquissant une révérence, mais j'ai absolument besoin de vous.

Kat leva les sourcils d'un air surpris.

— Tout de suite ? questionna-t-elle.

— Oui, mademoiselle, affirma Sondra avec des yeux brillants de malice. Il ne reste plus que quinze jours avant les noces, et nous devons commencer la robe de lady Katherine.

— Ma… robe de mariée ? intervint Miranda d'une voix effarouchée.

Sondra ne put retenir un joyeux éclat de rire.

— Oui, milady, confirma-t-elle et c'est une bénédiction que la maîtresse de Bodiam épouse enfin un homme qu'elle aime ! Aussi ai-je besoin de l'aide de miss Miranda, qui a presque exactement les mêmes mensurations que vous. Pendant que vous vous promenez avec ces messieurs, je ferai sur elle les premiers essayages, afin d'économiser votre temps. Vous verrez, nous allons vous confectionner une toilette éblouissante !

Kat interrompit la bavarde d'un petit geste.

— J'ai un mot à vous dire, Sondra. Veuillez m'excuser un instant, ajouta-t-elle à l'adresse des deux chevaliers.

— Hâtez-vous, mademoiselle, répliqua sir Brandon, car votre absence est toujours un supplice pour nous !

La jeune femme regarda le prétendu Cavendish et étouffa un soupir d'exaspération. « Dieu me protège, songea-t-elle, mais je vais devenir folle si je dois épouser ce diseur de fadaises. C'est vraiment à hurler ! »

Prenant Sondra par la main, elle l'entraîna vers un paravent qui se dressait à l'autre bout de la pièce.

— Que signifie cela ? demanda-t-elle à la gouvernante, lorsqu'elles furent à l'abri des oreilles indiscrètes. Votre prétexte est cousu de fil blanc, c'est le cas de le dire ! Vous connaissez mes mesures mieux que je ne les connais moi-même, et pourriez me faire n'importe quel vêtement les yeux fermés !

— C'est vrai, avoua Sondra avec un petit rire.

— D'ailleurs, je ne tiens pas à gâcher de l'étoffe pour ce mariage, et je porterai ma robe de soie bleue, qui fera fort bien l'affaire. Pour épouser ce paon prétentieux, cela suffira bien !

Son interlocutrice s'esclaffa de nouveau.

— Enfin, qu'y a-t-il ? interrogea Kat. Vous me cachez quelque chose, je le sens bien !

— Oui, milady, reconnut Sondra, mais pas pour longtemps !

Elle se pencha vers sa maîtresse et lui chuchota à l'oreille :

— Envoyez ces nobles messieurs se promener avec miss Miranda. Pendant ce temps, je vous raconterai quelque chose qui vous réjouira le cœur, je vous en réponds !

Kat regarda la jeune femme sans répondre. Plus que sa gouvernante, Sondra était son amie et sa confidente. Les villageois la traitaient de sorcière, car elle possédait l'art de soigner et la connaissance des plantes, mais Kat savait bien que cette accusation était absurde. Sondra possédait tout simplement un pouvoir intuitif qui lui permettait de lire dans les âmes, et elle lui avait toujours fait totalement confiance.

— Accordez-moi un peu de temps et d'attention, insista la jeune gouvernante, et vous ne le regretterez pas !

— Très bien, acquiesça Kat. Allez dans ma chambre, et je vous y rejoindrai dans un instant. Mais congédiez d'abord ces filles ! Vous savez comme moi qu'elles sont incapables de garder le moindre secret.

Sondra émit un nouveau gloussement et frappa dans ses mains pour disperser les servantes, qui regagnèrent aussitôt les cuisines. Kat, pendant ce temps, avait déjà rejoint ses trois compagnons.

— J'espère que ces quelques secondes d'absence ne vous ont pas fait mourir, sir Brandon, dit-elle à lord Cavendish avec ironie.

Gênée par le ton aigre-doux de sa cousine, Miranda se hâta d'intervenir :

— Que faisons-nous ? interrogea-t-elle.

— En ce qui me concerne, je vais rester ici avec Sondra, répondit Kat, et affronter stoïquement les patrons, les rubans et les épingles ! Mais que cela ne vous fasse pas renoncer à votre promenade. Nous nous retrouverons pour le dîner. Passez une bonne journée, sir John ! La campagne vous inspirera sans doute de charmants madrigaux, puisque vous donnez vous aussi dans le langage fleuri.

Lord Stafford pinça les lèvres et répliqua :

— Je suis navré que ma phrase de bienvenue vous ait déplu, mademoiselle. Puisqu'il en est ainsi, je ferai amende honorable… en évitant de vous adresser la parole !

Et, se tournant vers Miranda, il ajouta :

— Lady Katherine, puisque mes paroles ne semblent pas vous avoir offensée, je vous propose de chevaucher de conserve.

Surprise par ces attentions soudaines, la jeune femme accepta en rougissant le bras de sir John, auquel sir Brandon se hâta d'emboîter le pas. Le trio disparut bientôt en direction des écuries, laissant Katherine seule… et fulminante de rage !

« Tant mieux ! se dit-elle, je commençais à m'intéresser un peu trop à ce prétentieux de sir John… au point d'en être quasiment amoureuse ! Désormais, je consacrerai toutes mes pensées à mon futur mari. Mais Dieu que ses manières sont ennuyeuses ! Il va falloir que je m'arme de patience pour supporter le flot de compliments sucrés qu'il débite à longueur de journée ! »

Chapitre 7

— Eh bien, Sondra, quelles sont ces nouvelles extraordinaires que vous avez à m'apprendre ? interrogea Kat en refermant la porte de sa chambre.

La gouvernante attendit que sa maîtresse l'eût rejointe dans l'embrasure de la fenêtre pour répliquer d'un ton badin :

— La sauce destinée à la biche va accommoder une laie !

— Que veut dire cela ? Allons, parlez clairement !

— Apprenez donc que le noble personnage qui se fait appeler sir Brandon est en fait sir John Stafford. Quant à l'homme qui vous fait si assidûment la cour, il n'est autre que lord Cavendish, votre futur époux !

Sidérée, Kat ferma un instant les yeux comme si elle venait de recevoir un coup. La violence du choc lui avait presque coupé la respiration ! Comment, l'homme le plus fascinant qu'elle eût jamais rencontré était précisément celui qu'elle devait épouser dans moins de deux semaines ?

— Où avez-vous appris cela ? bredouilla-t-elle.

— A vrai dire, l'histoire est plutôt inconvenante, murmura Sondra avec un sourire espiègle.

— Allons, parlez ! Ne voyez-vous pas que je grille d'impatience ?

Sondra se rapprocha de sa compagne et lui chuchota à l'oreille :

— Connaissez-vous Jess, le veneur de sir Cavendish ?

— Ce grand jeune homme blond ?

La gouvernante acquiesça d'un mouvement de tête.

— C'est un beau gars, pour sûr, fit-elle d'un air rêveur.

— Est-ce lui qui t'a confié cela ? demanda Kat d'un ton sceptique.

Et si le serviteur de sir Brandon avait inventé cette histoire afin de captiver l'attention de la jolie Sondra ? s'interrogea-t-elle. Après tout, un amoureux était capable de tout, dès lors qu'il s'agissait de séduire sa belle !

— Oui, madame, c'est lui, confirma la jeune femme, mais il a parlé sans s'en rendre compte !

— Voyons, Sondra, comment est-ce possible ? Qu'avez-vous fait à ce malheureux Jess ?

— Pas grand-chose, madame. J'ai seulement mêlé à sa bière une excellente potion dont j'ai le secret.

— En d'autres termes, vous lui avez troublé l'esprit ! s'écria Kat, qui commençait à comprendre.

— Après cela, continua Sondra, nous avons passé tous deux une excellente nuit. Jess était enflammé par l'alcool... et le désir !

— Seigneur, vous auriez pu le tuer ! se récria Kat.

— L'effet a été un peu plus fort que je n'escomptais, avoua la gouvernante, mais en fin de compte tout s'est bien passé. C'est au moment de s'endormir que le jeune homme a murmuré quelque chose de fort intéressant. Il a soupiré qu'il était l'homme le plus heureux de Bodiam, et qu'il préférait être dans mes bras plutôt que de jouer les soupirants enamourés comme son maître, surtout sous un nom d'emprunt !

— A-t-il précisé ce qu'il entendait par là ?

— Oh ! oui, madame, car je l'ai encouragé à parler, et mes manières étaient fort... persuasives !

Kat poussa un soupir. Le diable emporte sir John... ou plutôt sir Brandon ! se dit-elle. Puisqu'il savait qu'il devait épouser Katherine Fitzhugh, pourquoi avait-il fait la cour à celle qu'il prenait pour Miranda Paige ? Etait-ce pour prendre un peu de bon temps avant de se laisser mettre la corde au cou ? Cette pensée n'avait décidément rien de bien agréable !

— A l'heure qu'il est, le jeune Jess doit être en train de se confesser à son maître, remarqua-t-elle d'un ton inquiet. Sans doute va-t-il lui avouer que vous l'avez circonvenu !

Sondra secoua énergiquement la tête.

— C'est impossible, madame, assura-t-elle. Lorsqu'il s'est éveillé à l'aube, cet aimable garçon ne se souvenait de rien, et a paru même fort étonné de me trouver dans son lit.

Kat eut un léger sourire.

— Oui, je peux imaginer sa surprise ! murmura-t-elle.

— Avant de le quitter, je me suis tout de même arrangée pour qu'il ait quelque chose à se rappeler, ajouta Sondra d'une voix rieuse.

Comme cette allusion un peu trop directe semblait mettre sa compagne mal à l'aise, elle reprit son sérieux pour ajouter :

— En tout cas, le problème demeure entier : pourquoi votre fiancé a-t-il poursuivi de ses assiduités une femme qui n'était pas censée devenir son épouse ?

— Quel hypocrite ! s'écria Kat, qui se leva d'un bond et se mit à arpenter la pièce. Je n'ai décidément pas de chance avec mes maris. Encore une fois, je vais me retrouver unie à un sinistre individu.

— Non, milady, je ne crois pas.

Kat jeta à son amie un regard étonné. Sondra avait-elle lu dans l'âme de Brandon, par hasard ?

— Je crois que lord Cavendish est réellement amoureux de vous, poursuivit la jeune femme. Ce qui l'intéresse, ce n'est ni la maîtresse de céans ni Miranda Paige, mais vous seule, quel que soit le nom que vous portiez.

Kat se rassit près de son amie et lui prit la main.

— En êtes-vous sûre ? interrogea-t-elle.

— Cela crève les yeux, voyons ! Il passe son temps à vous dévorer du regard, et doit maudire le ciel de ne pas pouvoir épouser la femme qu'il aime, puisqu'il vous prend pour votre cousine. En fait, il s'est retrouvé pris à son propre piège !

— Mais alors, c'est merveilleux, Sondra ! Mon plan s'est révélé encore plus efficace que je ne l'escomptais.

Les deux complices éclatèrent de rire avec un bel ensemble.

— Voulez-vous un conseil ? demanda la gouvernante lorsqu'elles se furent un peu calmées.

— Volontiers, Sondra. Que suggérez-vous ?

— Laissez Brandon aller jusqu'au bout de la supercherie...

— Et je resterai Miranda jusqu'à ce qu'il se démasque de lui-même ?

— Exactement ! Quant à la vraie Miranda, elle ne s'en plaindra pas, j'en suis certaine. Jamais je ne l'ai vue aussi heureuse que ces derniers jours. Elle rit à tout propos comme une petite fille, et les attentions de son cavalier lui vont manifestement droit au cœur !

— C'est vrai, dit pensivement Kat. En tout cas, ne lui parlons de rien. Si elle apprend que l'homme qui lui fait la cour est non seulement séduisant, mais... disponible, elle rentrera dans sa coquille, et laissera passer sa chance. Permettons-lui d'être lady Katherine un peu plus longtemps. Le jour de la Saint-Jean, lorsque tout se découvrira, je la doterai généreusement, et elle fera un beau parti pour lord Stafford, qui consentira peut-être à l'épouser !

— Moi, je n'aurai rien à offrir à Jess, observa Sondra avec une ombre de tristesse dans la voix.

— Allons donc, protesta Kat. Je vous donnerai une somme rondelette... et une superbe robe de mariée !

— Bah ! tout viendra en son temps, milady ! répliqua Sondra. Mais puisqu'il est question de toilette, il va falloir songer à la vôtre. Maintenant que vous savez la vérité, vous ne voudrez plus aller à l'autel dans votre vieille robe bleue, n'est-ce pas ? C'est un mariage d'amour que vous allez faire !

— Le croyez-vous vraiment ? interrogea Kat d'une voix anxieuse.

— Bien sûr, milady ! Aussi devez-vous être belle comme

une fée. Que diriez-vous du damas blanc et des lacets dorés que vous avez achetés à Noël dernier à la foire de Whitsuntide ?

Katherine fit une légère grimace.

— Le damas sera bien lourd en cette saison, objecta-t-elle.

— Mais vous pouvez le porter sans jupons, ce qui n'aura que des avantages. Je suis sûre que votre mari, le soir des noces, n'aimera pas perdre trop de temps à vous déshabiller !

A cette évocation, des images voluptueuses s'élevèrent dans l'esprit de Kat, qui déglutit péniblement.

— Y aura-t-il assez de tissu pour confectionner deux robes semblables ? s'enquit-elle.

— Que complotez-vous encore ? maugréa Sondra.

— Il faudrait également un voile assez épais pour dissimuler mes traits. Le jour du mariage, Miranda et moi serons vêtues de la même manière, et ne découvrirons nos traits qu'après avoir prononcé le *oui* fatidique. Lord Cavendish ignorera jusqu'au dernier moment qui il a épousé, et sera ainsi battu sur son propre terrain !

— Et Miranda ?

— Elle a toute confiance en moi et fera exactement ce que je lui dirai. Ne craignez rien, Sondra. Je sens que nous allons bien nous amuser !

Les pieds étendus sous la table, Brandon essaya de se concentrer sur l'échiquier placé devant lui, mais son esprit était décidément ailleurs. D'un geste nonchalant, il saisit la coupe placée près de lui et dégusta quelques gorgées de vin chaud aux épices, tout en se remémorant les menus incidents de l'après-midi. S'il pensait aux douze heures qui venaient de s'écouler, il devait s'avouer qu'il venait de vivre l'une des journées les plus désagréables de sa vie. En fait, les choses avaient mal tourné depuis le début. Miranda, ce matin-là, ne l'avait-elle pas regardé d'un air de reproche, lorsqu'il avait offert son bras à Katherine pour l'entraîner vers l'écurie ?

Visiblement, miss Paige avait été blessée de le voir faire des avances à sa cousine, et il était désolé de lui avoir infligé cette souffrance. Tout cela parce qu'il s'était promis de se comporter enfin en gentleman avec sa future épouse… « Au diable l'honneur ! » songea-t-il *in petto*. C'était au nom de ces absurdes scrupules qu'il avait blessé Miranda, tout cela pour un bien piètre résultat.

Parvenu à ce point de ses réminiscences, Brandon jeta un regard songeur à John et à Miranda qui disputaient une partie de cartes, assis à l'écart près d'une fenêtre. Au-dehors grondait un orage d'été, qui sillonnait le ciel de longs éclairs. Le rire de la jeune femme résonnait par-dessus le bruit de la pluie qui cinglait les vitres, et dominait même les grondements du tonnerre. Ce gredin de John devait encore lui chuchoter d'absurdes compliments ! songea Cavendish en remâchant sa déception.

Ce matin, lorsqu'il s'était avancé vers la maîtresse de maison pour l'aider à se jucher sur son cheval, elle avait fait semblant de ne pas s'en apercevoir et c'était vers John qu'elle s'était spontanément tournée. Pendant l'épuisante promenade qui avait suivi, c'était à côté de Stafford qu'elle avait chevauché, bien que celui-ci eût tenté de s'effacer devant son ami, et c'était encore à lui qu'elle avait tendu la main au moment de la halte, lorsqu'il lui avait fallu mettre pied à terre. Il en avait été ainsi pendant toute l'excursion. Brandon aurait pu tout aussi bien sortir seul avec son fauconnier, pour tout le bien qu'il avait tiré de cette randonnée !

Pour se montrer si férue de Stafford, lady Fitzhugh ne devait pas avoir une once de bon sens, songea-t-il avec exaspération, C'était bien sa chance, d'être tombé sur une pareille nigaude ! Lorsqu'elle ouvrait la bouche, ce qui ne lui arrivait pas souvent, c'était pour proférer des naïvetés dignes d'une gamine, et non pas d'une femme qui avait été deux fois mariée. Dans ces conditions, il ne fallait pas s'étonner qu'elle comptât autant sur Miranda. Si son intelligente cousine n'avait pas été là pour s'occuper de la maisonnée, Bodiam Castle aurait été depuis longtemps transformé en pétaudière !

— C'est à vous de jouer, milord, déclara brusquement son adversaire, et voilà un quart d'heure que vous rêvassez !

Ainsi rappelé à l'ordre, Brandon sursauta.

— Je vous demande pardon, miss Miranda, murmura-t-il en évitant de croiser le regard vert qui le scrutait avec insistance par-dessus l'échiquier.

« Surtout ne pas céder à la tentation », songea-t-il. S'il plongeait dans la profondeur de ces prunelles, il serait perdu, car toutes ses bonnes résolutions fondraient comme neige au soleil. Or, il lui fallait à tout prix se contrôler, et se montrer courtois mais distant envers la cousine de sa future épouse !

D'un rapide coup d'œil, il examina de nouveau le couple assis dans l'embrasure de la fenêtre. Maudite Katherine ! se dit-il. Elle avait fait la moue lorsqu'il lui avait proposé une partie d'échecs après le souper. Manifestement, elle préférait la compagnie de John, et c'était avec lui qu'elle s'était isolée pour jouer aux cartes.

— Allons, courage ! s'exclama Kat en chassant de ses yeux une mèche de cheveux fauves. Un homme qui a déjà perdu trois pions et un cavalier ne saurait se laisser abattre par une contariété de plus !

Brandon leva les yeux vers elle et faillit perdre tout ce qui lui restait de sang-froid. Comme cette enchanteresse était belle dans la lueur des bougies qui faisaient briller ses cheveux en y accrochant des reflets d'or et de cuivre ! Comment un homme pouvait-il résister longtemps à un pareil spectacle ? se demanda-t-il en déplaçant son fou de quelques cases.

— Que faites-vous donc ? reprit Kat. Vous venez d'exposer votre reine à mes attaques ! Eh bien, tant pis pour vous, milord. je tiens trop à gagner la partie pour vous laisser revenir en arrière.

Joignant le geste à la parole, elle avança résolument l'une de ses tours et défia Brandon du regard.

« Quelle importance ? songea son adversaire. Qu'elle prenne mon fou, ma reine, mon cœur ! Je suis de toute façon un homme condamné. »

— Décidément, je suis trop préoccupé pour jouer, avoua-t-il à voix haute, en examinant du coin de l'œil la fausse lady Fitzhugh.

Kat intercepta ce regard, et eut un léger sourire.

— Oh ! le vent a tourné, n'est-ce pas, et voilà donc la direction dans laquelle il souffle ! Que pensez-vous de ma cousine, sir John ? Fera-t-elle une bonne épouse pour lord Cavendish ?

Emporté par la spontanéité, Brandon commença :

— Elle fera de lui un…

Mais il s'arrêta avant d'avoir exprimé le fond de sa pensée.

— … un homme riche, acheva-t-il en plongeant le nez dans sa coupe de vin.

Kat eut un sourire involontaire.

— Vraiment ? interrogea-t-elle. Je croyais que votre ami était l'héritier d'un vaste domaine, et n'avait guère besoin de l'argent de ma cousine !

— C'est vrai, mais on n'est jamais trop riche, proféra prudemment Brandon, qui s'en voulait de tous ces mensonges.

— Et pensez-vous que lady Katherine fera aussi de lui… un homme heureux ?

— Je ne suis pas un devin, répliqua son interlocuteur, et le mariage est aussi aléatoire qu'une partie de dés. Seul le temps nous dira si ces deux-là ont eu la main heureuse !

— Bien dit, milord, murmura la jeune femme.

Elle se sentait un peu oppressée par la conversation, et ôta sa coiffe pour se rafraîchir la tête.

— Excusez-moi, ajouta-t-elle, mais je souffre d'un début de migraine. Sans doute est-ce le temps !

Brandon ne répliqua mot, mais serra les poings sous la table. Cette diablesse voulait-elle donc le pousser dans ses derniers retranchements ? On ne donnait pas impunément à un homme épris le spectacle de cette chevelure magnifique, dont l'opulence était digne d'une reine ! D'un geste brusque, il repoussa sa chaise et se leva.

— Excusez-moi, miss Miranda, mais j'ai besoin de prendre l'air quelques instants.

Le sourire de Kat s'accentua.

— Dépêchez-vous, milord, conseilla-t-elle, si vous ne voulez pas que votre stratégie se refroidisse.

— Ne craignez rien, assura Brandon, mes pensées en ce moment sont plutôt du genre brûlant !

Kat éclata franchement de rire, et son compagnon se hâta de sortir sur ces mots.

Perdu dans ses pensées, il s'engagea dans le hall obscur, et avait à peine fait quelques pas lorsqu'il heurta le vieux Montjoy, qui traversait la pièce en sens inverse.

— Excusez-moi, murmura Brandon, j'étais fort distrait. Vous ai-je fait mal ?

— Non, milord. A vrai dire, je souffre beaucoup des articulations, mais c'est mon lot quotidien, et l'humidité qui règne ce soir dans le château n'arrange rien. Que voulez-vous ? C'est une croix que je dois porter seul !

Brandon eut peine à réprimer un sourire. Il comprenait maintenant pourquoi les serviteurs du château surnommaient Montjoy « le mélancolique ». Tout ce qu'il fallait à ce vieillard, c'était une retraite décente, se dit-il. Et il se promit d'étudier le cas dès qu'il serait l'époux de lady Katherine.

— Puis-je vous rendre un service ? proposa-t-il. Si je peux ainsi vous éviter une fatigue…

Le régisseur s'inclina cérémonieusement.

— Je vous remercie, milord. Voulez-vous informer ma maîtresse que lord Fenton Scantling vient d'arriver ?

Cavendish eut le souffle coupé par la nouvelle.

— Scantling ici ? Maintenant ? répéta-t-il d'un ton incrédule.

— Vous connaissez le neveu de milady ? s'enquit Montjoy.

— Oui, je le rencontre souvent à la cour. Où est-il ?

— Dans l'antichambre, monsieur. Ses habits étaient tellement couverts de boue, que je n'ai pas voulu…

Il s'arrêta net, car une porte venait de s'ouvrir dans son dos, livrant passage au visiteur inopiné, dont le long manteau dégouttait effectivement de pluie.

— Ah ! vous êtes là ! s'écria Fenton d'une voix irritée. A quoi songez-vous de me laisser ainsi attendre dans les courants d'air ?

— Je voulais prévenir votre tante, se défendit le vieillard.

— Je lui dirai moi-même ce qu'elle doit savoir. En attendant, je veux un bain, des vêtements propres, un souper chaud, et…

Fenton n'eut pas le temps d'en dire davantage, car Brandon venait de se dresser devant lui, le visage sévère.

— Monsieur Scantling, déclara-t-il, un bon maître se reconnaît à sa manière de traiter les domestiques !

Et, se tournant vers Montjoy, il ajouta :

— Faites préparer la chambre de monsieur. Il pourra s'y retirer dès qu'il aura salué sa tante.

Offusqué, Fenton se redressa de toute sa taille.

— Vous dépassez les bornes ! jeta-t-il d'un air indigné.

Sans se laisser impressionner, Brandon saisit le jeune homme à bras-le-corps et le plaqua contre le mur.

— Ma tante n'appréciera pas vos manières, je vous en réponds ! balbutia Scantling.

— Je vous conseille de vous taire, espèce de vermine ! Pourquoi m'avez-vous raconté tous ces mensonges sur lady Fitzhugh ? Regardez-la, ajouta-t-il en lui montrant Miranda par la porte entrouverte de la grande salle, a-t-elle l'air de la vieille femme et de la sorcière que vous m'aviez dépeinte ?

— Non, reconnut Fenton. Elle ressemble plutôt à une catin avec ses cheveux ainsi répandus sur les épaules !

Brandon faillit remettre le malotru à sa place, mais les paroles prononcées par Scantling avaient quelque chose d'énigmatique, et il ne put s'empêcher de s'interroger. Qu'avait voulu dire ce jeune imbécile ? Un coup d'œil jeté dans la pièce voisine lui confirma que lady Katherine avait les cheveux parfaitement en ordre sous son chaperon immaculé. Celle dont les tresses à demi défaites brillaient doucement dans la lueur des chandeliers, ce n'était pas lady Fitzhugh, mais miss Miranda !

— Quant à savoir pourquoi elle porte l'une des robes de sa cousine, je n'en ai pas la moindre idée, continua Fenton. Peut-être veut-elle vous persuader qu'elle n'est qu'une pauvre veuve sans ressources. Faites attention, milord, ma tante est rusée !

Cette fois, Brandon avait compris, et n'eut plus qu'à serrer les mâchoires. Scantling avait raison au moins sur un point. Lady Katherine Fitzhugh s'était bien moquée de lui !

— Votre tante est ravissante dans cette tenue, expliqua-t-il pour sauver la face. C'est moi qui lui ai demandé de la porter ce soir.

Fenton eut un sourire moqueur.

— Vous devez être très amoureux, déclara-t-il. Epris au point de ne pas lire dans le jeu de ma tante !

— Peut-être avez-vous raison, mais je verrai clair avant le mariage, je vous en donne ma parole !

— Ainsi, vous allez vraiment épouser cette mégère ? ironisa Scantling.

Il n'eut pas le temps d'en dire davantage. Déjà Brandon l'avait saisi sans ménagement par les épaules, et lui heurtait la tête contre le mur.

— Attention à ce que vous dites, Scantling, conseilla-t-il, ou vous vous en repentirez !

Puis il relâcha brusquement son étreinte et ajouta d'un ton mi-figue mi-raisin :

— Je vais annoncer votre arrivée à lady Katherine. Cette nouvelle lui fera certainement plaisir.

Effrayé, Fenton recula de quelques pas, puis, avec une précipitation comique, se rua dans l'escalier qui menait à sa chambre. Tod Wormsley, qui était resté jusque-là dans l'ombre d'un corridor, emboîta le pas à son maître, un sac lourdement chargé dans chaque main.

Resté seul avec Montjoy, Brandon se tourna vers le vieux serviteur.

— J'ai un mot à vous dire, assura-t-il.

Le régisseur lui lança un regard apeuré.

— Oui, mi… milord, répondit-il d'une voix tout à coup chevrotante.

Brandon passa un bras autour des épaules du vieillard, et commença en ces termes :

— Je sais que vous êtes un homme honnête, Montjoy.

— J'essaie de l'être, monsieur, Dieu m'en est témoin !

— Le mensonge est votre pire ennemi, n'est-ce pas ?

— C'est vrai, affirma Montjoy, dont les lèvres tremblaient légèrement.

— Alors, dites-moi la vérité, et souvenez-vous que Dieu nous entend. Quel est le nom de la dame qui porte la robe verte et vient de me battre aux échecs ?

Montjoy vacilla un instant, avant de se ressaisir et de répliquer :

— C'est la maîtresse de maison, lady Katherine Fitzhugh.

Et il ajouta en examinant Brandon d'un regard anxieux :

— Puis-je disposer maintenant, milord, ou avez-vous quelque chose d'autre à me demander ?

Chapitre 8

— Lord Scantling vient d'arriver au château ! chuchota Colombine à l'oreille de sa maîtresse.

Abasourdie par la nouvelle, Kat ne put réprimer un tressaillement. Fenton à Bodiam, cela signifiait la fin de ce petit jeu qu'elle avait eu tant de plaisir à jouer… et qu'elle aurait tant aimé prolonger un peu. Heureusement que le prétendu sir John était sorti de la salle et ne pouvait être témoin de cette scène !

— Où est mon neveu ? murmura-t-elle.

— Dans sa chambre, madame, en train de tempêter pour avoir de la nourriture et de l'eau chaude.

La servante s'interrompit un instant et baissa encore la voix pour ajouter :

— Il y a autre chose, milady. Tod Wormsley m'a prise à part pour me demander de vous prévenir. Votre neveu est perclus de dettes, et c'est pour échapper à ses créanciers qu'il a quitté la cour. En fait, il est venu dans le but de vous extorquer la tutelle du domaine avant votre mariage. Il paraît même qu'il a le document tout prêt dans sa poche.

— Seigneur, voilà qui devient sérieux. Nous devons faire quelque chose, et vite !

— C'est aussi ce que je pense, milady, mais comment nous y prendre ?

Kat fronça les sourcils d'un air contrarié. Damné Fenton ! se dit-elle. D'abord il multipliait les dettes, puis il prétendait avoir recours à la coercition pour se tirer d'affaire. L'ingrat petit monstre ! Comme si sa tante n'avait pas assez de soucis comme cela…

— Vous ferez mes excuses à lord Cav… à lord Stafford, déclara-t-elle pour parer au plus pressé. Vous lui direz que ma migraine a empiré, et que je suis montée me coucher.

Kat jeta un rapide regard à sa cousine, toujours absorbée par sa partie de cartes avec le véritable John Stafford.

— N'en parlez pas à miss Miranda, lui enjoignit-elle. Elle doit tout ignorer pour le moment. Quant à mon adversaire, vous lui direz que, pour cette fois, je veux bien lui concéder le gain de la partie.

— Bien, madame, opina Colombine.

Sans s'attarder davantage, la maîtresse de maison quitta la pièce et descendit l'escalier qui menait aux cuisines. Après avoir poussé la porte de l'office, elle entendit la voix de Sondra, qui était installée près de la cheminée et contait des histoires d'esprits et de fantômes à une douzaine de servantes complètement terrorisées. « Il est vrai que l'atmosphère de cette nuit d'orage se prête à ce genre de récit ! » songea Kat avec amusement.

— Je voudrais vous parler, miss Owens, dit-elle à la gouvernante.

Aussitôt, Sondra frappa dans ses mains pour congédier ses compagnes.

— Allons, ouste, déguerpissez ! ordonna-t-elle. Milady désire avoir avec moi un entretien privé.

Dès que les jeunes filles eurent disparu, Kat prit un tabouret et s'installa près de son amie au coin de l'âtre.

— Fenton est ici, déclara-t-elle sans préambule, et il semble avoir des projets fort peu recommandables. Il veut tout simplement m'obliger à lui donner Bodiam ! Eclairez-moi de vos conseils, Sondra. Que puis-je faire ?

La gouvernante fronça les sourcils.

— C'est donc lui qui a mis la maisonnée sens dessus dessous

en appelant tour à tour tous les valets, murmura-t-elle. Je me demandais aussi ce que signifiaient toutes ces allées et venues !

— Je suis aux abois, insista Kat. Comment échapper à Fenton ? N'auriez-vous pas une potion qui le fasse dormir une semaine ou deux ? Ensuite, je serai tranquille, car l'affaire regardera Brandon Cavendish, et il n'est pas homme à se laisser marcher sur les pieds !

Sondra secoua lentement la tête.

— Il n'existe pas de pareil breuvage, déclara-t-elle, mais vous avez tout de même raison : il faut absolument mettre ce petit Fenton hors d'état de nuire.

— Et rapidement, si possible, afin qu'il n'ait pas le temps de parler à nos hôtes. Un seul mot de lui et ce serait la fin de notre petite mascarade ! Il peut même aller plus loin et prendre prétexte de ce jeu innocent pour affirmer que j'ai perdu l'esprit… et s'emparer de mes biens. Là où passe Fenton, les ennuis se multiplient !

Pensive, Sondra fixait depuis un instant la grosse marmite suspendue à la crémaillère, où chauffait l'eau probablement destinée au bain de lord Scantling.

— J'ai trouvé ! s'écria-t-elle enfin. L'eau qui chante sur le feu est sans doute pour votre neveu. Je n'ai qu'à y jeter quelques orties et des feuilles de renoncule. Après s'être trempé dans cette mixture, Fenton aura une telle éruption, qu'il croira le château envahi par une armée de puces. Ses… parties intimes seront dans un bel état, je vous en réponds !

Kat éclata franchement de rire à cette idée.

— Merveilleuse Sondra ! s'écria-t-elle. Ce plan me plaît beaucoup.

— Pour ne rien négliger, reprit la gouvernante, je peux faire enduire ses draps de rue et remplir ses oreillers de poivre noir. Votre cher neveu passera la pire nuit de toute sa vie !

— Nous pourrions faire répandre le bruit qu'une étrange épidémie sévit dans la région, et que nous en avons tous souffert ce printemps, suggéra Kat. Fenton déteste les maladies, et nous le verrons retourner dare-dare à la cour ! L'ennui, c'est que nous allons être obligées d'infliger le même traitement à ce pauvre Tod, sans quoi notre histoire ne serait pas crédible.

— Bah ! une pièce en argent aura tôt fait de le guérir ! assura Sondra.

— Vous parlez sagement, ma chère amie, comme toujours ! Surtout, ne dites rien de tout cela à personne. Vous et moi devons être seules dans le secret.

Kat poussa un soupir avant de continuer :

— Seigneur, tant de complots et de mensonges sous ce respectable toit ! Pourvu que nous ne finissions pas par en être victimes !

— Le jeu est allé assez loin, Brandon, et nous devrions y mettre un terme, déclara John en bouchonnant son cheval.

Il se faisait très tard, et les deux amis, qui ne déléguaient à aucun lad l'entretien de leurs montures, étaient descendus à l'écurie, afin de prendre soin de leurs chevaux avant de se coucher.

Brandon émit un grognement, et se mit à brosser la longue crinière de Windchaser. Le noble pur-sang n'était pas un animal craintif, mais les éclairs le rendaient nerveux, et il avait grand besoin d'être calmé. Aussi son maître lui prodiguait-il des mots affectueux, bien que son esprit fût ailleurs. Les révélations de Scantling l'avaient tellement abasourdi, qu'il avait à peine proféré un mot depuis la scène du hall.

« Dès demain matin, ce vaurien aura percé notre secret, songea-t-il. Il ne se privera pas alors de nous faire chanter. Tout de même, quelle situation ! Dire que depuis deux semaines, je fais la cour sans le savoir à ma propre fiancée, et que John, de son côté… »

Il n'acheva pas, mais jeta un regard furtif sur son ami. Quelle bonne plaisanterie ! John Stafford, le bourreau des cœurs, que nulle femme de la cour n'avait jamais su prendre au piège, même en usant de tous les artifices de la séduction et de la mode, était tombé sous le charme d'une simple fille de campagne, qui avait déjà perdu le premier éclat de la jeunesse ! Cupidon avait dû trouver qu'il était temps pour John l'Infidèle de succomber aux flèches de l'amour…

— A quoi pensez-vous ? interrogea Stafford.

— Oh ! je réfléchissais aux derniers événements ! répliqua évasivement Brandon.

Il passa la main sur le flanc de Windchaser, qui hennit de plaisir.

— Pourquoi ne pas nous emparer de Scantling ? suggéra John. Nous pourrions le ficeler dans un sac et l'abandonner loin d'ici.

— L'idée est séduisante, mais une telle action ne servirait à rien. Scantling aurait tôt fait de revenir, et saurait à qui s'en prendre de sa mésaventure !

— Alors, arrêtons le jeu, comme je vous le proposais il y a un instant. Tirons le rideau, rallumons les lumières, et…

— Paix, John ! Votre bavardage me fait mal à la tête.

— Prenez-vous-en plutôt au vin épicé !

« Au vin… et à la sirène qui me l'a versé ! » songea Brandon à part soi. Il entendait encore la voix enjouée qu'elle avait prise pour lui demander s'il pensait que lady Katherine rendrait sir Brandon heureux. Quelle simulatrice ! Elle avait décidément besoin d'une bonne leçon. Quant à Scantling, que le diable l'emporte et le garde avec lui !

— Que dira lady Katherine lorsqu'elle apprendra que c'est vous et non moi qu'elle doit épouser ? s'inquiéta Stafford.

« Dois-je lui apprendre la vérité ? s'interrogea Brandon. Mais non, il ne mérite pas d'être détrompé ! Laissons-le croire pour quelques heures encore que Miranda Paige est vraiment lady Katherine ! »

— Je n'en sais rien, répliqua-t-il, et ne m'en soucie guère. Pour l'instant, c'est ce petit roquet de Scantling qui m'inquiète. Pour quelles raisons a-t-il abandonné les plaisirs de la cour ?

Enfin, il faut être patient. Ma mère me dit toujours que tout vient à point à qui sait attendre.

— Oui, mais votre mère n'est pas là, Cavendish, et vous savez que la patience n'est pas mon fort ! protesta Stafford.

Brandon lui donna un coup amical sur l'épaule.

— Demain matin, s'il fait beau, nous pourrions partir dès l'aube à la chasse. Ainsi, nous éviterions Scantling et ne le verrions pas de la journée. Ce serait autant de gagné !

John fit une moue désapprobatrice.

— Ainsi, vous voulez continuer la comédie ? interrogea-t-il.

— J'y tiens absolument !

— Et jusqu'à quand, si ce n'est pas trop vous demander ?

Brandon eut un léger sourire.

— Comme vous avez hâte d'en finir ! remarqua-t-il. Lady Katherine vous fatiguerait-elle déjà, monsieur l'Infidèle ?

John fit un pas vers son compagnon et le saisit par la manche.

— Vous êtes stupide ! affirma-t-il. Je trouve au contraire que sa beauté augmente de jour en jour. Mais évidemment, vous ne l'avez même pas remarqué, espèce de lourdaud ! Si vous n'étiez pas mon ami…

— Que voulez-vous dire ?

— Eh bien, je vous provoquerais pour vous apprendre à dédaigner la plus belle et la plus noble des créatures !

Brandon se mit à rire.

— Vous voulez vous battre, John ? Eh bien, j'accepte volontiers le défi. Demain, au lieu d'aller à la chasse, nous chercherons un coin tranquille pour nous affronter. J'ai l'impression d'engraisser depuis une quinzaine, et un peu d'exercice me fera le plus grand bien.

— Moi aussi ! s'écria John avec un large sourire.

— Alors, pari tenu. Et maintenant, allons nous coucher, si nous voulons être demain matin au mieux de notre forme !

*
* *

— Wormsley, fieffé imbécile, faites donc quelque chose !

Un nouvel éternuement secoua Fenton, qui dut s'essuyer le nez avec la manche de sa chemise de nuit.

— Enfer et damnation ! s'écria-t-il. Est-ce la peste que nous avons attrapée ?

Il se gratta le cou d'une main, tout en se mouchant de l'autre.

— Je ne sais pas, milord, balbutia Wormsley, qui semblait aussi mal en point que son maître.

— Ce doit être des puces, grogna Fenton en lançant un oreiller à la tête de son valet. Pourtant, vous prétendiez que la servante avait changé les draps !

— C'est bien ce qu'elle a fait, milord, confirma Tod.

— Allons donc ! Elle a dû faire le lit avec du linge sale. Attendez un peu que je mette la main sur elle ! Elle verra de quel bois je me chauffe.

— Mais, milord, elle n'a pas touché à mon lit de camp, hasarda Tod, et je souffre pourtant du même mal que vous !

— Taisez-vous, idiot, et tâchez de me trouver miss Owens, la guérisseuse. Cette satanée sorcière saura peut-être ce qu'il faut faire en pareilles circonstances. Allons, descendez la chercher, avant que je ne pèle de la tête aux pieds !

Et, comme Wormsley ne réagissait pas assez vite à son gré, Fenton saisit le pot de chambre qui se trouvait sous le lit, et le jeta à la tête de son valet. Heureusement, Tod eut la présence d'esprit de refermer la porte sur lui à toute volée, et ce fut contre le battant en chêne que le projectile vint s'écraser.

— Milady ?

Penchée sur le lit de sa maîtresse, Laurel tenait à la main une bougie, dont la flamme vacillante éclairait faiblement la pièce.

— Que se passe-t-il, Laurel ? interrogea Kat, que le chuchotement de la servante venait d'éveiller en sursaut.

— C'est Tod, madame. Il dit que son maître a pris un gros rhume, et qu'il est criblé de piqûres de puces.

Kat se redressa et sourit. « Dieu bénisse Sondra, songea-t-elle. Elle n'a pas perdu de temps ! »

— Je viens, chuchota-t-elle, mais faisons doucement pour ne pas éveiller Miranda.

La jeune femme se leva avec précaution, et, après avoir enfilé une robe de chambre ouatinée, elle se glissa silencieusement hors de la chambre.

Debout dans le corridor, le pauvre Wormsley avait effectivement piètre allure. A la lumière de la chandelle, ses yeux rouges, son nez tuméfié et sa peau recouverte de cloques composaient un ensemble des plus grotesques.

— Qu'y a-t-il, Tod ? demanda Katherine. Votre visage a l'air d'une fraise géante !

— Oui, fit le jeune homme d'un ton lugubre. Dieu sait ce que nous avons attrapé !

Malgré la compassion qu'elle éprouvait pour Wormsley, Kat eut toutes les peines du monde à s'empêcher de rire. « Le pauvre garçon est dix fois pire que je ne m'y attendais, songea-t-elle. Sondra a fait du zèle et a eu la main un peu trop lourde avec le poivre et les orties ! »

— Qu'est-ce qui a provoqué cela ? questionna-t-elle en s'efforçant de garder son sérieux.

Tod éternua et s'essuya les yeux du revers de la main.

— Si seulement je pouvais le savoir ! gémit-il. J'ai des démangeaisons et des brûlures partout, et la gorge me fait terriblement mal.

— Hum... Il vous faudrait un peu de camomille sucrée au miel, avec quelques brins de tussilage.

— Oh ! ce n'est pas la peine, madame ! En fait, c'est surtout sir Fenton qui a besoin de vos soins. Il n'a pas fermé l'œil depuis qu'il s'est couché, et n'a fait que s'agiter comme s'il était sous l'emprise du diable !

— Cette maladie semble plus sérieuse que je ne croyais, commenta Kat. En avez-vous parlé à miss Owens ?

— Je suis allé la chercher au dortoir des servantes, mais on m'a affirmé que… Bref, je n'ai pas pu la trouver.

— Ses compagnes vous ont-elles dit où elle était ? insista la jeune femme.

Tod devint cramoisi et dut s'éclaircir la voix avant de répondre :

— Eh bien, elles prétendent que miss Owens est avec le jeune veneur de sir Brandon.

Il toussa encore, bien que ce ne fût plus l'effet du poivre, et Kat le suivit en souriant jusqu'à la chambre de Fenton. Tod était décidément un brave garçon, songea-t-elle, et il fallait espérer que Colombine ou Laurel finît par s'intéresser à lui. Après tout, il ne manquait pas de prestance lorsqu'il était dans son état normal !

Arrivée à la porte de Scantling, Kat prit une profonde inspiration et redressa les épaules. Il s'agissait maintenant d'affronter le lion dans son antre !

— Enfin, vous voilà ! cria Fenton dès qu'elle fut entrée dans la pièce. Que doit faire un homme pour que vous daigniez enfin vous occuper de lui ? Faut-il être à l'article de la mort ?

Sans répondre, Kat posa son bougeoir sur la table de nuit, puis jeta à son neveu un regard sévère.

— Douce voix et plaisant discours, mon cher enfant !

Fenton pâlit en reconnaissant sa tante.

— Oh ! je pensais que vous étiez miss Owens ! s'exclama-t-il.

Un éternuement furieux lui coupa la parole, et il s'agita sous ses couvertures.

— Par tous les diables, faites quelque chose ! s'écria-t-il. La peau me brûle comme si elle avait été passée au fer rouge. Je vous en prie, ma tante, ne restez pas là sans rien faire !

— M'avez-vous fait sortir de mon lit pour m'agonir d'insultes ? demanda froidement Katherine. S'il en est ainsi…

Sans achever sa phrase, elle reprit le chandelier et se dirigeait déjà vers la porte, lorsque Fenton sauta du lit et se jeta à ses pieds.

— Soignez-moi, implora-t-il, je vous en supplie !

Kat poussa un léger soupir. L'air de la chambre était fortement imprégné d'une odeur d'ellébore et de poivre, et elle dut respirer plusieurs fois son mouchoir parfumé au camphre, car son nez commençait à picoter. Ce n'était pas le moment de suivre l'exemple de Fenton !

— Je suis vraiment étonnée, déclara-t-elle, car je ne pensais pas que vous attraperiez si vite cette affreuse maladie. Tod et vous avez été frappés plus vite que les autres !

— De quoi parlez-vous, ma tante ?

Kat haussa les épaules et eut un petit geste d'impuissance.

— Je ne pensais pas vous voir si tôt à Bodiam, sans quoi je vous aurais prévenu. Figurez-vous qu'une étrange affection sévit depuis quelques mois dans la contrée. Il y a environ six semaines, toute la maisonnée s'est mise à éternuer et à se gratter au sang.

A cette évocation, Fenton se mit à trembler de peur et Kat dut dissimuler un sourire derrière son mouchoir.

— Ah ? murmura le jeune homme. Et comment s'appelle cette maladie ?

— Nous l'ignorons, mon neveu, dit Katherine d'une voix solennelle. Nul n'avait jamais connu cela, pas même Sondra ! A défaut de mieux, nous avons nommé ce fléau « la vengeance de la reine des fées ». Sondra pense en effet que l'une des servantes a dû involontairement offenser la souveraine des lutins et des farfadets !

Fenton se moucha avec un bruit de trompette, puis se gratta la tête des deux mains.

— Peu importe tout cela ! s'exclama-t-il. L'essentiel est de trouver un remède. Donnez-moi quelque chose, ma tante !

Kat se mit un doigt sur les lèvres et fit semblant de réfléchir.

— Un remède ? répéta-t-elle d'un air absent.

Puis elle laissa tomber ses bras d'un geste découragé et avoua :

— Je n'en ai pas, mon pauvre enfant !

— Quoi ? cria Fenton, qui bondit sur ses pieds. Vous plaisantez, damnée femelle !

Cette fois, le jeune insolent était allé trop loin, et Kat fronça les sourcils.

— Vous n'avez aucun droit de m'insulter, Fenton, ni de jouer au maître de maison ! proféra-t-elle sèchement. Rappelez-vous que c'est moi qui vous ai recueilli après la mort de vos parents. Bodiam est ma demeure, non la vôtre, et elle appartiendra bientôt à… mon mari, sir Brandon Cavendish. Je doute qu'il apprécie de m'entendre traiter de « femelle » par un homme qui devrait me témoigner de la reconnaissance, et n'a jamais fait que me tromper !

Pendant tout ce discours, Fenton n'avait cessé de se gratter frénétiquement, ce qui ne l'empêcha pas de reconnaître d'une voix éplorée :

— Vous avez raison, ma tante, et je vous prie de m'excuser. Mais dites-moi, par pitié, ce que vous avez fait vous-même lorsque cette horrible maladie a fondu sur vous !

Kat eut l'air de chercher dans ses souvenirs.

— Si je me souviens bien, nous nous sommes trempés dans une baignoire emplie de vinaigre, déclara-t-elle enfin. C'est un remède terrible, mais efficace. S'il ne vous tue pas, il vous guérit ! Ensuite, nous avons brûlé tous nos vêtements.

— T… tous ? bredouilla Fenton.

Le jeune homme tenait par-dessus tout à son élégante garde-robe, et Kat se réjouit d'avoir frappé aussi juste.

— Jusqu'au dernier lacet, répliqua-t-elle impitoyablement. Ensuite, nous nous sommes mis au régime : feuilles de laitue, cresson, cerfeuil et eau. Rien de plus, et cela pendant des semaines.

Elle réfléchit un instant, et se demanda quelle autre perspective épouvantable elle pourrait proposer à Fenton en guise de remède.

— Enfin, nous nous sommes interdit toute forme de sport… y compris celui qui se pratique en chambre. Vous me comprenez sans doute ! Tout effort intempestif peut en effet relancer l'inflammation.

Pour toute réponse, Fenton poussa un cri étranglé.

— Mais la meilleure cure, reprit Kat, c'est encore…

Elle s'interrompit un instant et regarda le jeune homme effondré à ses pieds.

— Quoi donc ? interrogea Fenton, complètement prostré.

— C'est de quitter Bodiam sur-le-champ, assura la jeune femme, avant que l'infection ne s'aggrave !

— Est-ce que ce serait efficace ? questionna Fenton avec un tremblement dans la voix.

Kat respira le camphre de son mouchoir avant de répliquer :

— Absolument ! C'est en tout cas l'extrémité à laquelle nous nous sommes résolus. Au plus fort de la crise, nous nous sommes tous absentés pendant une quinzaine, et lorsque nous sommes revenus nous étions parfaitement guéris. Je pensais même que la maladie avait disparu du château. Hélas ! je me suis bien trompée !

Sans même attendre la fin du discours, Fenton se releva d'un bond et hurla à l'adresse de Wormsley :

— Faites les paquets, tout de suite !

— Quoi ? s'écria Tod, au milieu de la nuit ? Mais l'orage a dû rendre les routes impraticables !

Sans tenir compte de la remarque, Fenton enfila précipitamment ses chausses.

— Nous devrions déjà être partis ! s'exclama-t-il. A bientôt, ma tante, je vous écrirai dès que je serai en état de tenir une plume.

Puis il se tourna vers le valet et ordonna :

— Wormsley, dites au garde d'éveiller les lads, afin qu'ils sellent nos chevaux. Je ne resterai pas une heure de plus dans ce lieu infesté. Que dis-je ? Même pas une minute !

— Vous avez pris une sage décision, assura Kat en se dirigeant vers la porte. A dire vrai, je n'en attendais pas moins de vous. Vous avez toujours été un garçon intelligent,

Fenton. Rappelez-vous toutefois qu'il faut compter au moins deux semaines avant d'être guéri !

Avant de sortir, la jeune femme se tourna vers le coin de la chambre où le malheureux Tod faisait les bagages en éternuant sans discontinuer.

— Vous trouverez un petit paquet pour vous sur la table de la cuisine, chuchota-t-elle en se penchant vers lui.

Puis elle lui tendit son mouchoir et ajouta en confidence :

— Respirez plusieurs fois dans cette étoffe, et vous vous en trouverez bien !

Tod obéit aussitôt, et ses yeux s'élargirent de surprise. Il s'apprêtait à exprimer sa satisfaction, lorsque Kat lui recommanda le silence en se mettant un doigt sur les lèvres.

— Bon voyage, Fenton ! dit-elle à voix haute.

— Allez au diable ! répliqua l'intéressé, qui était secoué par une nouvelle quinte de toux.

Kat quitta la pièce, ravie, et se hâta de regagner sa propre chambre, où elle put se congratuler à loisir. Dieu merci, tout s'était bien passé, et elle s'était montrée une excellente comédienne. Fenton, en tout cas, avait mordu à l'hameçon, et c'était tout ce qui comptait.

« J'ai manqué ma vocation en ne montant pas sur les planches ! » conclut la jeune femme en éteignant sa bougie.

Le lendemain matin, le soleil se leva dans un ciel parfaitement dégagé. La tempête de la veille n'était plus qu'un mauvais souvenir ! Les habitants de Bodiam Castle se levèrent de fort bonne humeur, et nul ne regretta le mystérieux départ nocturne de sir Fenton. En revanche, le nettoyage de sa chambre prit deux longues heures, et nécessita les efforts conjugués de six malheureuses servantes, qui éternuèrent sans cesse en changeant les draps et les oreillers !

Chapitre 9

— Le diable vous emporte, John ! s'écria Brandon, en essuyant avec sa manche la sueur qui lui trempait le front. Laissez tomber, je vous en conjure. Vous voyez bien que vous êtes battu !

Mais John Stafford secoua énergiquement la tête et déclara :

— Non, Cavendish ! L'honneur de ma dame n'est pas encore satisfait !

— De *votre* dame ? Moi qui pensais que nous nous battions pour ma future épouse !

— Peu importe, riposta son ami en s'avançant vers lui.

« Le seigneur me vienne en aide, songea Brandon, car j'avais oublié à quel point John peut parfois se montrer têtu. Une vraie mule, lorsqu'il s'y met ! »

A cet instant, Stafford se laissa choir sur lui de tout son poids, et les deux hommes roulèrent sur le sol encore détrempé par la pluie.

Pendant quelques minutes, les combattants luttèrent farouchement, chacun prenant le dessus sur l'autre à tour de rôle. Finalement, l'avantage resta à Brandon, dont l'adversaire demeura couché sur l'herbe, le souffle court et le visage tuméfié. Mais, à dire la vérité, celui de Brandon ne semblait guère en meilleur état !

— Reconnaissez-vous ma victoire ? questionna le vainqueur en lui posant un pied sur la poitrine de John.

Incapable d'articuler un mot, Stafford se contenta de hocher la tête. Soulagé, Brandon s'effondra à son tour et s'étendit près de son ami.

— Par ma foi, maugréa-t-il, je ne suis plus aussi jeune que je le croyais ! Autrefois, j'aurais mis beaucoup moins longtemps à vous faire demander merci.

John poussa un grognement pour toute réponse, et Brandon continua :

— Vous rappelez-vous le Camp du Drap d'or ? C'était en France, il y a dix ans. Le roi Henri était venu rendre visite à François Ier. En ce temps-là, je me battais toute la journée et me sentais en pleine forme pour le dîner.

— Bah, vous n'avez pas trop perdu depuis ! assura John, qui avait enfin repris sa respiration. Mais vous avez dû un peu grossir depuis la dernière fois que nous nous sommes affrontés. C'est votre poids qui vient de faire la différence !

— Allons donc, protesta Brandon, je n'ai pas pris une once de graisse, mais uniquement du muscle !

— Hum, c'est vous qui le dites ! Je plains votre pauvre épouse, qui devra supporter le poids de votre intempérance… au propre comme au figuré.

« Mon épouse », se répéta mentalement Brandon, dont le regard se leva rêveusement vers le toit de feuillage qui s'étendait au-dessus d'eux. Quel bonheur de se dire que celle qui allait porter ce titre était précisément la femme qu'il aurait choisie entre toutes, et non l'insipide Miranda Paige ! Un petit sourire flotta sur ses lèvres à cette idée.

— Je suis sûr qu'elle ne protestera pas, murmura-t-il en se remémorant le doux visage de Kat.

Quelle beauté ! songea-t-il avec complaisance. Une peau diaphane, des yeux verts étincelants, un rire profond qui chante comme une cascade au printemps ! Quant au corps… Un merveilleux paysage à explorer ! Seigneur, se reprit-il, il fallait qu'il arrêtât d'évoquer de pareilles images, sinon…

— Dites-moi, John, reprit-il en se tournant vers son compagnon, que pensez-vous vraiment de lady Katherine ?

Stafford lui jeta un coup d'œil oblique.

— D'homme à homme ? interrogea-t-il. Eh bien, je vous dirai qu'elle est digne du pinceau d'un grand peintre !

Il poussa un long soupir et ajouta :

— Elle a les traits délicatement ciselés, un nez exquis, et des lèvres... Dieu me pardonne, Brandon, mais je donnerais n'importe quoi au monde pour boire à cette coupe de miel !

Devant cet enthousiasme, Brandon leva les sourcils d'étonnement. Décidément, John était encore plus amoureux qu'il n'avait pu le supposer !

— Continuez, lui intima-t-il. Que pensez-vous de sa silhouette ?

Stafford poussa un gémissement.

— Seigneur, ne me posez pas de pareilles questions ! Je suis déjà assez confus d'être aussi déloyal. Votre fiancée a éveillé chez moi des désirs que je ne saurais décrire à son futur !

Pensif, Brandon coupa une tige de graminée et la glissa entre ses dents.

— Je vous l'accorde, déclara-t-il en observant son ami à travers ses paupières mi-closes, lady Katherine est assez jolie, bien qu'elle ait déjà passé la première fleur de la jeunesse.

— Qu'importe son âge, s'insurgea Stafford, lorsque chaque saison qui passe lui donne un peu plus de charme et d'esprit !

Cette réflexion laissa Brandon perplexe. Quand donc avait-il entendu la prétendue Katherine proférer le moindre mot intelligent ? Il avait beau fouiller dans sa mémoire, il lui était impossible d'en exhumer le plus petit trait d'esprit. « Mais l'amour rend partial, c'est bien connu », songea-t-il en mâchouillant philosophiquement son brin d'herbe.

— Bah ! vous l'oublierez dès que vous serez revenu à la cour ! déclara-t-il d'un ton volontairement léger.

Malgré son état de faiblesse, John se retourna et lui donna un coup de poing dans le flanc.

— Comment osez-vous me parler de la cour ! s'insurgea-t-il. Il n'y a là-bas qu'hypocrisie, faux-fuyants et mensonges. Les femmes n'y ont aucune franchise, vous le savez aussi bien que moi. Votre future épouse, elle, est aussi vertueuse que sincère. C'est la plus merveilleuse créature qu'il y ait au monde, et je vous envie votre bonheur !

Amusé par cette profession de foi, Brandon dut cacher derrière l'une de ses mains le sourire qui lui était monté aux lèvres.

— Oh ! je comprends ! assura-t-il. La richesse de lady Katherine fait passer sur bien des choses ! On en oublierait presque ses manières campagnardes et la naïveté de ses propos. Vous avez toujours eu l'art de flairer les bonnes affaires, monsieur l'Infidèle !

Pour toute réponse, John émit une sorte de rugissement.

— Si je n'étais pas encore étourdi au point d'y voir double, je vous provoquerais de nouveau pour cette odieuse réflexion ! s'exclama-t-il. Vous êtes allé trop loin, Brandon, et c'est dans mon honneur que vous m'attaquez !

Cavendish ne se laissa pas démonter par cette explosion, et reprit d'un ton faussement innocent :

— Ainsi, vous épouseriez Katherine même si elle n'avait pas un sou vaillant, pour peu qu'on vous en donnât la possibilité ?

— Oui, assura John sans ciller, c'est avec un bonheur sans nom que je la conduirais à l'autel, dût-elle ne posséder que des haillons.

Brandon émit un sifflement étonné.

— Et voilà maintenant que vous parlez mariage ! s'exclama-t-il. Moi qui pensais que vous aviez définitivement banni ce mot de votre vocabulaire !

— Je l'ai miraculeusement retrouvé ! Mais pourquoi parler de cela, puisque c'est à vous que cette merveilleuse jeune femme est destinée, de par la volonté du roi ?

Brandon pinça les lèvres. Le moment n'était-il pas venu d'éclairer la lanterne de John ? Choisissant soigneusement ses mots, il articula avec lenteur :

— Que diriez-vous si je vous apprenais qu'il n'en est rien, et que la dame de vos pensées peut fort bien devenir votre épouse ?

Il s'arrêta un instant, tandis que Stafford avalait péniblement sa salive.

— En bref, reprit Brandon, sachez que votre bien-aimée n'est pas lady Katherine Fitzhugh, mais Miranda Paige ! Ces dames ont échangé leur identité comme nous l'avons fait nous-mêmes, et la vraie maîtresse de Bodiam s'est offert le luxe de se jouer de moi !

Stupéfait, John se redressa et réussit à poser son séant dans l'herbe, malgré les efforts douloureux que lui coûtait le moindre mouvement.

— Et comment êtes-vous arrivé à cette lumineuse conclusion ? interrogea-t-il d'un ton sceptique.

Brandon eut un large sourire.

— Fenton Scantling m'y a aidé ! lança-t-il.

— Si c'est là votre seule source d'information ! persifla Stafford. Jamais un atome de vérité n'est sorti de la bouche de ce vaurien.

— Mais si, cela lui arrive parfois… lorsqu'il ne s'en rend pas compte !

John serra nerveusement les poings.

— Et vous le croyez ? demanda-t-il.

— Oui, quand le vieux Montjoy confirme ses dires. Eh bien, mon vieux, voilà que vous pâlissez, maintenant ! Mes coups de poing vous ont donc fait si mal ?

— Oh ! vos paroles ont été encore plus efficaces, et je suis littéralement hors de combat ! Expliquez-vous clairement, je vous en supplie, car j'ai l'impression d'avoir un carillon dans la tête. Vous voulez vraiment dire que la femme que je courtise en votre nom est miss Miranda, la cousine de votre fiancée ?

— Oui, assura Brandon.

— Et que sans le vouloir, continua Stafford, vous avez fait le joli cœur avec votre propre future ?

— C'est exact, confirma Brandon avec un sourire sans joie.

John émit pour sa part un rire sardonique.

— C'est trop drôle ! commenta-t-il. Dommage que je ne puisse pas m'esclaffer franchement ! Mes côtes sont décidément trop douloureuses...

Brandon s'assit à son tour et dévisagea son ami.

— Que comptez-vous faire, maintenant ? s'enquit-il.

— Me jeter aux pieds de Miranda dès notre retour au château, lui demander pardon de l'avoir jouée, et la prier de m'accorder sa main, déclara John d'une seule traite.

— Vous allez vite en besogne !

— Vous oubliez que je n'ai plus de père et que je suis libre de me marier comme bon me semble. J'épouserai lady Kat... miss Miranda veux-je dire, dès que les bans auront été publiés, si toutefois elle veut bien de moi !

Brandon jeta un regard critique à son ami.

— A votre place, j'attendrais un peu avant de lui faire ma déclaration, conseilla-t-il. Votre visage est méconnaissable, et vos vêtements sont noirs de boue. Vous ressemblez à un chien crotté, mon vieux !

— Merci beaucoup, mais je suis en mesure de vous retourner le compliment !

— Ecoutez-moi, John ! Je suis d'avis qu'il vaut mieux garder pendant quelques jours notre identité d'emprunt, jusqu'à ce que ces dames décident elles-mêmes d'arrêter le jeu. N'est-ce pas de bonne guerre ? Du moins saurez-vous que vous pouvez soupirer pour votre dulcinée en toute bonne conscience, puisqu'elle n'est encore la fiancée de personne !

Frappé par cette dernière remarque, John ferma les yeux et soupira :

— Je vais enfin pouvoir embrasser les douces lèvres de Miranda ! Il y a deux semaines que j'attends cet instant !

— Miranda ? Jamais de la vie ! Votre belle se nomme encore lady Katherine, joli cœur. Tâchez de ne pas l'oublier !

Lorsque Brandon et John pénétrèrent dans la salle à manger une heure plus tard, les dames ouvrirent de grands yeux et ne purent retenir une exclamation de surprise.

Les deux chevaliers avaient revêtu des vêtements propres, leurs cheveux étaient soigneusement peignés, leurs ongles nets et leurs dents bien blanches, mais leurs mouvements, habituellement si souples, ressemblaient à ceux de Montjoy lorsqu'il souffrait d'une crise aiguë de rhumatismes !

« Pauvre Brandon ! Que lui est-il arrivé ? » s'interrogea Miranda, qui se précipita aussitôt vers les nouveaux venus. Avec un tendre empressement, elle saisit le bras de son cavalier habituel et l'accompagna jusqu'à sa place. Puis elle lui noua elle-même une serviette autour du cou avant de s'asseoir à sa droite, prête à lui rendre tous les menus services que nécessitait son état.

— Vous semblez si mal en point ! s'écria-t-elle d'un ton plein de sollicitude. On dirait que votre cheval vous a précipité tout droit dans un roncier.

John tenta de sourire, mais ne réussit à produire qu'un pitoyable rictus.

— Ce n'est rien, milady, murmura-t-il. Quelques égratignures, tout au plus !

Kat regarda le second chevalier, qui était assis en face d'elle, et étouffa un rire dans sa serviette.

— Bonjour, miss Miranda, fit Brandon. J'espère que vous avez passé une agréable matinée.

— Oh ! oui, mais certainement pas aussi intéressante que la vôtre ! répliqua lady Fitzhugh d'un ton moqueur.

— Est-ce que vous souffrez ? demandait pendant ce temps la vraie Miranda de sa voix flûtée.

John voulut de nouveau esquisser un sourire, mais le résultat fut encore plus problématique que la première fois.

— Plus maintenant, assura-t-il. En fait, je ne sens plus rien lorsque vous me tenez la main comme en cet instant. C'est comme si j'étais passé de l'enfer au paradis, sous la conduite de mon bon ange !

— Quelles niaiseries ! bougonna Brandon entre ses dents.

— Votre monture s'est sans doute emballée, reprit Miranda à l'adresse de son voisin. J'espère que vous n'avez pas été attaqué par un sanglier ! Il paraît qu'ils pullulent dans la région.

Elle s'interrompit un instant pour tremper une cuillère dans la soupe de Stafford, et ajouta :

— Permettez-moi de vous aider, sir Brandon. Ouvrez grande la bouche !

— Je le voudrais bien, répliqua John avec une légère grimace, mais je ne puis guère !

— Pauvre Brandon ! s'écria Miranda en lui glissant le couvert entre les lèvres.

— Gardez votre compassion ! lança brusquement Kat. Nos hôtes n'ont pas eu d'accident de cheval. L'un de nos fermiers les a vus se battre !

Miranda demeura bouche bée, tandis que Cavendish levait silencieusement son verre à la perspicacité de Kat.

— Oh ! Brandon ! s'écria Miranda, on vous a attaqués ? Contre qui avez-vous dû lutter ?

Au lieu de répondre, John baissa les yeux comme un écolier pris en faute, tandis que ses oreilles se teintaient d'écarlate.

— Mais non, ma chère cousine, vous n'y êtes pas ! intervint Kat. Ces messieurs se sont battus entre eux !

Miranda fut si surprise qu'elle faillit renverser une cuillerée de soupe sur le pourpoint de Stafford.

— C'est impossible ! s'écria-t-elle.

Confus, John lui prit la main et en embrassa la paume.

— C'était pour une bonne cause, milady, affirma-t-il.

— Avez-vous d'autres explications à nous fournir ? demanda Kat à son vis-à-vis.

— Aucune, madame, répliqua Brandon, sinon que mon ami a constaté que je devenais un peu gras, et que j'avais grand besoin de me dépenser. D'où le corps à corps de ce matin !

Kat fronça les sourcils.

— Il a grand tort, murmura-t-elle. Je trouve que vous avez une silhouette... plutôt athlétique !

— Merci, madame, mais je n'en veux pas à sir John. Cet exercice était après tout fort revigorant, et m'a rappelé de très bons souvenirs.

John acquiesça en fermant son seul œil valide.

— Sir John a raison, déclara-t-il. Cette petite lutte nous a rajeunis de dix ans.

— Nous devenions trop paresseux, renchérit Brandon.

— Et le remède vous a-t-il réussi ? interrogea Kat, qui se demandait avec curiosité lequel des deux chevaliers l'avait emporté sur l'autre.

— Oh ! oui ! assura Cavendish. A vrai dire, nous avons eu un instant de fatigue tout de suite après le combat. Pendant quelques minutes, nous sommes restés étendus sur l'herbe, à émettre des ronflements comme des baleines échouées.

Il se pencha par-dessus la table et ajouta à mi-voix :

— Mais ne craignez rien, miss Miranda, je ne ronfle jamais pendant la nuit !

Cette phrase incongrue éveilla en Kat des images d'intimité qui firent monter le rouge à ses joues, et ce fut d'un geste mal assuré qu'elle saisit sa coupe pour la porter à ses lèvres.

— Pourquoi me soucierais-je de ce que vous faites au lit, milord ? interrogea-t-elle avec une feinte indifférence.

Ce fut l'instant que choisit Brandon pour avancer l'une de ses mains sous la table et s'emparer de celle de Kat. La jeune femme frissonna à ce contact et rencontra le regard bleu de Cavendish, qui l'observait intensément, comme s'il voulait surprendre sa réaction. Ce rustre la guettait comme un chat tapi devant un trou de souris ! se dit-elle.

C'en était décidément trop ! Prise d'un irrépressible frisson, Kat renversa sa coupe sur la nappe.

« Par tous les anges du ciel, se dit-elle, que m'arrive-t-il ? Je n'en suis tout de même pas à avoir des palpitations pour un serrement de main, comme une gamine de quinze ans ! »

Chapitre 10

Immobile dans le noir, Miranda poussa un profond soupir et tâcha de retenir les larmes qui menaçaient de lui inonder les joues.

Pourquoi avait-elle accepté d'échanger son identité contre celle de Kat ? s'interrogea-t-elle avec désespoir. En vérité, elle avait cru que ce serait un jeu charmant, qui la divertirait un peu de son perpétuel célibat. Et voilà qu'elle était tombée follement amoureuse… amoureuse du fiancé de sa cousine !

Comment aurait-elle pu s'attendre à un tel dénouement ? Avant d'avoir rencontré sir Brandon Cavendish, elle était persuadée que le futur mari de Kat n'était qu'un collégien sans conséquence, et elle n'oublierait jamais la surprise qu'elle avait éprouvée en se retrouvant tout à coup devant le plus bel homme que la terre eût jamais portée !

Le premier choc passé, il lui avait été cependant facile de jouer le jeu — un peu trop facile, même ! Mais les choses étaient allées trop loin, et elle n'aurait jamais dû permettre à sir Brandon de l'embrasser comme il l'avait fait ce soir, après le souper. Eperdue, elle avait communié avec cette bouche au goût de miel et de menthe, et elle s'était serrée contre le tentateur, trahie par son propre corps qui en demandait encore davantage !

« Honte à toi ! songea-t-elle. Brandon n'est pas à toi, mais à ta cousine. Comment peux-tu convoiter un homme qui ne t'est pas destiné ? »

Si seulement lord Cavendish n'était pas promis à Kat ! se

dit-elle avec amertume. Et cela par la volonté du roi, qui plus est ! Henri VIII était décidément un vieux fou. Non content d'être épris d'une autre femme que la sienne, il voulait détruire encore le bonheur des autres ! « Qu'il joue les Cupidon dans sa propre cour, mais qu'il nous laisse tranquilles à Bodiam ! » se dit la jeune femme avec une rancune insoupçonnée.

Du bout de la langue, elle chercha sur ses lèvres le souvenir du baiser de Brandon. Allons, il était inutile de se faire des idées, se réprimanda-t-elle. Ce baiser, après tout, était destiné à Kat, puisque lord Cavendish était persuadé qu'elle était sa cousine ! Et que faisait pendant ce temps la vraie lady Fitzhugh ? Elle taquinait sir John Stafford sur les ecchymoses qui déparaient son mâle visage.

Comme si sir Brandon n'était pas beaucoup mieux que son ami ! songea Miranda en poussant un soupir. Vraiment, Kat devait avoir perdu l'esprit. Les deux chevaliers se ressemblaient peut-être physiquement, mais il y avait un monde entre les manières de Brandon et celles de son compagnon !

Le premier ne s'intéressait qu'à la poésie, tandis que le second semblait plutôt préoccupé par les détails pratiques de la vie à Bodiam. Qu'est-ce que Kat pouvait bien lui trouver ? Elle était tout de même supposée épouser Brandon et non son ami ! Pourtant, elle ne recherchait jamais sa compagnie, et ne lui parlait que lorsqu'elle ne pouvait faire autrement, ce qui mettait sa cousine dans une situation périlleuse. Ne se retrouvait-elle pas seule avec sir Brandon plus souvent qu'elle ne l'aurait souhaité pour sa propre tranquillité ?

Miranda émit un discret reniflement. Ce soir, un pas de plus avait été franchi dans cette dangereuse intimité, et elle sentait encore la chaleur du corps de Brandon scandaleusement pressé contre le sien. Pour la première fois de sa vie, elle s'était rendu compte de ce que pouvait être une passion virile, et en avait été émue jusqu'au tréfonds d'elle-même. Et maintenant, ce souvenir l'empêchait de s'endormir.

Comment allait-elle sortir de ce mauvais pas ? songea-t-elle avec désespoir.

Comme elle soupirait de nouveau de toute son âme, la voix de Kat s'éleva tout à coup à côté d'elle :

— Qu'est-ce qui ne va pas, mon cœur ?

Miranda tressaillit comme si elle était prise en faute.

— Excusez-moi de vous avoir réveillée, murmura-t-elle.

— Je ne dormais pas, et je vous ai entendue pleurer. Allons, dites-moi ce qui se passe. Vous avez prétexté ce soir un mal de tête pour vous retirer plus tôt que d'habitude, mais je suis sûre qu'il y a autre chose !

— Oh ! Kat ! s'écria la jeune femme, je suis complètement bouleversée, et je ne sais que faire !

— Ainsi, c'est la pensée de sir Brandon qui vous empêche de trouver le sommeil !

Les joues de Miranda s'empourprèrent dans l'obscurité.

— Pas du tout ! protesta-t-elle. Pourquoi songerais-je à votre fiancé ?

— Parce que vous êtes constamment en sa compagnie depuis quinze jours, parce que vous n'avez jamais été aussi rieuse ni aussi timide, énuméra Kat, parce que…

— Arrêtez, au nom du ciel ! Ce n'est pas ce que vous pensez !

— Oh ! vraiment ? fit Kat d'une voix railleuse.

Comme elle n'obtenait pas de réponse, elle s'assit dans le lit et reprit d'un ton plus grave :

— Parlons sérieusement, Miranda, car je suis inquiète pour vous.

La jeune fille ferma les yeux, bouleversée par ces simples paroles. Kat, en effet, avait toujours manifesté beaucoup de sollicitude à son égard, et avait passé son temps à la protéger, à l'éduquer, veillant sans cesse à ce qu'elle ne manquât de rien. C'était la meilleure amie que Miranda eût au monde, et comment la remerciait-elle ? En séduisant son futur mari, songea la jeune femme avec désespoir. Kat méritait d'épouser enfin un honnête homme… mais pourquoi fallait-il que le sort eût désigné précisément celui-là ? Le destin était trop injuste !

— Allons, tout ira bien, reprit Kat d'une voix consolante, je vous le promets ! Pourquoi la pensée de Brandon Cavendish vous plongerait-elle dans un tel désarroi ?

— Ce n'est pas pour lui que je me fais du souci, gémit Miranda, c'est pour vous !

— Et pourquoi donc, grand Dieu ?

— Voyons, Kat, vous n'avez pas passé un seul instant en tête à tête avec lui depuis qu'il est à Bodiam ! Vous le regardez à peine, ne lui adressez presque jamais la parole… Allez-vous continuer longtemps ainsi ?

— Jusqu'à la Saint-Jean ! répliqua gaiement Katherine.

— Le malheureux ! Que pensera-t-il lorsqu'il devra mener à l'autel une femme qui lui a manifesté tant d'indifférence ?

Cette question ne désarçonna pas Kat, qui se contenta de rire.

— Bah ! ne vous inquiétez pas ! s'écria-t-elle. La nuit du solstice, il y a toujours un peu de folie dans l'air. C'est du moins ce qu'on prétend !

Mais cette allégation ne convainquit pas Miranda.

— Oh ! Kat, s'exclama-t-elle dans un sanglot, pourquoi m'avez-vous obligée à mentir ainsi ? J'en perdrai l'esprit, c'est certain, et je suis encore trop jeune pour finir à l'asile !

Kat lui passa un bras compatissant autour des épaules, et l'attira contre elle en murmurant :

— N'ayez pas peur, ma chérie. Tout ira bien, je vous en donne ma parole.

— Comment serait-ce possible ? hoqueta Miranda.

— Vous verrez bien ! assura Kat. En attendant, dites-moi un peu ce que vous pensez de… sir John ?

La jeune fille se raidit à l'énoncé de ce nom.

— Vous ne pensez tout de même pas me faire épouser

ce vaurien ? s'insurgea-t-elle. J'aime encore mieux entrer au couvent !

Kat éclata de rire.

— Vous ne semblez pas le placer très haut dans votre estime, remarqua-t-elle.

Heureuse de constater que sa cousine ne semblait pas fâchée, Miranda répliqua :

— Comment le pourrais-je ? Il ne chante pas, n'est ni musicien ni poète. C'est un bel homme, je dois le reconnaître, mais il manque totalement de cette grâce engageante qui est l'apanage de sir Brandon.

— Et vous pensez que c'est cela qui fait un bon mari ?

Miranda poussa un profond soupir.

— Oh ! oui ! affirma-t-elle avec conviction.

Kat serra sa cousine dans ses bras.

— Eh bien, écoutez ceci, ma chérie : je ne suis pas amoureuse de l'homme qui vous fait la cour, malgré tous ses avantages. S'il advenait que je puisse vous le donner — on ne sait jamais, tout est possible la nuit de la Saint-Jean ! — le prendriez-vous ?

Miranda eut du mal à en croire ses oreilles. Kat projetait-elle de s'enfuir pour se faire nonne ? se demanda-t-elle. Quelle absurdité ! Lady Fitzhugh n'était pas faite pour mener une vie cloîtrée.

— Vous déraisonnez, Kat, murmura-t-elle. Comment serait-ce possible ?

— Bah ! ce sera la pleine lune, et toutes les folies seront alors permises !

Navrée, Miranda secoua la tête. Sa cousine était décidément devenue folle !

— Vous n'avez pas répondu à ma question, insista Kat. Le prendriez-vous ?

Miranda déglutit deux ou trois fois.

— Oui, chuchota-t-elle enfin.

— Voilà tout ce que je voulais savoir ! répondit Kat d'un ton satisfait. Et maintenant, dormons, ajouta-t-elle en bâillant.

Mais Miranda n'obéit pas tout de suite à l'injonction. Les yeux grands ouverts dans l'obscurité, elle resta un long moment à fixer les tisons qui rougeoyaient dans l'âtre.

« Je parlerai à Sondra dès demain, décida-t-elle enfin. Kat a décidément l'esprit dérangé et a besoin d'une bonne purge pour lui éclaircir les idées ! »

Ce matin-là, Jess, le jeune veneur de lord Cavendish, n'était guère de bonne humeur, et c'est d'un pas hésitant qu'il se dirigea vers les écuries, tout en se morigénant en son for intérieur. Comment avait-il pu tromper ainsi la confiance de son maître ? Sir Brandon serait furieux lorsqu'il saurait la vérité ! « Ce n'est pourtant pas tout à fait ma faute, songea-t-il. C'est Sondra qui m'a extorqué la vérité. Si je n'étais pas tombé sous le charme de cette jolie sorcière… »

Il n'acheva pas la phrase et se mordit la lèvre. Ce n'était pas qu'il regrettât ce qui était arrivé. Sondra était plantureuse et charmante, et lui plaisait plus qu'aucune autre femme, que ce fût au lit ou ailleurs ! Elle savait le faire rire avec ses contes et ses plaisanteries, fabriquait la meilleure bière qu'il eût jamais bue, et sa présence valait tous les remèdes de la terre. Chaque matin, elle le quittait après avoir laissé tomber sur ses lèvres un baiser parfumé comme une goutte de miel. Mais il n'en restait pas moins qu'elle l'avait amené à trahir son maître, ce qu'il ne pouvait décidément se pardonner ! Comment lord Cavendish allait-il réagir en apprenant cette perfidie ?

« Allons, tu n'es tout de même pas un gamin ! » se réprimanda-t-il. Et, bombant le torse pour se donner du courage, il pénétra résolument dans l'écurie, où les deux chevaliers étaient occupés à nourrir leurs chevaux.

A l'entrée du jeune homme, Brandon leva la tête et sourit.

— Bonjour, Jess, lança-t-il. Que pensez-vous du temps ? On dirait que nous avons de la chance !

Le veneur cligna des yeux pour s'habituer à la pénombre du lieu.

— Oui, milord, répliqua-t-il. Il n'y a pas le moindre nuage en vue, et j'ai aperçu une alouette dans le ciel. C'est un bon présage !

Brendon héla son ami, qui inspectait l'un des sabots de son coursier.

— Avez-vous entendu cela, John ? Voilà un beau jour pour la chasse !

— Que voulez-vous chasser, milord ? interrogea Jess. Les sangliers ?

Brandon eut un sourire malicieux.

— Ne vous inquiétez pas de cela, mon garçon, car nous n'aurons pas besoin de vos services aujourd'hui. Je parlais d'un genre de chasse qui n'est pas de votre ressort, et dont le terrain sera une prairie. Ces dames ont organisé un déjeuner sur l'herbe !

Jess pinça les lèvres.

— Oui, le temps s'y prête, milord.

Il s'arrêta un instant, car la voix de sa conscience lui soufflait avec insistance : « Dis-le-lui maintenant, pendant qu'il est de bonne humeur ! »

— Milord…, reprit-il après s'être éclairci la voix.

Mais il s'arrêta net, ne sachant trop par où commencer son récit.

— Qu'y a-t-il, Jess ? questionna Brandon. Vous paraissez troublé. Est-ce que la charmante gouvernante de céans a cessé de vous faire les yeux doux ?

Les prunelles de Jess s'élargirent de surprise.

— Comment savez-vous cela, milord ?

— Grâce à nos deux pages. Ils n'ont pas les yeux dans leur poche et me rapportent tous les ragots du château.

— Allons, intervint John, vous pouvez nous conter vos

peines de cœur. Nous sommes de très bon conseil en la matière, et prêts à vous apprendre comment regagner le cœur de votre bien-aimée.

— Ce n'est pas cela, milord, répliqua Jess. Sondra et moi nous entendons bien, mais…

Il s'interrompit de nouveau, manifestement embarrassé. Brandon lui donna une petite tape sur l'épaule pour l'encourager.

— Parlez donc, mon vieux ! s'écria-t-il. J'ai hâte d'aller déjeuner !

Jess baissa la tête et se jeta à l'eau.

— J'ai à vous demander pardon, milord, commença-t-il, car je vous ai trahi !

Brandon secoua lentement la tête.

— Qu'avez-vous fait exactement ? s'enquit-il.

— Ce n'est pas vraiment ma faute, assura Jess.

— Evidemment, c'est ce qu'on dit toujours en ces cas-là !

Désarçonné par cette remarque, le jeune homme avala péniblement sa salive.

— Mais je prends tout le blâme sur moi ! précisa-t-il.

— Je parie qu'il y a une femme là-dessous ! ironisa Stafford, qui s'était appuyé contre la mangeoire, afin de suivre plus commodément la conversation.

Brandon montra au jeune serviteur une botte de foin.

— Asseyez-vous là, lui enjoignit-il, et racontez-nous donc cette passionnante histoire.

Jess obtempéra, et prit une profonde inspiration avant de commencer :

— Ce matin, Sondra venait juste de me quitter, et…

— J'ai gagné ! l'interrompit de nouveau Stafford.

Brandon lui imposa silence d'un regard impérieux.

— Continuez ! ordonna-t-il à Jess.

— Eh bien, comme il me restait une bonne heure avant de me lever à mon tour, je me suis mis à rêvasser. Je pensais à ce que Sondra et moi venions de vivre…

Cette fois, ce fut Brandon qui arrêta le jeune homme d'un geste.

— Nous n'avons pas besoin d'entendre cela, Jess ! assura-t-il.

Le jeune serviteur baissa la tête d'un air penaud.

— De fil en aiguille, reprit-il, j'ai songé à la première nuit que nous avions passée ensemble. Ce qui est étrange, c'est que je n'en avais quasiment plus aucun souvenir !

— Combien de chopes aviez-vous vidées ce soir-là ? s'enquit John. Sondra est assez jolie pour qu'un homme se rappelle l'avoir tenue dans ses bras… à condition qu'il soit dans son état normal, évidemment !

— John ! s'écria Brandon d'un ton réprobateur.

Le veneur hocha la tête.

— Il est vrai que j'avais un peu bu, milord, reconnut-il. En tout cas, plus que d'habitude ! Mais tandis que j'étais là, étendu, je finis tout de même par rassembler quelques bribes de souvenirs…

— Poursuivez, lui intima Brandon.

— Je pense avoir dit à Sondra que j'étais l'homme le plus heureux de Bodiam, car je n'avais pas besoin de porter un masque comme mon maître…

A ces mots, Brandon émit un léger sifflement, mais ne fit pas de commentaires, ce qui rasséréna un peu le pauvre Jess. Au moins, son maître ne s'était pas mis à hurler ! songea-t-il. Evidemment, il n'était pas dans les habitudes de lord Cavendish de sortir de ses gonds, mais il avait de quoi perdre son sang-froid après une pareille révélation !

— Sondra alors a insisté pour savoir ce que je voulais dire, reprit le jeune homme, et je lui ai avoué que sir Brandon jouait à être sir John, et réciproquement !

— Eh bien ! s'exclama Stafford, nous voilà dans une charmante situation !

— Et qu'a répondu Sondra ? interrogea Brandon avec calme.

— Elle a beaucoup ri, répliqua Jess, je m'en souviens

maintenant. Mais je ne vous ai pas trahi intentionnellement, milord, je vous le jure !

Brandon tapota de nouveau l'épaule du jeune homme, qui retrouva partiellement son courage.

— Calmez-vous, mon ami, lui enjoignit-il. Nous avons tous eu affaire à plus forte partie que nous. Les femmes de Bodiam sont décidément redoutables !

— Mais délicieuses ! compléta John. Nous devons leur reconnaître cela. Jamais je n'avais vu un tel bouquet. Toutes sont ravissantes, des femmes de chambre à la maîtresse de maison, en passant par les musiciennes et les gouvernantes.

Jess cligna de l'œil.

— Oh ! oui, milord, elles sont extraordinaires ! confirma-t-il.

Brandon interrompit cet échange d'un rire tonitruant qui résonna dans toute l'écurie, au point que les pages interrompirent leur tâche et levèrent la tête pour voir ce qui se passait !

— Et nous, nous sommes un bel assortiment d'imbéciles ! s'exclama-t-il lorsqu'il eut en partie recouvré son sérieux.

— Me pardonnez-vous, messieurs ? questionna Jess en regardant tour à tour les deux hommes.

Au lieu de répondre, Brandon s'essuya les yeux du revers de la main et s'écria :

— Messieurs, si j'avais ici un peu de l'excellente bière de miss Owens, je vous inviterais à porter un toast à ces dames ! Mais ce n'est que partie remise…

Il fouilla dans sa poche, et en sortit une pièce qu'il tendit à Jess en déclarant :

— Voici pour vos peines, mon garçon. Je suis heureux de savoir que miss Owens vous aime toujours, même après vous avoir tiré les vers du nez !

— Merci, monsieur, fit le jeune homme d'un ton quelque peu déconcerté.

Que voulait dire exactement son maître ? s'interrogea-t-il. La question était épineuse, mais, après tout, que lui importait ?

Une piécette en argent valait tout de même mieux que des coups de fouet sur le dos !

— Que pensez-vous de la tournure que prennent les événements ? demanda Stafford à son ami. Il y a de quoi être désemparé !

— Non, déclara Brandon avec un sourire énigmatique. C'est finalement mieux que je ne l'espérais.

— Comment cela ?

— Je n'aurai désormais plus aucun scrupule à séduire la maîtresse de ce séjour enchanteur ! Puisqu'elle sait qui je suis, je ne cours pas le risque de me… cocufier moi-même !

— Mais sait-elle que vous l'avez démasquée ?

— Pas encore, mais quelle importance ? Nous allons avoir un délicieux repas, mon cher John, mais le plus savoureux, ce sera encore le dessert !

Les deux gentilshommes éclatèrent de rire en chœur, tandis que Jess se grattait la tête d'un air perplexe. Qu'est-ce que ces messieurs pouvaient bien vouloir dire ? songea-t-il avec étonnement. Qu'il soit pendu s'il comprenait un seul mot !

— Je retourne à mes occupations, messieurs, déclara-t-il en saluant les deux amis.

Décidément, se dit-il, la chance avait tourné en sa faveur. Une conscience nette et un bon pourboire dans la poche, ce n'était pas une mauvaise façon de commencer la journée !

— La vengeance de la reine des fées ! Quel imbécile j'ai été ! s'écria Fenton d'un ton rageur. Cette mégère s'est bien moquée de moi. Entendez-vous, Wormsley ?

Le serviteur retourna à son maître un regard placide, qui acheva de mettre Scantling Fenton hors de lui. Décidément, ce Tod était un imbécile, se dit-il. Ne se rendait-il pas compte que Kat lui avait joué à lui aussi un méchant tour ?

Grinçant des dents à cette seule pensée, Fenton ressassa une fois de plus ses griefs. Dire qu'il était confiné depuis des jours dans une infecte auberge de Douvres, en la seule compagnie de ce nigaud de Wormsley, tout cela pour soigner une éruption provoquée par des piqûres d'orties ! Car le médecin appelé en hâte avait été formel : il n'y avait pas là-dedans la moindre trace de maladie !

— Votre tante est la plus tendre des femmes, se permit d'observer Tod, et elle a toujours fait preuve de gentillesse envers vous, milord.

Cette observation exaspéra Fenton qui s'agita frénétiquement sur son grabat.

— Tenez-vous tranquille, milord, conseilla le valet, qui appliquait de l'onguent sur le dos de son maître.

Mais la pommade apaisante fut impuissante à calmer la colère de Scantling !

— Tendre et gentille ! se récria-t-il. Vous déraisonnez, ma parole. C'est une femme rusée et sans scrupule.

— Peut-être est-ce une servante qui a mis les orties dans nos lits, hasarda Tod.

Fenton fit une moue de mépris.

— Si je croyais cela, je les ferais toutes fouetter jusqu'au sang, assura-t-il. D'ailleurs, c'est la première chose que je mettrai à exécution lorsque Bodiam m'appartiendra !

— Voilà qui est impossible, milord. Lady Katherine se marie dans dix jours, et vous devriez plutôt faire la paix avec lord Cavendish, si vous ne voulez pas qu'il vous coupe les vivres.

— Avec ce grand échalas ? Jamais de la vie ! protesta Fenton d'un air outré.

Ce Tod était vraiment trop stupide, songea-t-il à part lui. Dès que possible, il renverrait cet idiot dans sa porcherie natale et prendrait à sa place un serviteur mieux à même de le comprendre.

— Brandon préférerait me voir enfermé dans une prison pour dettes, que de lever le petit doigt pour me venir en aide, reprit-il d'un ton haineux. Tout ce qu'il veut, c'est s'emparer de la fortune de Kat, mais je vous garantis que je ne le laisserai pas faire. Quant à vos idées, mon garçon, je vous prie de les garder pour vous !

Sa diatribe à peine achevée, Scantling eut un sourire inattendu. Après tout, qu'importaient les sottises de Wormsley ? se dit-il. Il n'avait désormais besoin de personne pour se tirer d'affaire. La nuit dernière, un plan mirifique avait germé dans sa tête, et il était bien décidé à le mettre à exécution. Dès qu'il pourrait s'asseoir de nouveau sur un cheval, il retournerait à Bodiam avec ce demeuré de Tod, et saurait bien prendre sa revanche !

Le problème devait être désormais considéré sous un autre angle, conclut-il. Il ne s'agissait plus de convaincre Kat de bien vouloir lui abandonner ses droits sur le domaine. Non, après le traitement qu'elle lui avait infligé, il ne prendrait plus de gants avec elle. L'oncle Edward Fitzhugh avait bien raison. Il n'y avait rien de tel que des coups pour ramener une femme à la raison ! Et quel plaisir ce serait de réduire Kat à la mendicité, pendant qu'il régnerait à son tour sur le plus grand domaine du Sussex ! Oui, il serait délectable de renverser ainsi la situation. Quant au mari qu'Henri VIII avait voulu donner à lady Katherine, il ne serait plus une gêne pour personne, puisque dès la semaine prochaine il serait mort et enterré !

— Mort et bien mort ! répéta Fenton à haute voix avec une évidente délectation.

Surpris, Wormsley cessa de masser son maître pour interroger :

— Je vous demande pardon, milord ?

Fenton eut un sourire cruel.

— Mort, proféra-t-il pour la troisième fois. Plus froid que le marbre ! Comprenez-vous cela ?

Le serviteur leva les sourcils.

— De qui parlez-vous, monsieur ? questionna-t-il.

— Vous le saurez bientôt ! Tout sera fini avant la Saint-Jean.

Mon hypocrite de tante ne se rendra pas à l'église pour un mariage, mais pour des funérailles !

Se retournant brusquement, Fenton tira sa dague du fourreau et la pointa vers Wormsley.

— J'espère que vous n'allez pas répéter ce que vous venez d'entendre, déclara-t-il, si vous ne voulez pas qu'il vous en cuise ! Avez-vous compris ?

Wormsley cilla plusieurs fois sous la menace.

— Très bien, milord, répliqua-t-il simplement.

A ces mots, Scantling tâta sa lame d'un air menaçant. Ce maraud ne lui inspirait décidément pas confiance, et le mieux serait de se débarrasser de lui dès que ses projets auraient abouti. Il n'avait pas besoin d'un bavard qui ne se ferait pas faute d'aller raconter partout ce qu'il avait vu !

« Non, songea-t-il, je n'ai plus l'intention de me laisser marcher sur les pieds par qui que ce soit. Dans dix jours, lord Fenton Scantling sera un homme très riche, et tout le monde rampera devant lui ! »

Chapitre 11

— Voyons, milady, ne bougez pas ainsi, murmura Sondra, la bouche pleine d'épingles. Si vous ne vous tenez pas tranquille, je n'en aurai jamais fini !

Kat poussa un profond soupir.

— Très bien, concéda-t-elle, je vais essayer.

Il y avait déjà une heure que durait l'essayage, et si l'ouvrage n'avait guère avancé ce n'était pas la faute de la pauvre Sondra ! La gouvernante avait d'abord posé les manches bouffantes, pour être sûre qu'elles tombaient juste, et maintenant, agenouillée sur les dalles de la chambre, elle travaillait à la traîne de la robe.

Kat baissa la tête pour jauger sa tenue de mariée. Le brocart blanc brillait doucement à la lumière du soleil qui pénétrait à flots par la fenêtre, et la robe de dessus avait indéniablement belle allure. Sondra avait particulièrement bien réussi le corsage, qui dévoilait le galbe des seins, sans tomber pour autant dans l'indécence. Des lacets en or entrelacé de perles bordaient l'échancrure carrée du décolleté. Quant à la jupe de dessous, elle était d'un somptueux satin doré, qui s'accordait parfaitement avec les crevés des manches intérieures, confectionnés dans la même étoffe. Vraiment, cette toilette était un chef-d'œuvre, qui n'aurait pas déparé la garde-robe de Catherine d'Aragon, la reine d'Angleterre !

Emue, Kat eut un léger frisson. Dire que ce mariage allait vraiment avoir lieu ! songea-t-elle. C'était à peine croyable ! Les deux dernières semaines s'étaient écoulées comme un rêve enivrant, et il fallait désormais reprendre contact avec la réalité. Dans huit jours, elle allait convoler pour la troisième fois, et le sort en serait définitivement jeté. Il y avait tout de même de quoi se sentir un peu nerveuse !

Tout en songeant à cette perspective, la jeune femme triturait d'un geste fébrile l'un des rubans de son corsage, dont le nœud finit par céder, libérant toute une rangée de perles qui glissèrent sur le sol.

— Milady ! s'exclama Sondra, une note d'exaspération dans la voix.

— Excusez-moi, murmura Kat d'un air confus.

La gouvernante se baissa pour ramasser les perles, puis se remit à son ouvrage, tandis que sa maîtresse laissait de nouveau vagabonder ses pensées. Dans quelques jours, elle allait devenir lady Cavendish... Fermant les yeux, elle revécut les circonstances de sa rencontre avec le prétendu sir John. Dès les premières minutes, cet homme l'avait totalement captivée, avec son impertinence légère et son aisance, sa façon d'être toujours à l'aise avec les gens, quelle que fût la classe sociale à laquelle ils appartenaient. Quant aux atouts physiques de ce charmeur, il était inutile de les évoquer, car ils n'étaient déjà que trop présents à son esprit.

Les paupières closes, elle revit la bouche ferme et sensuelle qu'étirait un léger sourire de raillerie. Comment oublier l'instant où ces lèvres s'étaient posées sur les siennes ? Son corps avait gardé de ce baiser un souvenir palpitant, et en demandait traîtreusement davantage. Il ne fallait pas s'étonner après cela que Brandon fût à la cour la coqueluche de ces dames !

— Vous avez encore remué, milady ! lança Sondra d'un ton accusateur.

Assise sur ses talons, la gouvernante examina son travail d'un œil attentif, et une lueur de satisfaction illumina son regard.

— Votre nouveau mari va se croire au paradis, lança-t-elle, car vous ressemblez à un ange dans cette robe ! Mais pourquoi avez-vous l'air aussi soucieuse ?

— C'est que le jour des noces approche à grands pas, Sondra, et que cette échéance m'effraie un peu !

— Vraiment ? fit Sondra d'un ton incrédule. Pourtant, votre futur mari ne semble pas vous déplaire. Et puis ce n'est pas comme si vous n'aviez jamais été mariée !

— Ce sont précisément mes expériences passées qui m'ont rendue prudente. Ces deux unions ont semé tant de doutes en moi ! Je ne sais même pas si je peux avoir des enfants.

Sondra eut un léger sourire.

— Que cela ne vous inquiète pas, milady, chuchota-t-elle. Je peux vous concocter une potion souveraine contre la stérilité.

Mais Kat secoua la tête.

— Non, Sondra, répliqua-t-elle, je veux être moi-même pendant ma nuit de noces avec lord Cavendish.

Un coup frappé à la porte interrompit cet échange, et, quelques secondes plus tard, Violette pénétrait dans la chambre, le souffle court et le teint animé.

— J'ai quelque chose à vous dire, milady, annonça la jeune servante.

Surprise par ce ton solennel, Kat fronça les sourcils. Pourvu que Montjoy ne fût pas malade ! songea-t-elle. Le vieux régisseur semblait anormalement fatigué et taciturne depuis le dernier séjour de Fenton à Bodiam.

— Qu'y a-t-il, Violette ? interrogea-t-elle.

— J'ai un secret à vous confier, milady, murmura la jeune fille en s'approchant de Kat sur la pointe des pieds.

— Ce ne sont pas des commérages, j'espère ! Vous savez que je n'aime guère cela !

Mais Violette secoua la tête.

— Non, milady, assura-t-elle. C'est quelque chose de vrai qui vous concerne !

Sondra se redressa et toisa la jeune fille.

— Qu'attendez-vous pour parler, en ce cas ? Est-ce ma présence qui vous gêne ?

— Allons, ne nous faites pas languir davantage, intervint Kat. Vous savez que miss Owens est capable de tenir sa langue.

Violette regarda tour à tour ses deux interlocutrices, mais elle était trop excitée pour se taire plus longtemps, et elle se jeta brusquement à l'eau.

— Il s'agit de lord Cavendish, commença-t-elle. Figurez-vous qu'il n'est pas vraiment sir Brandon… mais sir John Stafford ! Votre fiancé et son ami avaient tout bonnement échangé leurs noms.

Ainsi, ce n'était que cela ! songea Kat, qui poussa un soupir de soulagement.

— Tiens, voilà qui est nouveau pour moi, déclara-t-elle d'un ton discrètement ironique. Et comment avez-vous appris cela ?

Violette baissa la voix et prit un ton confidentiel pour expliquer :

— J'ai entendu une conversation que ces deux messieurs ont eue avec Jess très tôt ce matin, pendant qu'ils soignaient leurs chevaux.

— Et que faisiez-vous dans les écuries à l'aube ? interrogea Sondra en haussant les sourcils.

La jeune fille devint cramoisie.

— Je… je parlais avec Patrick, l'un des valets de lord Stafford, bredouilla-t-elle. C'est ce bel Irlandais qui a des yeux à…

Elle s'interrompit, car sa maîtresse à son tour la dévisageait avec une feinte sévérité. En fait, Kat était plus amusée qu'irritée par cet aveu. Quelle étrange ironie ! songeait-elle. Tandis qu'elle était occupée à divertir ses hôtes, les serviteurs de ces messieurs semblaient avoir fait des ravages parmi la gent féminine de Bodiam Castle !

— Nous en reparlerons, Violette, déclara-t-elle. Revenons plutôt à votre histoire. Qu'avez-vous entendu d'autre ?

— Oui, qu'a dit Jess ? insista Sondra, qui s'intéressait manifestement beaucoup plus au jeune veneur qu'aux deux gentilshommes.

Violette se tourna vers la gouvernante, et avoua d'un air consterné :

— Justement, mademoiselle, il a dit que c'était vous qui lui aviez extorqué la vérité au sujet de son maître.

— Doux Jésus, s'exclama Sondra, on dirait qu'il a recouvré la mémoire ! En tout cas, il est beaucoup plus futé que je ne le pensais.

— Et que lui a répondu sir Brandon ? interrogea Kat.

— Le vrai sir Brandon ? répéta Violette. Il a ri aux éclats, milady ! Puis il a parlé de séduire la maîtresse de maison aujourd'hui même, et de se cocufier lui-même. Du moins, c'est ce que je crois avoir entendu.

Sondra et Kat échangèrent un regard malicieux.

— Quel fieffé fripon ! s'écria la gouvernante.

Quant à lady Fitzhugh, elle se passa la main dans les cheveux d'un air songeur. Quelle allait être la conséquence de cette nouvelle péripétie ? se demanda-t-elle. En tout cas, une chose était sûre. Pour avoir formulé une pareille réflexion, Brandon Cavendish devait savoir qui était la vraie Katherine !

— Voilà tout ce que j'ai appris, milady, reprit la servante, et je suis venue vous en informer sur-le-champ.

— Hum..., murmura Kat pensivement. Ainsi, ce séducteur impénitent veut tester ma vertu !

Sondra bondit sur l'occasion.

— Justement, madame, comme vous devez aujourd'hui déjeuner sur l'herbe, je vous ai préparé un assortiment de victuailles... très spéciales !

— Oh ! non, pas de philtres d'amour, ma chère Sondra ! Lord Cavendish aurait plutôt besoin d'être refroidi qu'encouragé. Il a déjà bien assez... d'enthousiasme comme cela !

— Ne craignez rien, madame, ce sera inoffensif, et vous aimerez beaucoup cela. Un vrai repas d'amoureux, en somme !

Kat poussa un soupir. Pourquoi tous les habitants de cette maison s'étaient-ils mis en tête de jouer les serviteurs de Cupidon ? Ce zèle devenait décidément dangereux !

— Très bien, Violette, déclara-t-elle. Ne répétez cela à personne, cela va de soi.

— Mes lèvres seront scellées, affirma la jeune fille d'un air important.

— Quant à moi, vous connaissez ma discrétion, murmura Sondra, qui aida Kat à ôter sa nouvelle robe.

Lorsque cette tâche fut achevée, la gouvernante plia soigneusement l'étoffe et la posa sur son bras.

— Allons, intima-t-elle à Violette, suivez-moi aux cuisines, où nous avons fort à faire. Le travail vous fera oublier un certain Irlandais au regard ravageur !

Avant de quitter la pièce, la gouvernante se tourna vers Kat et ajouta :

— Quant à vous, milady, je vous conseille de revêtir l'une de vos plus belles robes. C'est une véritable bataille qui vous attend ! L'amour ne ressemble-t-il pas à la guerre ?

Sondra s'éclipsa sur cette remarque en entraînant Violette avec elle, et Kat entendit le rire argentin des deux jeunes femmes résonner gaiement derrière la porte.

« Sondra a raison, songea-t-elle, je dois être prête à me battre. Ah ! sir Brandon, vous vous croyez irrésistible, n'est-ce pas ? Eh bien, je vous garantis que la partie n'est pas gagnée d'avance, et que ce bel après-midi dont vous attendez tant vous réserve bien des surprises ! »

Rassasié par le plantureux repas qu'il venait de faire, Brandon étira ses longues jambes et se versa une dernière coupe de vin avant de s'adosser au tronc d'un saule. Après avoir échangé un clin d'œil avec son ami, John venait d'entraîner Miranda vers les ombrages plus solitaires qui bordaient la rivière, laissant Cavendish seul avec lady Katherine. Le moment était enfin venu de livrer l'assaut à cette délicieuse forteresse ! se dit le chevalier avec un soupir de satisfaction.

— Par ma foi, commença-t-il, votre cuisinier doit être de connivence avec la déesse Vénus, miss Miranda.

Kat, qui était en train de tresser une guirlande de fleurs, leva un instant les yeux de son ouvrage.

— Que voulez-vous dire ? interrogea-t-elle. Philippe est français, et je doute qu'il connaisse ses classiques. Les dieux de l'Antiquité lui sont étrangers !

— Français, dites-vous ? C'est bien pis alors ! Les habitants de l'ancienne Gaule sont des adeptes passionnés de l'amour. Regardez donc !

Brandon s'interrompit un instant pour désigner les reliefs du festin, et poursuivit :

— D'abord, nous avons mangé des œufs de pluvier parfumés à la cannelle, et des champignons marinés.

— Oui, reconnut Kat, et l'ensemble était d'ailleurs très savoureux.

Lord Cavendish observa une nouvelle pause, afin de jouir du spectacle ravissant qu'offrait sa voisine. Coiffée d'un grand chapeau de paille et vêtue d'une fraîche robe d'été, Kat ressemblait à une allégorie de la jeunesse, et jamais elle ne lui avait paru si attirante. De plus, elle avait épinglé à son corsage la petite broche en or dont il lui avait fait cadeau, et il était heureux de constater qu'elle portait toujours ce modeste joyau. N'était-ce pas là un présage encourageant ?

— Vous ne pouvez ignorer que les œufs sont censés favoriser la fécondité ! reprit-il d'un ton amusé. Quant à la cannelle, c'est une épice bien connue pour exciter les désirs amoureux.

Kat lui jeta une œillade par-dessous le large bord de sa capeline, et remarqua d'un ton caustique :

— Elle n'a pourtant guère produit d'effet sur moi, milord. Je ne suis pas pantelante de désir, mais de chaleur ! Ce mois de juin est anormalement torride, ne trouvez-vous pas ?

« Hum…, songea Brandon en son for intérieur. Elle joue serré, mais tant mieux ! J'aime relever les défis. »

— Et je ne parle pas de notre plat de résistance ! reprit-il.

— Non, en effet, puisqu'il ne s'agissait que d'une banale terrine de lièvre.

— Banale, dites-vous ? Allons donc ! Ne savez-vous pas qu'il n'est pas sans conséquence de manger du lièvre, surtout au printemps ?

— Nous sommes presque en été, milord ! D'ailleurs, j'ai toujours consommé du lapin et m'en suis trouvée bien, quelle que soit la saison !

— En tout cas, c'est un animal pour le moins prolifique, vous en conviendrez ! Sa chair a la réputation de stimuler les ardeurs.

Kat, qui venait d'achever sa couronne, s'étira avec une douce langueur.

— Et le cresson à la moutarde, milord ? Allez-vous prétendre que c'est aussi un stimulant ?

— Certainement, madame. Et je ne dis rien du gâteau à la cardamome !

— Vous me surprenez, milord. Notre repas était excellent, certes, mais il n'a pas provoqué en moi d'émotion particulière. Il est vrai que, malgré mes deux mariages, je ne suis guère plus savante qu'une vieille fille sur ce chapitre. Aucun de mes deux maris n'a su m'en apprendre très long sur le sujet !

« Voilà un point que j'avais négligé ! songea Brandon en sirotant son vin. Quel imbécile je fais ! Lady Fitzhugh a tout simplement besoin d'être éduquée ! »

— Mais en ce qui vous concerne, milord, reprit Kat d'un ton suave, d'où tenez-vous cette science… culinaire ? Est-ce à la cour qu'on vous l'a enseignée ?

Brandon eut un léger sourire.

— Il est vrai que notre roi est un fin gourmet, reconnut-il. Il aime à la fois l'amour et la bonne chère.

— J'ai pourtant ouï dire que les deux ne faisaient pas très

bon ménage, assura Katherine. Notre roi n'est d'ailleurs pas un très bon exemple à suivre !

Stupéfait par cette liberté de langage, Brandon avala une gorgée de travers et faillit s'étouffer, au grand effroi de Kat, qui se leva pour lui donner des tapes dans le dos.

— Allons, respirez à fond ! lui intima-t-elle. C'est le conseil que donne Sondra en pareil cas, et il se révèle toujours efficace.

Brandon obéit et sa toux se calma aussitôt.

— Votre Sondra est merveilleuse, déclara-t-il dès qu'il fut en état de prononcer un mot.

— Oh ! oui, s'écria Kat, et même bien plus que vous ne le pensez ! Etes-vous tout à fait remis, maintenant ?

— Je vais mieux, mais j'aimerais que vous restiez près de moi, répliqua son compagnon en lui prenant la main. Votre présence est le meilleur des remèdes !

Cédant à cette prière, Kat fit bouffer ses jupes autour d'elle et s'installa à côté de Brandon, si près que son épaule touchait presque celle de son voisin. Comme elle était belle dans cette pose, avec sa robe étalée en corolle autour d'elle ! songea Brandon en lui jetant un regard furtif. En fait, il mourait d'envie de la prendre dans ses bras, mais il redoutait de l'effaroucher et préféra attendre encore un peu. Après tout, le soleil était encore au zénith, et il lui restait suffisamment de temps pour mener à bien son entreprise de séduction. Mieux valait ne pas tout gâcher par une précipitation de mauvais aloi !

Saisissant la main de la jeune femme, il la porta délicatement à ses lèvres, puis lui enlaça les doigts, heureux de constater qu'elle ne le repoussait pas. Pendant quelques instants, tous deux demeurèrent assis dans un silence seulement troublé par le froissement des feuillages agités par la brise. Ce fut Kat qui rompit cette trêve en demandant :

— Dites-moi, milord, connaissez-vous bien sir Brandon ?

— Aussi bien que je me connais moi-même ! Mais pourquoi cette question ?

Kat poussa un bref soupir et répondit :

— C'est que le mariage approche, milord. Je voudrais tant que lady Katherine y trouve enfin le bonheur !

— Moi aussi, mon cœur, assura Brandon, dont la gorge se serra d'émotion.

— Je suis la meilleure amie de Kat, et c'est à ce titre que je voudrais obtenir quelques précisions sur lord Cavendish.

— Comme je suis de mon côté le meilleur ami de Brandon, je puis parfaitement répondre à vos questions !

Ces préliminaires achevés, Kat jeta à son compagnon un regard malicieux, et lui demanda sans ambages :

— D'abord, pourquoi votre ami boit-il autant ?

Brandon émit une toux embarrassée, et reposa précipitamment la coupe qu'il était en train de porter à ses lèvres.

— Euh... vous pensez qu'il aime trop le vin ? interrogea-t-il d'un ton inquiet.

— Oui, particulièrement lorsqu'il est de mauvaise humeur !

— Je n'avais pas remarqué ce détail, mais j'y veillerai à l'avenir.

Un sourire illumina les yeux de Kat, qui s'embuèrent de douceur.

— Vous me rassurez, milord, affirma-t-elle. Fitzhugh s'enivrait régulièrement, et l'alcool en faisait un véritable monstre.

Emu par cette confidence, Brandon lui étreignit les épaules d'un geste compatissant.

— Parlez-moi de lui, lui enjoignit-il, du moins si cette évocation ne vous est pas trop pénible.

Kat eut un léger frisson.

— Oh ! il était complètement fou, et plus cruel qu'un animal sauvage ! avoua-t-elle. Jamais de ma vie je n'ai détesté autant un être vivant !

— J'ai entendu dire qu'il vous battait, votre cousine et vous.

La jeune femme ferma un instant les yeux. Cette évocation lui rappelait décidément de trop cruels souvenirs !

— C'est vrai, reconnut-elle, mais je préfère éviter ce sujet. Il est des choses qu'il vaut mieux taire !

— En ce cas, oubliez le passé pour ne plus penser qu'à l'avenir. Brandon Cavendish n'a rien de commun avec Fitzhugh, je peux vous l'assurer, et il saura rendre sa femme heureuse.

Kat jeta à son compagnon un regard oblique entre ses longs cils, avant de répliquer :

— Si tel est son objectif, il a une tâche ardue devant lui. Lady Katherine a un préjugé contre les hommes, car elle n'en a jamais reçu que de mauvais traitements, et ils ont tous été fort durs pour elle, à commencer par son père !

— Parlez-moi de son enfance, demanda Brandon en lui caressant les doigts. Peut-être cela aidera-t-il mon ami à la comprendre.

— Oh ! il n'y a pas grand-chose à en dire ! assura Kat. Son père, sir Robert Addison, avait deux filles, Grace et Katherine. Leur mère n'a pas survécu à son second accouchement, et je suppose que le père de Kat n'a jamais pardonné à sa cadette d'avoir causé indirectement la mort de celle qu'il aimait. L'aînée des enfants a épousé le fils du comte de Fairfax. Malheureusement, les deux époux sont morts dans un accident, alors que leur fils, Fenton, était âgé de dix ans. C'est Kat, alors mariée à lord Fitzhugh, qui a recueilli le jeune orphelin.

— Elle n'en a guère été récompensée, commenta Brandon, car ce jeune Scantling est vraiment de la mauvaise graine !

— C'est vrai, admit Kat. Fenton a toujours eu beaucoup d'admiration pour son oncle Fitzhugh, et il s'est mis très tôt à l'imiter. Ma cousine craint que cette propension ne s'aggrave avec l'âge !

— Il a besoin de la main ferme d'un nouvel oncle, déclara Brandon.

— Certainement. Croyez-vous que lord Cavendish puisse le dompter ?

Brandon eut un sourire amusé.

— J'en suis absolument sûr, affirma-t-il.

— Alors, c'est parfait, car Fenton, entre autres travers, a le défaut d'être un fieffé menteur. Savez-vous ce qu'il nous avait raconté de sir Brandon ?

— Je m'en doute un peu…

— Eh bien, il prétendait que le fiancé de Kat n'était qu'un gamin, à peine sorti du collège. Vous imaginez notre surprise lorsque nous avons rencontré lord Cavendish pour la première fois !

Brandon se souvint de cette scène mémorable, et dut réprimer un sourire. Il comprenait rétrospectivement pourquoi les deux femmes avaient eu l'air sidéré en les apercevant, John et lui, au point d'en perdre quasiment tous leurs moyens !

— Notre surprise égalait la vôtre, murmura-t-il. Fenton nous avait affirmé que lady Katherine était…

Il s'arrêta net, car le sujet était épineux. Les femmes, se rappela-t-il, n'aimaient guère aborder la question de leur âge, sujet sensible entre tous !

Impatiente d'en savoir davantage, Kat lui pressa la main à son tour, ce qui faillit lui faire perdre définitivement son sang-froid. Au diable la terrine de lièvre et les épices ! songea-t-il avec rancune.

— Eh bien, insista la jeune femme, que vous avait dit ce chenapan ?

Brandon hésita un instant.

— Il nous a déclaré que lady Katherine était déjà courbée par la vieillesse, et que c'était de plus une sorcière ! déclara-t-il enfin.

Les yeux de Kat s'élargirent de surprise, et il lui fallut quelques secondes pour se remettre. Puis elle éclata franchement de rire.

— Cette image vous paraît-elle s'appliquer à ma cousine ? questionna-t-elle avec une fausse ingénuité.

— Seigneur, non ! se récria Brandon en attirant contre lui la fausse Miranda. Je sais maintenant que lady Katherine est belle, que son regard brille de bonté, et que son seul défaut est de charmer le cœur de tous ceux qui l'approchent. C'est en cela seulement qu'elle est un peu sorcière !

— Voilà que vous parlez comme lord Cavendish ! observa Kat avec un sourire malicieux.

— C'est que je m'exprime avec son cœur et ses lèvres, allégua Brandon.

— Et que disent ces dernières ?

— Ceci ! répliqua-t-il en posant sa bouche sur celle de la jeune femme.

Les minutes qui suivirent furent un véritable enchantement. Pressée contre Brandon, Kat lui rendit sans savoir comment ses baisers enflammés, oubliant définitivement toute prudence, toute détermination ! Comment aurait-elle pu rester maîtresse d'elle-même alors que le simple contact de cet homme faisait courir dans tout son corps un frisson de désir ?

Relevant la tête un instant, Brandon la regarda dans les yeux et affirma :

— Il y a de la poésie sur vos lèvres, ma douce, et je désire l'étudier de plus près !

— Donnez-moi des leçons, milord, car c'est un art qui m'était jusque-là inconnu !

Galvanisé par cette invite, Brandon attira de nouveau la jeune femme contre lui, mais cette fois ses caresses se firent plus précises, et, explorant du bout des doigts la peau ivoirine de sa compagne, il s'arrêta avec complaisance sur son décolleté, descendit lentement jusqu'à sa taille, qu'il enveloppa d'une longue étreinte. Eperdue, Kat eut l'impression de flotter sur un doux nuage. Plus de peur, de douleur ni d'humiliation ! Enfin, elle venait d'aborder dans un pays enchanté où rien ne pourrait plus jamais la blesser. N'était-ce pas ce dont elle avait rêvé toute sa vie ?

Les deux amoureux en étaient là de leurs épanchements,

lorsqu'un sinistre hurlement, suivi d'un bruit de plongeon, vint frapper désagréablement leurs oreilles.

Brandon se redressa, stupéfait.

— Seigneur, qu'est-il arrivé ? s'écria-t-il.

Le cœur battant à se rompre, Kat bondit sur ses pieds.

— C'est… c'est la voix de ma cousine, balbutia-t-elle. Dieu nous vienne en aide, car je crois qu'elle vient de tomber à l'eau !

Et, retroussant ses jupes à deux mains, elle se précipita vers la rivière !

Chapitre 12

John Stafford ne comprenait même pas comment le désastre avait pu arriver. Une minute plus tôt, il se tenait à côté de Miranda en lui chuchotant des tendresses à l'oreille, et, l'instant d'après, elle disparaissait dans les remous de la rivière !

— Aidez-moi, je perds pied ! cria la jeune fille, qui était entravée par ses jupes encombrantes, et se débattait désespérément pour ne pas couler.

Lutte vaine ! A peine avait-elle jeté ce cri que sa tête disparaissait sous l'eau.

— Seigneur, aidez-moi ! s'écria Stafford.

D'un geste fébrile, il ôta son pourpoint et se précipita au secours de sa compagne. Après avoir nagé pendant quelques mètres, il aperçut les cheveux roux de Miranda qui ondulaient sous l'eau. Il plongea aussitôt et voulut saisir la jeune fille à bras-le-corps, mais l'étoffe de la robe s'enroula autour de ses jambes et, pendant quelques secondes, il crut qu'il allait couler avec celle qu'il tentait de sauver !

Résistant au sentiment de panique qui l'envahissait, il réussit cependant à toucher le fond, et, les pieds profondément enfoncés dans la boue, il passa les bras autour de la taille de Miranda et la tira vers la surface. Les bras de la malheureuse, qui battaient de désespoir, le gênèrent considérablement dans cette tâche, mais il tint bon, et quelques secondes plus tard il émergeait enfin avec Miranda, juste au moment où Kat et Brandon arrivaient en courant sur la rive.

John entendit les deux jeunes gens crier quelque chose,

mais il n'y prit pas garde, trop occupé à ramener sa compagne sur la terre ferme. Elle avait les yeux clos et le visage livide. « C'est impossible, songea-t-il, elle ne peut pas mourir. Pas maintenant ! » Sautant dans l'eau à son tour, Brandon se précipita pour aider son ami à hisser le corps de Miranda.

— Je la tiens ! s'écria-t-il. Vous pouvez la lâcher maintenant.

Epuisé, Stafford desserra son étreinte, et Brandon put porter la jeune fille inconsciente jusqu'à l'endroit où attendait Kat, le visage bouleversé d'inquiétude. Les jambes lourdes, John suivit son ami, non sans s'adresser de cruels reproches. Que n'était-il mort avec Miranda ! songeait-il. Au moins, il ne se retrouverait pas si seul et désespéré, après avoir tenu pendant quelques jours le bonheur dans ses mains !

Après avoir péniblement remonté la pente boueuse, il tomba à genoux près de miss Paige et gémit :

— C'est ma faute, je dois l'avoir effrayée !

Sans répondre, Brandon fit pivoter la jeune fille sur le ventre et lui frappa légèrement le dos, pour l'aider à rendre toute l'eau qu'elle avait ingurgitée.

— Si au moins elle avait su qui j'étais vraiment ! continua Stafford.

— Ne dites pas de sottises, John, lui intima Cavendish. Elle n'est pas morte !

Comme si elle avait entendu ces derniers mots, Miranda choisit cet instant pour se mettre à tousser, tandis que Brandon continuait à exercer des pressions entre ses omoplates.

— Arrêtez ! soupira-t-elle enfin. Vous allez m'achever avec vos coups.

Bouleversée, Kat tomba près de sa cousine et s'écria :

— Ma chérie, vous nous avez fait une belle peur !

— C'est peu dire, marmonna John, qui n'avait cessé de ruminer ses remords.

Miranda, il en était sûr, avait été effrayée par le baiser qu'il lui avait donné, et le geste osé qu'il s'était permis ensuite. N'avait-il pas laissé sa main s'attarder avec complaisance sur la poitrine de la jeune fille ? « Que le diable m'emporte ! songea-t-il. Je pensais qu'elle aimait ce que je faisais, et au lieu de cela je l'ai offusquée au point qu'elle a sauté dans la rivière pour échapper à mes avances. Comment pourrai-je jamais la regarder en face après cela ? »

— Il faut la ramener tout de suite au château, déclara Kat, si nous ne voulons pas qu'elle prenne froid.

— Oh ! oui, je veux rentrer à la maison ! murmura Miranda en évitant les yeux de John. Je n'ai plus qu'un souhait, c'est de mourir tranquille !

Stafford devint blême à ces mots, et Kat, qui s'était aperçue de son malaise, s'approcha de lui pour lui passer un bras autour des épaules.

— Vous sentez-vous mal ? s'inquiéta-t-elle.

— Non, répliqua le chevalier d'un ton sinistre, mais je suis damné !

— Pas encore ! s'écria Brandon, mais vous n'allez pas tarder à l'être si vous restez planté ici dans vos vêtements mouillés.

Et, sans attendre de réponse, il souleva Miranda dans ses bras et se mit en devoir de descendre avec elle la pente herbue qui menait au château, dont les tours gris argent étincelaient au soleil.

— Votre ami a raison, murmura Kat. Appuyez-vous sur moi, et venez !

— Je suis trop lourd pour vous, milady, objecta Stafford, et je ne veux pas salir votre jolie robe avec mes vêtements mouillés. D'ailleurs, je ne mérite pas votre sollicitude, moi qui viens d'avoir une conduite indigne d'un honnête homme !

— Allons, votre attitude n'a rien eu de blâmable !

— Oh ! si, madame ! s'obstina Stafford. Vous avez hébergé chez vous un chevalier sans honneur !

— Eh bien, puisque vous vous sentez si coupable, aidez-moi à rassembler les plats et à rapporter le panier aux cuisines.

John s'exécuta aussitôt, étonné par la mansuétude de

Kat. Comment pouvait-il être traité avec tant de gentillesse par une femme dont il venait presque de tuer la cousine ? s'interrogea-t-il avec étonnement.

— Etre votre bête de somme est un honneur pour moi ! conclut-il d'un ton amer.

Deux heures plus tard, Kat était installée devant la cheminée de la grande salle, un verre de *posset* à la main, breuvage réconfortant composé de lait chaud, d'épices et de vin. La jeune femme se sentait littéralement épuisée par ce qu'elle venait de vivre. Après avoir lavé et nourri Miranda, Sondra et elle avaient mis la jeune femme au lit avec une brique tiède sous les pieds. Pendant toute la durée des opérations, il leur avait fallu subir les jérémiades de la malade, qui prétendait qu'elle était anéantie, et que lord Cavendish ne lui pardonnerait jamais de s'être laissée glisser dans l'eau comme une sotte. Kat avait eu beau dépenser des trésors de diplomatie pour rassurer sa cousine, Miranda n'avait rien voulu entendre.

— Laissez-la dire, milady, avait conseillé Sondra, au moment où elles quittaient toutes deux la chambre après avoir clos les rideaux. Ce n'est qu'une question de temps. Demain, elle aura recouvré son bon sens !

Après avoir poussé un soupir, Kat avala une gorgée de *posset*, en savourant le goût du mélange, savamment dosé par Sondra. Assise sur le coussiège, Colombine jouait sur son luth les doux accords d'une ballade, tandis que le soleil dardait ses derniers rayons par les carreaux de verre.

Ereintée, Kat ne put retenir un bâillement. Après les péripéties de cette journée et l'excitation des deux semaines qui avaient précédé, elle se sentait à bout de forces, et n'avait même pas le courage de monter l'escalier pour aller se coucher.

— Vous me semblez bien soucieuse, madame ! remarqua Brandon, qui venait de pénétrer sans bruit dans la pièce. Puis-je me joindre à vous ?

— Oh ! oui ! s'écria Kat en désignant le fauteuil qui lui faisait face. Voulez-vous un peu de *posset* ? ajouta-t-elle lorsque le jeune homme se fut installé.

Brandon haussa les sourcils.

— L'une de mes amies m'a fait remarquer récemment que je buvais trop, lança-t-il d'un ton goguenard.

Kat se renfrogna.

— Il s'agit cette fois d'une boisson sédative, assura-t-elle. On dit qu'elle favorise le sommeil !

— Dans ce cas, j'en prendai volontiers, car je soupçonne que j'aurai beaucoup de mal à m'endormir auprès de mon compagnon de chambre !

— Oh ! lord Cavendish ronflerait-il par hasard ?

— Non, mais il ne cesse de ressasser son malheur en vidant chope sur chope !

— Je vois, murmura Kat.

Elle prit le pichet en grès qui se trouvait près d'elle, et remplit son propre gobelet avant de le tendre à Brandon.

— Nous allons devoir partager la même timbale, s'excusa-t-elle. Je n'ai pas la force d'aller en chercher une autre !

— Le breuvage n'en sera que meilleur, affirma Brandon, puisque vos lèvres l'ont touché.

Kat fronça les sourcils.

— Quel compliment, milord ! Décidément, vous faites concurrence à sir Brandon, remarqua-t-elle.

— Plus que vous ne pensez !

Kat préféra ignorer l'allusion et se tourna vers le feu, dont les flammes dansaient joyeusement. Pendant ce temps, Brandon vidait son verre en silence, mais Kat pouvait sentir son regard fixé sur elle. Qu'attendait-il au juste ? s'interrogea-t-elle. Qu'elle lui dévoilât sa propre identité ? Il trouvait peut-être que le jeu avait assez duré, et elle ne pouvait lui donner tort sur ce point. Mais elle se sentait trop fatiguée ce soir pour affronter la situation. « Pas maintenant », se dit-elle, alors que les baisers qu'ils avaient échangés quelques heures plus tôt lui brûlaient encore les lèvres !

— Ma première phrase contenait une question implicite, lança abruptement Brandon, et vous n'y avez pas répondu.

Brusquement tirée de sa rêverie, Kat tressaillit.

— Je vous demande pardon ? murmura-t-elle.

— Vous ne m'avez pas confié ce qui vous préoccupait !

— Oh ! c'est beaucoup trop compliqué ! allégua la jeune femme.

— Vous semblez très lasse, observa Brandon en rapprochant son fauteuil.

— Oui, la journée a été longue !

— Mais je suis content de l'avoir vécue, affirma le chevalier en prenant la main de son interlocutrice.

Kat se détendit et rendit à Brandon son sourire.

— Moi aussi, milord, murmura-t-elle.

Elle leva les yeux vers son compagnon, dont les cheveux brillaient comme de l'or à la lueur des flammes. La présence de Brandon était si chaude et si rassurante ! songea-t-elle. Pour la première fois de sa vie, elle avait l'impression de se sentir réellement protégée, et c'était pour elle une découverte bouleversante !

— Et si vous vous asseyiez un instant sur mes genoux ? suggéra Brandon.

Kat hésita un instant. Certes, l'invitation était tentante, mais elle en redoutait les conséquences. Dans l'état de faiblesse où elle se trouvait, elle serait incapable de résister si Cavendish allait trop loin !

Comme s'il avait lu dans ses pensées, le chevalier continua d'un ton moqueur :

— Je vais peut-être vous décevoir, belle dame, mais je suis moi-même trop épuisé pour vous violer ce soir !

Kat l'examina et vit un sourire amusé voltiger sur ses lèvres, tandis que ses yeux bleus brillaient de malice.

— Hum, fit-elle sur le même ton, moi qui croyais que vous étiez encore sous l'effet de la terrine de lièvre !

— Je vois ! Mais les lièvres aussi sont parfois fatigués, et dorment pendant la nuit.

— C'est vrai, admit Kat, qui étouffa un nouveau bâillement. Oh ! je vous demande pardon ! ajouta-t-elle.

— Allons, venez près de moi, insista Brandon en la tirant par la main. Je vous conterai une belle histoire pour vous endormir.

— Je crains d'être un peu lourde, milord !

— Sûrement pas ! Me prenez-vous pour un frêle jouvenceau ?

Convaincue, Kat se laissa entraîner par Brandon et se retrouva bientôt dans ses bras accueillants. Blottie contre lui, elle n'eut plus qu'à poser la tête sur sa robuste épaule pour être certaine d'avoir enfin trouvé son paradis sur cette terre !

— Quel conte voulez-vous entendre ? lui chuchota-t-il tendrement à l'oreille.

— Je ne sais pas, répondit Kat, dont les paupières se fermaient déjà.

— Puisque vous aimez les lapins, je vous conterai l'histoire du lièvre qui a sauté par-dessus la lune le soir de la Saint-Jean.

Baissant encore la voix, il commença doucement :

— Il était une fois…

Mais Kat n'en entendit pas davantage ! Réconfortée par la chaude étreinte de Brandon, elle s'était déjà envolée vers le pays des rêves !

Lorsqu'elle s'éveilla le lendemain matin, elle était couchée, toute vêtue, dans l'une des chambres d'hôtes du rez-de-chaussée, et une rose fraîchement cueillie était posée sur l'oreiller à côté d'elle.

— Eh bien, milady, il est plus de dix heures ! s'écria une voix impatiente.

Kat leva la tête et reconnut Laurel, qui était installée près de la cheminée, et alimentait un grand feu dans l'âtre.

— Comment saviez-vous que j'étais dans cette pièce ? interrogea la maîtresse de maison avec étonnement.

— C'est Montjoy qui me l'a dit, expliqua la jeune servante.

Kat approcha la fleur de son visage et respira son capiteux parfum avant de demander :

— Que s'est-il donc passé ?

— Lord Stafford est resté une bonne partie de la nuit dans la salle, tandis que vous dormiez dans ses bras. Il avait congédié Colombine, en la priant de charger le feu avant de s'en aller. Elle m'a raconté que vous offriez un charmant spectacle, blottie comme un chaton dans les bras de lord Stafford !

— Et Montjoy ?

— Il n'a pas quitté lord Stafford, afin de veiller sur vous de plus près. Sans doute craignait-il que votre hôte ne vous manque de respect !

— Comment, s'écria Kat, le pauvre homme est resté éveillé toute la nuit ?

— Jusqu'à l'aube, madame. Le feu s'était éteint, et le malheureux avait les articulations toutes raides de froid. Pourtant, c'est lui qui a mené lord Stafford jusqu'ici. Il a pensé qu'il valait mieux que vous couchiez ici pour ne pas déranger miss Miranda.

— Et ceci ? interrogea Kat en montrant la rose.

Laurel sourit.

— Lord Stafford a envoyé son page au jardin et lui a dit de cueillir la plus belle fleur. Puis il l'a prise des mains de Mark et l'a déposée lui-même près de vous.

Emue, Kat effleura la rose d'un baiser.

— Pauvre Montjoy ! s'exclama-t-elle. J'espère qu'il est allé se coucher.

— Oh ! oui ! Sondra lui a fait une tisane de marguerites et de giroflées pour le remettre d'aplomb.

— Qu'on le laisse dormir aussi longtemps qu'il voudra, recommanda Kat.

— Très bien, milady. Voulez-vous que je vous aide à passer un vêtement de nuit ?

— Pourquoi donc ? s'enquit la jeune femme d'un air étonné.

— C'est que vous devez être fatiguée après une si mauvaise nuit, et je croyais que vous voudriez vous recoucher.

Kat se mit à rire, amusée par cette suggestion.

— Mais je suis fraîche comme cette rose ! protesta-t-elle. A dire vrai, je ne me suis jamais sentie aussi reposée.

La servante haussa les sourcils, visiblement surprise.

— Alors, je vais vous apporter de l'eau chaude et de quoi déjeuner, déclara-t-elle. Quelle robe mettrez-vous aujourd'hui ? Celle-ci a grand besoin d'un brossage avant d'être réutilisée.

Kat s'étira langoureusement et décida :

— Je mettrai la robe bleue aux manches étoilées d'argent.

« Couleur de *ses* yeux ! » ajouta-t-elle à part elle.

— Mais il pleut à torrents, milady ! Si vous vous habillez ainsi, mieux vaut que vous ne sortiez pas.

— Ce sera parfait, Laurel. Je n'ai aucune envie de bouger aujourd'hui !

Une lueur complice brilla dans les yeux de Laurel, qui chuchota :

— Est-ce à cause du chevalier qui dort dans la tour Nord ?

Kat tourna la tige de la rose entre ses doigts, et remarqua que les épines en avaient été enlevées. « Quelle délicate attention ! » songea-t-elle.

— Peut-être, répondit-elle évasivement. Maintenant, vous pouvez disposer, Laurel.

Lorsque la soubrette eut disparu, Kat s'approcha de l'étroite fenêtre qui donnait sur les champs et constata que Laurel n'avait pas menti. La pluie cinglait violemment les vitres embuées, estompant les lignes du paysage à demi noyé par l'averse.

La tête appuyée contre l'encadrement de pierre, la jeune femme se mit à rêver. Plus que quelques jours avant le mariage, et où en était-elle ? La nuit passée lui avait apporté une très belle expérience, et force lui était de s'avouer que, même si elle en avait eu le choix, elle n'aurait pas voulu un autre époux que lord Cavendish. Mais partageait-il ses sentiments ?

Certes, le chevalier semblait la trouver séduisante, bien qu'elle eût passé la première fleur de sa jeunesse. Mais qui savait s'il éprouvait pour elle autre chose qu'un furtif désir ?

Kat respira la rose. Quel délicieux effluve, songea-t-elle, aussi doux que la tendresse dont Brandon avait fait preuve cette nuit envers elle ! Brandon Cavendish… Etait-il aussi merveilleux qu'il le paraissait, ou n'était-ce qu'une apparence, aussi trompeuse que l'identité qu'il avait usurpée en prétendant être John Stafford ?

Depuis deux semaines et demie, Brandon et elle avaient plaisanté, joué d'innombrables parties de cartes et d'échecs, parcouru la campagne à cheval, abordé de multiples sujets… et elle ne savait toujours pas qui était vraiment son futur mari ! Il était temps, assurément, d'en apprendre enfin davantage.

Kat ne put retenir un sourire au souvenir des baisers passionnés qu'ils avaient échangés la veille. La nuit dernière, c'était une autre sorte de complicité qui les avait rapprochés, une attentive sollicitude qui pouvait leur laisser espérer de longues soirées passées ainsi près du feu, entourés de leurs serviteurs et de leurs enfants.

Cette dernière pensée réveilla en elle une crainte douloureuse. Une femme pouvait-elle encore avoir un bébé en approchant de la trentaine ? Elle savait que c'était le cas de bien des paysannes, mais celles-ci avaient commencé à enfanter dès leur adolescence !

Tourmentée par cette pensée, la jeune femme avala péniblement sa salive. Brandon la répudierait-il si elle se révélait stérile ? Elle n'avait encore jamais discuté de cette éventualité avec lui, mais elle savait qu'elle devait le faire avant le mariage. Autant savoir à quoi s'en tenir ! se dit-elle. Si Brandon ne voulait plus d'elle, elle reprendrait sa paisible vie de veuve… perspective qui lui arracha un frisson, malgré la tiédeur de la pièce !

« Seigneur, songea-t-elle, comment ma vie a-t-elle pu devenir aussi compliquée ? Cet homme m'a troublé l'esprit, et je ne sais même plus ce que je veux ! »

Elle en était là de ses réflexions, lorsque Laurel reparut, portant un plateau où voisinaient des toasts frais, du beurre, du miel, et un bol de fraises à la crème.

— J'ai frappé à la porte de miss Miranda, déclara la servante, mais elle prétend qu'elle ne sortira plus jamais de sa chambre !

Kat poussa un soupir excédé.

— Moi qui espérais que la nuit lui porterait conseil ! s'exclama-t-elle.

— Elle dit qu'elle a une violente migraine.

— Eh bien, laissons-la s'enfermer, si tel est son choix. J'irai la voir après le dîner.

Elle observa une pause avant d'ajouter avec une feinte indifférence :

— Est-ce que lord Stafford a pris son petit déjeuner ?

Les yeux de Laurel brillèrent de malice, et c'est d'un ton entendu qu'elle demanda :

— Duquel voulez-vous parler, milady ?

« Je vais tordre le cou à cette bavarde de Violette ! » se dit Kat avec agacement.

— De celui qui m'a portée ici, évidemment, répliqua-t-elle.

— Oh ! je comprends ! Mark dit que son maître est monté droit à sa chambre, et qu'il s'est endormi dès qu'il a eu la tête posée sur l'oreiller.

— Et l'autre chevalier ? interrogea Kat en s'asseyant devant la table.

— Il a demandé un remède, car il a trop bu hier soir, à ce qu'il paraît, précisa Laurel, qui se mit en devoir de refaire le lit.

— Voilà une matinée qui va être très calme, conclut Kat

en savourant une fraise mûre. Je vais en profiter pour vérifier les comptes du domaine. Vous m'apporterez les livres ici, Laurel, puisque Miranda a décidé de transformer ma chambre en cellule de nonne !

Chapitre 13

Lorsque Brandon s'éveilla, une heure plus tard, il jeta un regard par la fenêtre et constata que le ciel était gris et pluvieux. Tant pis, songea-t-il avec philosophie. Ce caprice du temps n'allait pas altérer sa bonne humeur.

— Eh bien, réceptacle de toutes les misères, allez-vous bien aujourd'hui ? demanda-t-il à son ami.

Stafford, qui était assis dans le lit, l'air prostré, émit un gémissement de mauvais augure.

— Par pitié, supplia-t-il, parlez doucement ! J'ai la tête comme une courge vide.

Sans s'apitoyer sur les misères de son compagnon, Brandon se leva d'un bond, imprimant au matelas une secousse qui arracha au malheureux John une nouvelle plainte.

— Le diable vous emporte ! s'écria-t-il. Ne pouvez-vous me laisser mourir en paix ?

— Qu'est-ce qui ne va pas ? Auriez-vous trop bu hier soir, espèce de débauché ?

— Allez vous faire pendre !

Sans tenir compte de l'injonction, Brandon se lava le visage, avant de s'essuyer avec une serviette délicatement parfumée, témoignage des attentions de Kat, qui veillait toujours avec soin au confort de ses hôtes. Evidemment, il n'était pas exactement un hôte, se dit-il en s'examinant dans le miroir, mais le futur maître de cet incommode château, peuplé de jeunes servantes en mal de mari et de guérisseuses un brin sorcières. Sans parler d'une cousine célibataire qui se nourrissait de rêveries romantiques. Quant à la maîtresse de maison… c'était bien la plus séduisante sirène qu'il eût jamais rencontrée !

— Pour ma part, je ressemble à un ours ! constata-t-il en observant son reflet.

— Voilà la première parole sensée que j'entends de vous ce matin, remarqua Stafford.

Cette remarque ne troubla pas Brandon, qui s'enduisit les joues d'une épaisse couche de mousse.

— Que comptez-vous faire par ce beau jour de pluie ? demanda-t-il à son ami.

— En finir ! déclara John d'un ton lugubre. Je ne mérite pas de vivre.

— Vous voilà bien gai, ce matin ! Quant à moi, je vais rester en compagnie de la maîtresse de maison, et reprendre les opérations là où nous avons été obligés de les arrêter hier, quand vous avez jeté votre bien-aimée dans la rivière.

— C'est faux, protesta Stafford, elle s'y est précipitée elle-même, pour échapper à mes avances. Ce qui revient au même, je vous l'accorde, ajouta-t-il en s'enfouissant la tête sous les couvertures.

Brandon acheva de se raser avec soin avant de répliquer :

— Ainsi, vous l'avez poussée dans ses derniers retranchements, et elle a choisi la mort plutôt que le déshonneur ? plaisanta-t-il en essuyant la lame de son rasoir.

— Oui. Vous comprenez maintenant pourquoi elle ne m'a même pas jeté un regard après être revenue à elle. Je ne suis plus qu'une ombre à ses yeux !

Cavendish retint à grand-peine un sourire.

— Je doute que les ombres soient capables de s'enivrer comme vous !

— Vous en auriez fait autant si votre dame vous avait dédaigné, assura John.

Cette affirmation fit réfléchir Brandon. Kat serait-elle capable de repousser ses avances ? se demanda-t-il. Ce jour maussade, qui excluait toute sortie, offrait les conditions idéales pour une mise à l'épreuve. Cet après-midi, il connaîtrait les vrais sentiments de la maîtresse de maison à son égard. Après tout, pourquoi hésiter ? Aux yeux de l'Eglise, lady Fitzhugh était déjà presque sa femme, et la conquérir n'avait rien de déshonorant.

Tout en sifflotant *Le Bonheur d'être en bonne compagnie*, l'une des compositions musicales du roi, Cavendish fouilla dans son sac et en retira une chemise et des chausses propres, qu'il se hâta d'enfiler.

— Cessez de croasser, intima John, dont la voix était étouffée par les draps.

— Bah ! fit Brandon, croassements ou pas, lady Katerine me prendra tel que je suis... du moins, c'est ce que j'espère ! Il noua les rubans d'argent qui fermaient ses manches de velours noir et considéra son costume dans la glace. Le noir lui allait bien, s'il fallait en croire les dames de la cour, qui le lui avaient souvent répété. Il ne lui restait plus qu'à espérer que Katherine Fitzhugh serait de leur avis !

— Ainsi, vous voilà sur le sentier de la guerre, ironisa John, qui venait d'émerger des couvertures pour observer son ami.

Brandon s'arrêta un instant, la main sur le loquet.

— L'instant est solennel, admit-il. Souhaitez-moi bonne chance, mon vieux !

Et comme Stafford se contentait de hausser les épaules, il ajouta :

— A propos, descendrez-vous dîner, ou voulez-vous que je vous fasse porter un plateau par l'une des jolies servantes ?

— Envoyez-moi plutôt un prêtre, pour qu'il me donne les derniers sacrements ! répliqua John d'un ton lugubre.

— Sur cette belle lancée, je suppose que vous allez rester toute la journée au lit, ironisa Brandon, qui prenait un malin plaisir à taquiner son ami.

Ce n'était pas souvent, en effet, que Stafford s'enivrait, et le résultat valait la peine d'être vu ! songea-t-il avec amusement. D'ailleurs, il aimait autant que John ne quittât pas cette chambre de l'après-midi. Lui-même aurait ainsi les coudées plus franches auprès de Kat !

— Toute la journée ? répéta Stafford. Vous plaisantez ! Une année entière ne suffirait pas à mes remords. Allons, laissez-moi rendre l'âme en paix, cela vaut mieux !

— Comme vous préférez, murmura Brandon en s'éclipsant.

Kat leva des yeux surpris lorsque Brandon vint s'installer à table à côté d'elle.

— Bonjour, milord, murmura-t-elle. J'espère que vous avez bien dormi.

— Parfaitement, milady, répliqua Brandon, bien que la compagnie d'un homme aviné ne soit pas des plus agréables !

Il s'interrompit pour prendre une sole à la moutarde, que Philippe, le cuisinier, avait accommodée avec son savoir-faire habituel.

— Oh ! sir Brandon ne va pas bien ? interrogea la jeune femme en lançant une œillade à son compagnon.

— Il est très incommodé, je le crains.

— Par… la boisson ?

— En effet. Vous avez dû remarquer, hier soir, qu'il avait un peu trop consommé d'alcool !

— Je m'en souviens, murmura Kat en portant un morceau de poisson à sa bouche.

Brandon la regarda faire, fasciné par le mouvement de ses lèvres roses. La jeune femme remarqua ce brusque manque d'intérêt pour la conversation, et parut s'en amuser.

— Votre sole va refroidir, observa-t-elle.

Son commensal sourit, et s'empressa de faire honneur au chef-d'œuvre du cuisinier, d'autant plus qu'un faisan rôti venait d'apparaître sur la table. Pauvre John, songea le chevalier, il ne savait pas quel repas il manquait !

— Comment va votre cousine ? s'enquit-il entre deux bouchées. J'espère qu'elle est bien remise de son… plongeon !

Kat fit une petite moue.

— Elle ne souffre plus que de son entêtement, assura-t-elle. A vous dire la vérité, elle est persuadée que sir Brandon ne lui pardonnera jamais sa maladresse.

Brandon fronça les sourcils.

— Quelle maladresse ? interrogea-t-il. Tout est la faute de Ja… de Brandon, veux-je dire. Il l'a effrayée et…

— Comment cela ? l'interrompit Kat, dont les yeux exprimèrent un immense étonnement. Ma cousine m'a expliqué qu'elle avait glissé dans la boue, et avait dévalé la pente jusqu'à la rivière ! Votre ami n'est en rien responsable.

Brandon examina sa voisine d'un air incrédule, puis éclata de rire.

— C'est trop drôle ! s'esclaffa-t-il. Le malheureux est persuadé qu'elle s'est jetée à l'eau pour échapper à ses avances !

Kat sourit à son tour et répliqua :

— Ce qui est sûr, c'est que lady… Fitzhugh est enfermée dans sa chambre, si mortifiée par sa gaucherie, qu'elle veut fuir à jamais notre regard !

— « Jamais » est un bien grand mot !

— En l'occurrence, il signifie sans doute « jusqu'à la fin de la journée ! »

Les deux jeunes gens se turent un instant pour savourer leur dessert, puis Brandon repoussa son assiette avec un soupir de satisfaction, et se tourna vers la maîtresse de maison.

— En tout cas, déclara-t-il avec amusement, nous voilà réduits tous deux à nous tenir mutuellement compagnie ! Qu'allons-nous faire de ce long après-midi ?

Un peu embarrassée, Kat jeta un regard autour d'elle, et sentit sa gêne s'accroître lorsqu'elle constata que la salle était vide. Tous les serviteurs s'étaient en effet éclipsés sans qu'elle s'en aperçût !

— Je ne sais pas, murmura-t-elle.

Brandon sourit. La jeune femme ne pouvait deviner qu'il avait enjoint Mark et Christopher de retenir les servantes à l'office. Les deux jeunes hommes avaient accepté avec force clins d'œil, et il n'osait se demander ce que ces chenapans avaient inventé pour capter l'attention d'un auditoire presque exclusivement féminin, qui n'avait déjà que trop tendance à être à leur dévotion !

— On dirait que nous sommes seuls, susurra-t-il.

Kat haussa les sourcils.

— Votre sourire me dit que vous avez déjà une idée, remarqua-t-elle. Alors, milord, quel divertissement proposez-vous ?

Brandon n'attendait que cette question. D'un geste preste, il tira une paire de dés de la bourse qui pendait à sa ceinture et les tendit à Kat.

— Je n'ai jamais joué à ce jeu, objecta la jeune femme.

Brandon se garda d'avouer qu'il en était soulagé, et se mit en devoir d'expliquer les règles à sa façon.

— C'est très simple, assura-t-il, et vous apprendrez en jouant. Il suffit de jeter les dés, et d'additionner les points obtenus !

— Hum… Est-ce là tout ? Je croyais qu'on imposait des gages au perdant !

— Précisément, et c'est d'ailleurs là tout l'intérêt de ce jeu. Voulez-vous tenter la chance ?

Kat fit un essai sur la table, et ne réussit à obtenir que trois points. Si le sort ne la favorisait pas davantage, elle osait à peine penser au nombre de gages qui allaient lui être imposés !

— Quel sera l'enjeu ? demanda-t-elle.

Brandon prit un ton faussement détaché pour répondre :

— Chaque fois que l'un de nous perdra, il devra ôter l'un de ses vêtements.

Choquée, Kat le dévisagea avec réprobation.

— Quelle suggestion inconvenante, milord ! s'écria-t-elle.

Brandon acquiesça avec une feinte gravité.

— Je suis bien d'accord, affirma-t-il, mais c'est la coutume !

— C'est très déplacé, surtout pour une femme !

— Je l'admets, et je comprends que vous ayez peur.

Outrée par cette insinuation, Kat releva le menton d'un air de défi.

— Je ne crains rien ! protesta-t-elle.

— Alors, vous acceptez le risque ?

— Oui, assura la jeune femme, mais à deux conditions.

— Lesquelles ? s'enquit Brandon avec un sourire parfaitement hypocrite.

— Un tel jeu scandaliserait mes serviteurs, vous pouvez le comprendre.

— Sans aucun doute !

— Je vous propose donc de jouer dans l'une de nos chambres.

— J'accepte volontiers, s'empressa de répliquer Cavendish, à qui la solution convenait parfaitement. Notez bien que je le fais pour ne pas choquer vos jeunes servantes. Mais je crains que ma chambre ne soit pas disponible. Lord Sta… Cavendish est en train d'y ressasser ses remords.

— Hum… Et la mienne est occupée par ma cousine, enchaîna Kat, qui réfléchit quelques secondes.

— Et pourquoi pas la pièce où vous avez passé la nuit ? suggéra Brandon. Je n'en ai pas oublié le chemin !

Kat rougit à cette allusion.

— Je sais, murmura-t-elle, mais il n'y a là-bas qu'un lit, une petite table et deux fauteuils…

— Mais c'est tout ce qu'il nous faut ! interrompit Brandon avec un sourire ravi.

Les joues de la jeune femme s'empourprèrent légèrement.

— En effet, murmura-t-elle.

Cavendish profita du silence qui suivit pour se pencher vers son interlocutrice et lui prendre la main.

— Et quelle est votre seconde condition ? interrogea-t-il.

— Je désire que vous m'appeliez par mon prénom !

Le chevalier se tut un instant, puis effleura la joue de sa compagne d'un rapide baiser. Après tout, songea-t-il, mieux valait que les choses soient claires. Il n'était pas le séducteur de la cousine de lady Fitzhugh, mais un homme qui était tout simplement tombé amoureux de sa propre fiancée !

— Accordé ! s'écria-t-il. J'éprouve un grand plaisir à faire enfin votre connaissance… lady Katherine !

— Par tous les saints, où avez-vous appris ce jeu impossible ? demanda Kat une heure plus tard.

La bouche pincée, elle considéra les deux malheureux points qu'elle venait de totaliser. Allons, elle en serait quitte pour ôter un bas ! songea-t-elle.

Satisfait, Brandon s'adossa à son fauteuil avec un large sourire.

— A la cour, c'est l'un des jeux favoris du roi, déclara-t-il en enveloppant la jeune femme d'un regard triomphant.

Ce manque de modestie dans la victoire irrita sa compagne. « Ma parole, se dit-elle, on dirait qu'il achève de me déshabiller en imagination ! »

— Ah ! murmura-t-elle. Sous la protection d'Anne Boleyn, sans doute !

— Non, Kat ! Sous celle de Cupidon, dieu de l'Amour.

Katherine jeta un coup d'œil à son adversaire, puis avala à grand-peine sa salive. Cet homme était beaucoup trop séduisant ! s'insurgea-t-elle. Comment ne pas être attirée par ce corps puissant et musclé, dont une simple chemise blanche largement échancrée ne dissimulait plus qu'imparfaitement les contours ? Sir Brandon Cavendish possédait décidément un charme dévastateur… et elle devait prendre garde à elle !

— Cupidon ? répéta-t-elle d'une voix altérée. Seriez-vous amoureux, par hasard ?

Le cœur battant à se rompre, elle attendit la réponse en retenant son souffle.

— Oui, madame, fit Brandon d'une voix basse et prenante. Vous avez dû remarquer que c'est une véritable épidémie en ce moment, et que presque tous les habitants de votre château en sont affectés !

— Pensez-vous que sir… Brandon soit également épris ?

Le regard de Cavendish glissa sur Kat comme une caresse, tandis qu'il répliquait :

— Oui, milady. Vous avez capturé son cœur dans une nasse en or !

La jeune femme frémit doucement à cette assertion.

— Et… croyez-vous que je paie sir Brandon de retour ? interrogea-t-elle dans un murmure.

Brandon se leva avec grâce, fit le tour de la table en deux enjambées, et se retrouva debout derrière Kat, qui frissonna dans ses vêtements de dessous.

— Oui, je le crois, affirma-t-il. Vous avez toutes les caractéristiques d'une femme amoureuse.

Le cœur de Kat se mit à battre la chamade. « Seigneur, supplia-t-elle, protégez-moi ! »

— Ah ! chuchota-t-elle en jetant à Brandon, par-dessus l'épaule, un regard lourd de signification. A quels signes voyez-vous cela ? ajouta-t-elle.

— Donnez-moi un miroir, et je vous montrerai le visage d'une femme follement éprise, murmura Cavendish en lui enlaçant la taille.

Bouleversée par ce contact, Kat crut qu'elle allait tout bonnement défaillir. Eperdue, elle tenta de rire pour désamorcer la tension, mais sans aucun succès. Seul un ricanement nerveux parvint à sortir de sa gorge !

— C'est bien de moi que vous parlez ? questionna-t-elle.

— Oui, assura Brandon.

Il lui souleva doucement les cheveux et déposa un long baiser sur sa nuque. Kat émit un soupir, puis ferma les yeux pour savourer la sensation enivrante.

— Vraiment ? répéta-t-elle.

— Comment pouvez-vous le mettre en doute ? protesta Brandon, en lui mordillant doucement le lobe de l'oreille.

Vaincue, Katherine s'appuya contre la poitrine du chevalier.

— Ce doit être la saison, murmura-t-elle. On dit qu'à la Saint-Jean, il y a toujours de la folie dans l'air !

Galvanisé par ces paroles, Cavendish saisit sa compagne par les épaules et l'obligea à se tourner vers lui.

— Nous devons maintenant chercher un remède à cette douce maladie, déclara-t-il.

— Lequel ? balbutia Kat dans un chuchotement.

Le séducteur lui posa un doigt sur les lèvres.

— La cure commence par un baiser, affirma-t-il, en approchant lentement sa bouche de celle de la jeune femme.

Kat frissonna de tout son corps, et ses ultimes défenses s'effondrèrent. Passant les bras autour du cou de Brandon, elle s'abandonna à son étreinte, sans peur et sans calcul. Au diable les doutes et les craintes liés à ses expériences passées ! Le simple contact de cet homme éveillait en elle un désir affolant, plus intense que tout ce qu'elle avait jamais ressenti dans toute son existence.

Avec un rire où se mêlaient la joie et la volupté, Brandon la souleva dans ses bras et la porta sur le lit.

— Je crois que j'ai gagné l'ultime partie, lady Katherine ! s'écria-t-il. Vous allez devoir ôter vos derniers vêtements !

Kat répondit par un soupir, tandis que Brandon la déshabillait de ses mains habiles. Lorsqu'il l'eut entièrement dénudée, il parcourut son corps d'un regard émerveillé en chuchotant :

— Dieu, que vous êtes belle, Katherine !

Puis il ôta sa propre chemise en un tournemain et s'étendit à côté de la jeune femme. Serré contre elle, il parcourut avec délicatesse le contour de ses seins, dont la douce chair réagit aussitôt à l'intimité de cette caresse. Sensible à ce signal, il se pencha pour embrasser tour à tour les deux mamelons avec une savante douceur, qui arracha à Kat un long frémissement.

— Je me sens un peu à l'étroit, avoua le jeune homme en dénouant le lacet qui fermait ses chausses.

Kat l'arrêta d'un geste.

— Laissez-moi être votre chambrière, milord, chuchota-t-elle.

— Vite, alors, acquiesça-t-il en lui effleurant le front de ses lèvres, car je suis à l'agonie.

Penchée vers lui, Katherine accomplit sa tâche avec un rire sensuel, et Brandon, libéré de ses entraves, put enfin s'allonger sur elle.

— Vous êtes capiteuse comme un vin d'été, déclara-t-il en laissant tomber sur elle, entre chaque mot, une pluie de baisers.

Ses mains erraient sur le corps de Kat, explorant le modelé de sa taille, de ses hanches et de son ventre, et la jeune femme ne put retenir un gémissement de plaisir. Oubliant ses ultimes pudeurs, elle arqua tout son corps vers lui et enfouit les doigts dans ses cheveux.

— Mon amour, je vous attends, murmura-t-elle.

Une vague dorée de passion déferla sur eux, détruisant la coquille protectrice que Kat avait construite autour d'elle pendant les difficiles années de son mariage avec Fitzhugh. Brandon enfin la libérait de son passé, faisant naître en elle, de ses mains expertes, un éblouissant arc-en-ciel de sensations. Des étoiles incandescentes éclatèrent sous ses paupières, et c'est dans la félicité du plus complet abandon qu'elle atteignit avec Brandon les sommets de l'extase. Pour la première fois de sa vie, elle découvrait le goût enivrant de la jouissance !

Lorsqu'ils se retrouvèrent couchés côte à côte quelques instants plus tard, la jeune femme eut l'impression de flotter sur un nuage de paix et de douceur. Jamais elle ne s'était sentie aussi heureuse auprès d'un homme… Jamais elle n'avait été aussi vivante ! Des larmes de joie perlèrent à ses yeux et un soupir s'échappa de ses lèvres.

— Vous ai-je fait mal, ma chérie ? s'enquit Brandon avec sollicitude.

— Oh ! non ! assura Kat, qui sourit avec satisfaction. Ce sont des larmes de plaisir, non de douleur !

Brandon eut un sourire radieux.

— Tant mieux, s'écria-t-il, car je ne voudrais pour rien au monde perdre la partie !

Kat posa la main sur la robuste poitrine de son amant.

— Parlez-vous des dés... ou de l'amour ? s'informa-t-elle d'un ton malicieux.

— Des deux, car je tiens à gagner tous les paris !

— Et moi, je veux bien me résigner à vous voir triompher, milord, mais à une condition...

— Comment, encore une ? Décidément, vous êtes très dure en affaires, Kat ! Allons, dites...

— Maintenant que nous avons fait l'amour ensemble, je désire apprendre enfin votre véritable nom, chuchota la jeune femme.

— Mais vous le connaissez déjà, ma chérie... puisque ce sera le vôtre dans moins de huit jours !

— Prononcez-le, implora-t-elle. J'ai hâte de l'entendre de votre bouche.

Le chevalier se pencha vers Kat.

— Brandon Cavendish ! chuchota-t-il.

Et il lui reprit la bouche dans un baiser passionné !

Chapitre 14

Lorsque Stafford s'éveilla quelques heures plus tard, la pluie avait fini par s'arrêter, et le soleil de fin d'après-midi faisait de vaillants efforts pour percer les nuages.

Comme il avait l'estomac qui criait famine, le chevalier se hâta de se laver et de s'habiller, et, quelques instants plus tard, il se retrouvait dans la salle du rez-de-chaussée. A sa grande surprise, la pièce était complètement déserte, et seuls les chiens du château s'avancèrent vers lui pour lui faire fête. Où étaient donc passés les habitants de céans ? s'interrogea John, qui décida de poursuivre son exploration au sous-sol.

Dans la cuisine, l'atmosphère était loin d'être aussi lugubre qu'en haut. Une troupe de jeunes servantes et de gardes était rassemblée autour de Mark et de Christopher, et riait aux éclats de leurs facéties. Les deux pages avaient en effet revêtu de vieux vêtements de femme et se pavanaient autour de la table, tout en échangeant plaisanteries et mots piquants. Les poils d'un vieux balai leur servaient de chevelure, et pour parfaire leur déguisement tous deux avaient pris une ridicule voix de fausset, qui déchaînait irrésistiblement la gaieté de l'assistance.

Désireux de ne pas troubler le divertissement, John se coupa lui-même quelques tranches de pain et de viande froide. Inutile de chercher Brandon, songea-t-il. Son ami avait sans doute réussi à conquérir sa dame et devait être occupé à un autre genre de distraction !

Après avoir savouré son repas improvisé, Stafford se

glissa dehors par une porte latérale, et flâna un instant dans les jardins avant de gagner l'écurie. Ce dont il avait besoin, c'était d'un bon exercice. Rien de tel qu'une chevauchée pour clarifier les idées et dissiper les dernières brumes de l'alcool ! Thunder, qui n'était pas sorti de la journée, serait d'ailleurs ravi de cette petite promenade.

Une demi-heure plus tard, John s'engageait au galop dans la forêt domaniale qui bordait les champs à l'ouest du château. Lavés par la pluie, les sous-bois présentaient un spectacle charmant. Les feuilles de chêne semblaient toutes neuves et brillaient dans la lumière du soleil, tandis que des oiseaux invisibles égrenaient leurs chants dans les arbres. C'était décidément un bel après-midi pour errer dans la campagne !

Au bout d'un instant, Stafford mit son cheval au pas et le laissa vagabonder au hasard des sentes forestières. Après tout, il avait tout son temps, songea-t-il. N'était-il pas sorti pour faire le point sur la situation ? Si Brandon avait réussi à séduire la maîtresse de maison, les donnes n'étaient plus tout à fait les mêmes, car la comédie qu'ils jouaient depuis deux semaines ne pourrait décemment se poursuivre.

« Enfin, se dit-il, je vais pouvoir me présenter sous mon véritable nom à l'innocente Miranda, et lui demander pardon pour cette tromperie indigne d'un honnête homme. Pourvu que Brandon, en jouant mon rôle, ne lui ait pas donné une trop mauvaise idée de sir John Stafford ! J'espère au moins qu'il n'a pas fait mention de mes conquêtes féminines ! »

Les deux hommes, en effet, jouissaient à la cour d'une réputation de séducteur, mais c'était surtout Stafford qui prêtait le flanc aux commérages. Brandon, lui, avait mis un frein à ses aventures depuis qu'il était père, et se tenait à l'écart des intrigues sentimentales, même s'il ne dédaignait pas de céder de temps à autre aux discrètes avances de dames mariées en mal d'aventures adultères ! Mais John, lui, n'avait rien à ménager, et vivait au grand jour sa vie amoureuse, plutôt riche en péripéties.

Mais aujourd'hui, il en avait assez de courir le jupon ! La douce Miranda avait complètement modifié l'opinion qu'il se faisait des femmes. Dès qu'il l'avait rencontrée, il était tombé éperdument amoureux d'elle. Certes, la situation ne manquait pas de sel. John l'Infidèle, le bourreau des cœurs de Hampton Court, avait été subjugué par une simple fille de campagne, au caractère naïf et aux manières sans apprêt !

Mais cette constatation ne résolvait pas le problème. Qu'allait-il faire maintenant ? s'interrogea-t-il. Jamais jusqu'à présent il ne s'était imaginé en mari soumis d'une tendre épouse, mais, par Dieu, cette perspective le séduisait de plus en plus… si toutefois Miranda consentait à devenir sienne ! Allons, s'il réussissait à la faire sortir de sa chambre, il se jetterait aussitôt à ses pieds et la supplierait de bien vouloir l'épouser dès que les bans seraient publiés.

Un sourire illumina le visage de John à cette perspective. Dire que d'ici Noël, il y aurait peut-être un petit Stafford en route ! songea-t-il avec délices.

A cet instant, Thunder hennit et se cabra, tirant brutalement son maître de ses pensées. Après avoir calmé le cheval, Stafford mit pied à terre et jeta un regard étonné autour de lui. Qu'est-ce qui avait bien pu effrayer ainsi sa monture ? se demanda-t-il. La réponse ne tarda pas à lui être fournie. Quelques mètres plus loin, un homme gisait sur le bord du chemin, face contre terre, près d'un fagot dont les menues branches s'étaient éparpillées sur le sol.

John s'approcha de l'inconnu et s'agenouilla près de lui.

— Par Dieu, êtes-vous blessé ? s'écria-t-il.

Un frisson parcourut la forme prostrée, qui ne tarda pas à relever la tête.

— J'ai seulement trébuché, monsieur, affirma l'homme.

— Seigneur, mais c'est Wormsley ! constata le chevalier, qui venait de reconnaître le domestique de Fenton Scantling. Que diable faites-vous ici ? Je croyais que votre maître et vous étiez retournés à la cour !

Négligeant la question, Wormsley s'assit et poussa un gémissement.

— Vous êtes-vous fait mal ? reprit Stafford avec sollicitude.

— Non, milord, ce n'est rien, assura Tod, qui se mit en devoir de rassembler ses brindilles.

Mais John mit le pied sur le fagot.

— Attendez ! lui enjoignit-il. Je veux savoir d'abord ce que vous faites sur les terres de Bodiam.

Wormsley jeta un regard anxieux vers les profondeurs du bois.

— Je ne peux pas le dire, répondit-il d'un air embarrassé.

Cette évidente mauvaise volonté irrita Stafford, qui prit le jeune homme par les épaules et le secoua sans ménagement.

— Faut-il vous fouetter pour vous faire parler ? interrogea-t-il d'un ton menaçant, bien qu'il n'eût aucune intention de passer aux actes.

Tod pâlit, mais ne se laissa pas convaincre pour autant.

— Ce sera pire si je ne tiens pas ma langue ! affirma-t-il.

— Que voulez-vous dire ? demanda John en relâchant son étreinte. Est-ce que Scantling vous bat ?

Wormsley hocha la tête et se mordit la lèvre.

— Oui, monsieur, avoua-t-il.

A ces mots, John observa avec plus d'attention son interlocuteur, qui portait effectivement une légère meurtrissure sous l'œil.

— Est-ce l'habitude de votre maître de vous molester ainsi ? questionna-t-il.

Wormsley lança un nouveau coup d'œil vers la forêt.

— Les choses ont empiré depuis la semaine dernière, assura-t-il. Lorsque milord a appris quel tour lui avait joué sa tante…

— Vous voulez parler de l'épisode des orties ? interrompit Stafford.

Tod poussa un soupir.

— Oui, reconnut-il. Cette histoire l'a mis dans une rage folle.

— Et vous êtes devenu son souffre-douleur, apparemment. Dans ces conditions, pourquoi restez-vous avec lui ?

— Je n'ai nulle part où aller, monsieur, répliqua le jeune homme en haussant les épaules. Mais s'il n'y avait que cela…

— Que voulez-vous dire ? interrogea Stafford en se rapprochant de son compagnon, qui avait craintivement baissé le ton.

Wormsley déglutit péniblement.

— Mon maître est assiégé par les créanciers, commença-t-il.

— Voilà qui n'est pas nouveau !

— Non, mais à cause de cela il est résolu à empêcher lord Cavendish et sa tante de convoler.

— Je ne vois pas ce qu'il pourrait faire ! Sir Brandon et lady Katherine se plaisent beaucoup, remarqua Stafford avec un sourire involontaire.

— Oh ! mon maître a un plan ! Lorsqu'il est venu à Bodiam il y a huit jours, c'était pour persuader sa tante de lui donner le domaine avant son mariage. Il avait le document tout prêt !

John grommela un vague juron.

— Que ce petit renard prenne garde ! s'écria-t-il. S'il nous ennuie trop, je vais lui faire passer le goût de la plaisanterie.

Wormsley saisit le bras du chevalier et murmura d'une voix apeurée :

— Il devient de pis en pis, milord ! Si je vous disais ce qu'il a l'intention de faire…

— Allons, fit Stafford, racontez-moi tout, sans omettre un seul détail !

Ainsi encouragé, Tod baissa encore la voix pour chuchoter :

— Il veut commettre un meurtre !

John eut un sursaut.

— Dieu du ciel ! se récria-t-il. Que me dites-vous là ?

— C'est la vérité, milord. Dès que nous avons été guéris, Fenton est revenu ici à bride abattue, et s'est installé en pleine forêt dans une petite hutte de bûcheron abandonnée, où nous vivons tous deux comme de pauvres hères. Mon maître ne parle presque plus, excepté lorsqu'il m'injurie ! Pendant des heures, il reste assis devant le feu à contempler stupidement les flammes, tout en marmonnant le mot « assassinat » entre ses dents. C'est à vous glacer le sang, je vous assure ! Tous les matins, il s'enfonce dans les sous-bois avec son arbalète, et je redoute le pire, car c'est un excellent tireur. Je l'ai entendu l'autre jour murmurer quelque chose à propos de sir Brandon et d'un accident de chasse !

— Seigneur ! s'exclama Stafford en ouvrant de grands yeux.

— Je ne sais que faire, milord, et je crains pour ma propre vie. Lord Scantling a tellement changé !

John baissa la tête, submergé par ses pensées. Imaginer Fenton arpentant la forêt avec une arme était évidemment assez effrayant, mais on ne pouvait l'arrêter tant qu'il n'était coupable d'aucune action répréhensible ! D'ailleurs, comment mettre la main sur ce vaurien ? Depuis son enfance, la forêt de Bodiam était son fief, et il devait en connaître les moindres recoins. Même en cet instant, comment savoir s'il n'était pas embusqué sur une branche, prêt à faire usage de son instrument meurtrier ? Il ne fallait pas s'étonner que Wormsley eût l'air aussi effrayé qu'un lapin !

John tapota l'épaule du valet, qui frissonnait de peur sous sa mince chemise.

— Courage ! lui dit-il. Gardez l'œil sur votre maître, et tâchez de me prévenir si vous en apprenez davantage sur ses projets. J'espère que nous réussirons à l'empêcher de nuire.

— Je suivrai vos instructions, milord !

— J'aimerais bien vous serrer la main, mon pauvre ami, mais je crains que nous ne soyons observés. Surtout, soyez vigilant, et dormez avec un couteau sous votre oreiller !

Tod acquiesça.

— C'est déjà ce que je fais, milord, répliqua-t-il.

Un peu rassuré par cette affirmation, John reprit les rênes de Thunder, et se remit en selle.

— Au revoir, mon garçon ! lança-t-il du haut de sa monture. Dieu vous protège !

— Et vous aussi, milord ! fit Wormsley en jetant une furtive œillade vers le couvert des arbres.

Sans perdre un instant, Stafford éperonna son cheval et continua sa route comme si de rien n'était. Si Scantling surveillait les alentours, mieux valait lui laisser croire que Wormsley et lui n'avaient échangé que de banales salutations. Il était inutile en effet d'éveiller ses soupçons, surtout si c'était aux dépens du pauvre valet !

Fort de cette résolution, ce ne fut qu'une demi-heure plus tard que Stafford fit faire demi-tour à son cheval, et regagna en toute hâte le château.

— Il est plus facile de vous effeuiller que de vous rhabiller, Kat ! plaisanta Brandon, qui s'efforçait de rattacher le corset de sa compagne.

— C'est vrai, admit la jeune femme, mais pensez à l'air choqué de mes servantes, si elles me voyaient redescendre avec ma robe délacée dans le dos !

— Oui, ces demoiselles ne sont que trop attentives à ce genre de détail, remarqua le chevalier, tout en nouant les deux extrémités du lacet. Si vous voulez mon avis, nous devrions toutes les marier, sans quoi elles ne nous laisseront pas en paix dans notre propre maison !

Ces mots réjouirent Kat, qui eut un sourire ravi. Il lui était si doux d'entendre Brandon dire « nousé », comme si tous deux formaient déjà un vrai couple !

— Puisque nous en sommes aux considérations sentimentales, déclara-t-elle, il y a un autre sujet dont j'aimerais m'entretenir avec vous avant de quitter cette chambre !

— De quoi s'agit-il ? interrogea Cavendish. Pensez-vous

que j'aie compromis votre réputation ? Mes intentions sont honorables, je vous en donne ma parole !

— J'ai toute confiance en vous, murmura Kat.

« Même si vous ne m'avez encore jamais dit que vous m'aimiez ! » ajouta-t-elle en son for intérieur.

Brandon lui prit la main et assura d'un ton ferme :

— Je n'ai jamais eu le moindre mauvais dessein à votre égard.

— Même quand vous juriez vous appeler sir John Stafford ?

— Je ne l'ai jamais *juré*, ma chérie, répliqua-t-il. Je me suis simplement présenté sous ce nom !

Il saisit la main de Kat et lui embrassa le bout des doigts.

— D'ailleurs, ajouta-t-il, John est le meilleur homme du monde, sous ses dehors affectés !

— C'est précisément de lui que je souhaitais vous parler… et de ma cousine Miranda.

— Que voulez-vous savoir ?

— Quand nous quitterons cette pièce, qui serons-nous pour les autres, milord ? Sir Brandon et lady Katherine… ou lord Stafford et Miranda ?

— Hum, fit Cavendish, je vois ce qui vous préoccupe. Sachez en ce cas que John est au courant de tout, et sait parfaitement que la dame qu'il courtise se nomme miss Paige.

— Ma cousine est amoureuse de votre ami, je le crains !

Brandon eut un petit geste désabusé.

— Elle n'est pas la seule, observa-t-il. La moitié des dames de la cour pourraient en dire autant !

— Voulez-vous dire qu'il s'agissait d'un simple badinage de la part de lord Stafford ?

— Non, assura le chevalier, qui porta l'autre main de Kat à ses lèvres. Cette fois, John semble avoir enfin trouvé chaussure à son pied ! En tout cas, il jure ses grands dieux qu'il épousera votre cousine, si toutefois elle veut bien de lui.

— Est-il vraiment sérieux en affirmant cela ? Miranda

n'a aucune fortune, en dehors de ce que je compte lui donner. Elle ne lui apportera ni terres ni titres...

Brandon fit un geste insouciant.

— Bah ! John est bien assez riche, expliqua-t-il. En fait, il possède déjà tout... sauf l'amour ! Dans ce domaine, il a beaucoup de retard à rattraper. Ses liaisons n'ont été que des passades. A vous dire la vérité, je le connais depuis quinze ans, et c'est la première fois que je le vois aussi épris !

— J'en remercie le ciel ! s'écria Kat. S'il en est ainsi, mieux vaut que nous continuions à jouer notre petite comédie. Je crains que Miranda n'aille pour de bon s'enfermer dans un couvent si elle apprend la vérité. C'est une femme si bonne et si scrupuleuse ! Tandis que si je lui demande de continuer à jouer le rôle de lady Katherine, elle le fera pour me complaire, j'en suis certaine.

— Excellente idée, approuva Brandon. Cela laissera un peu de temps à John pour regagner le terrain perdu. Allons, donnez-moi un baiser pour sceller ce nouveau pacte !

— Je n'attendais que votre invitation, milord ! assura Kat d'un ton malicieux.

— Miranda, ouvrez-moi, je suis à bout de patience ! s'écria la maîtresse de maison en secouant le loquet.

Le lourd battant en chêne s'entrebâilla enfin, et le visage blafard de la recluse apparut dans l'encadrement de la porte.

— Vous êtes seule ? chuchota-t-elle en jetant un regard suspicieux par-dessus l'épaule de Kat.

— Evidemment ! se récria la jeune femme, qui écarta sa cousine afin de pénétrer dans la pièce.

Aussitôt entrée, elle jeta dans la chambre un regard circulaire. Le lit était en désordre comme si Miranda avait passé la nuit à se battre contre ses cauchemars, et le feu était éteint dans la cheminée. Prenant les choses en main, Kat s'agenouilla devant l'âtre et se mit en devoir de ranimer les braises.

— Le soir approche, et vous risquez d'attraper un bon rhume ! remarqua-t-elle.

Mais Miranda, qui s'était assise sur le coussiège, se contenta de répliquer d'une voix morne :

— Cela m'est égal !

« Allons, voilà qui a assez duré ! se dit Kat avec consternation. Pour son propre bien, cette petite sotte a grand besoin d'être secouée ! »

Dès que les flammes crépitèrent dans le foyer, la jeune femme se releva et s'essuya les mains. Puis elle attaqua sans préambule :

— Votre attitude me sidère, Miranda ! N'avez-vous pas honte de vous comporter ainsi ?

Miranda cligna des yeux, stupéfaite par cette brusque attaque.

— Pourquoi me parlez-vous avec tant de dureté ? interrogea-t-elle d'une voix chevrotante.

Mais Kat refusa de se laisser attendrir et posa les mains sur ses hanches.

— Cela vous choque ? demanda-t-elle. Eh bien, ce n'est qu'un début, je vous en préviens ! Votre attitude est décidément trop indigne. Comment, vous êtes restée enfermée dans cette chambre toute la journée, soupirant et pleurant… pour qui, je vous le demande ? Pour mon fiancé !

— Oh…, soupira Miranda, dont le visage devint pourpre.

— Vous devriez être morte de confusion, continua Kat en arpentant la pièce. Mon mariage a lieu dans six jours, et vous vous prenez si bien pour moi, que vous allez bientôt vous arroger le droit de faire des scènes à mon futur époux !

— Je… je…, balbutia la jeune femme, qui finit par éclater en sanglots. J'avais oublié, Kat, ajouta-t-elle au milieu de ses larmes. Je vous en supplie, pardonnez-moi ! Je ne sais quelle folie m'a prise. Vraiment, je ne pensais pas mal agir…

Emue par ce désespoir, Kat vint s'asseoir près de sa cousine et la prit dans ses bras.

— Là, là, ma chérie…, murmura-t-elle. Calmez-vous, voyons ! Il n'y a pas de mal, grâce à votre fierté. Sir Ja… Brandon a été aux cent coups toute la journée, car il est persuadé de vous avoir gravement offensée.

Miranda releva son visage ruisselant et interrogea d'une toute petite voix :

— Vraiment ?

Kat tira un mouchoir de sa manche et le tendit à sa cousine.

— Aussi vrai que le soleil a fini par percer les nuages ! affirma-t-elle. Sir Br… John m'a assuré que son ami était bourrelé de remords, au point qu'il a dû noyer son chagrin dans l'alcool et s'est réveillé ce matin avec une terrible migraine.

— Pauvre Brandon ! murmura la jeune femme. Il devrait se baigner la tête avec une décoction d'écorce de saule.

Décidément, Miranda était vraiment trop gentille ! se dit Kat en retenant à grand-peine un sourire.

— Je crois qu'il est sorti pour faire une promenade à cheval, reprit-elle, mais il sera de retour pour le souper… et espère obtenir alors votre pardon ! Accepterez-vous de lui rendre la joie ?

— Non, ma chérie, je ne peux pas !

Qu'était-ce encore que cette nouvelle fantaisie ? se demanda Kat avec appréhension. Miranda prenait décidément à cœur de compliquer les choses !

— Il est grand temps que je vous avoue la vérité, continua la jeune femme d'une voix résolue. Il y a déjà longtemps que j'aurais dû le faire, avant de…

— … avant de tomber amoureuse de lord Cavendish ? compléta Kat en caressant les cheveux de sa cousine.

Les lèvres de Miranda se mirent à trembler convulsivement.

— C'est vrai, Kat, mais je n'ai pas pu l'empêcher, je vous assure ! Sir Brandon m'a toujours parlé si tendrement, et il m'a accordé plus d'attention que je n'en ai jamais reçu de toute ma vie !

Kat pressa affectueusement l'épaule de la jeune femme.

— C'est ma faute, murmura-t-elle. J'aurais dû vous trouver un mari depuis longtemps, mais j'ai préféré vous garder égoïstement auprès de moi. J'étais si sereine ainsi, que j'ai pensé qu'il en était de même pour vous. Pardonnez-moi mon aveuglement !

Miranda renifla doucement.

— Oh ! non, Kat, vous m'avez offert votre amitié et votre foyer, et j'ai été très heureuse avec vous ! affirma-t-elle.

— Jusqu'au jour où deux beaux chevaliers sont venus frapper à notre porte, précisa Katherine.

— C'est vrai, je dois le reconnaître.

— Allons, du courage, ma chérie ! Ne vous ai-je pas promis un mari ?

— Mais c'est le vôtre que j'aurais voulu ! s'écria naïvement Miranda.

Kat poussa un soupir. Devait-elle dire la vérité à sa cousine, ou attendre encore ? Mais elle n'eut pas le loisir de s'interroger davantage, car un bruit de sabots de cheval vint interrompre la conversation. Les deux jeunes femmes se regardèrent, puis d'un même mouvement se tournèrent vers la fenêtre.

— C'est lord Cavendish ! s'écria Miranda en observant le cavalier qui mettait pied à terre près de la poterne. Comme il a l'air grave !

— Je suis sûre qu'il s'est passé quelque chose, renchérit Kat. Vite, ma chérie, préparez-vous ! Vous êtes censée être la maîtresse de maison, et c'est à vous de découvrir ce qui ne va pas.

— Mais, Kat…, balbutia la jeune femme, tandis que sa cousine lui ôtait son peignoir. Ne devrions-nous pas…

— Non, coupa Katherine, ce n'est pas le moment ! Allons, vite, habillez-vous !

Et, tandis que Miranda se mettait à sa toilette, elle empoigna ses jupes à deux mains et se précipita vers la porte.

« Seigneur, songea-t-elle, Stafford a vraiment l'air sinistre. Les Français auraient-ils débarqué en Angleterre ? Non, ce n'est pas possible ! Pas au moment où je vais enfin me marier ! »

— Je pensais que vous étiez parti à cheval pour vous rafraîchir l'esprit, non pour le perdre ! ironisa Brandon, tandis que son ami l'entraînait dans le coin le plus reculé de la grande salle.

— Ecoutez-moi ! l'interrompit John, hors d'haleine. Vous allez vite comprendre pourquoi je suis dans tous mes états. Il y a dans la forêt un fou armé d'une arbalète, qui jure de vous tuer ! C'est Fenton Scantling, et il n'a qu'une idée, vous faire passer de vie à trépas. Est-ce assez clair ?

Cette déclaration eut pour effet dc rendre Cavendish sérieux.

— Vraiment ? demanda-t-il en portant instinctivement la main à la petite dague suspendue à sa ceinture.

John hocha la tête.

— C'est son serviteur qui me l'a affirmé, expliqua-t-il. Le pauvre garçon errait dans les bois, à demi fou de peur. Il prétend que son maître veut s'approprier Bodiam, et ne reculera devant aucun moyen pour parvenir à ses fins. Fort de ce projet, il se cache dans les bois, et attend que vous passiez par là pour vous tirer dessus en simulant un accident de chasse. D'après Wormsley, Scantling est un excellent archer, qui ne rate jamais sa cible. M'entendez-vous, Cavendish ? Comment pourrait-il y avoir des noces s'il n'y a plus de marié ?

Brandon s'appuya contre le mur pour réfléchir. Dire qu'une heure plus tôt il tenait encore Kat dans ses bras, et projetait de passer avec elle de nombreuses années de bonheur !

— Nous devons protéger ces dames et toute la maisonnée, déclara-t-il d'un ton empreint de colère, car ce fou est capable de s'en prendre à n'importe qui. Dites à nos hommes de seller les chevaux demain à la première heure. Il faut absolument que nous débusquions cette vermine !

John secoua son ami.

— Mais c'est vous qu'il cherche, Brandon ! Vous n'allez tout de même pas vous jeter tête baissée dans le piège ?

— Je servirai d'appât, pour que vous puissiez capturer l'animal !

— Il vous tuera avant cela, prophétisa Stafford d'un ton grave. Non, mon ami. Même si je dois vous attacher aux montants de votre lit, vous ne bougerez pas d'ici avant le mariage !

Brandon serra les poings et menaça :

— N'essayez pas de faire cela, John, ou il vous en cuira !

Son compagnon allait répondre, lorsque lady Katherine apparut sur le seuil.

— Que se passe-t-il, messieurs ? s'enquit-elle d'une voix inquiète. Quelque chose ne va pas ?

Les deux chevaliers se jetèrent un rapide coup d'œil.

— Rien de grave, assura Brandon. John a vu un sanglier dans le village, et nous ferons demain une battue. Nous avons besoin de gibier pour agrémenter notre festin de noces !

— A condition qu'elles aient lieu ! marmonna Stafford dans sa barbe.

A cet instant, la voix lugubre de Montjoy fit tressaillir les trois jeunes gens. Le vieux régisseur était debout dans l'encadrement de la porte, et venait d'émettre un toussotement pour attirer l'attention de sa maîtresse.

— Il y a du nouveau, annonça-t-il en dévisageant le trio.

Kat ne put que lever les bras au ciel.

— Qu'est-ce encore ? s'écria-t-elle. Le monde est devenu fou, ma parole !

Brandon profita de ces quelques secondes pour se pencher à l'oreille de son ami.

— Ne parlez surtout pas de Scantling aux dames ! lui enjoignit-il.

— Très bien ! rétorqua John en haussant les épaules. Allez au diable, si c'est ce que vous préférez !

Brandon eut un sourire railleur.

— Je vois que nous nous comprenons, murmura-t-il.

Et, se tournant vers le régisseur, il ajouta à voix haute :

— Eh bien, Montjoy, que se passe-t-il ?

— Un messager du roi vient d'arriver au château, annonça solennellement le vieillard. Il est porteur d'un pli adressé à sir Brandon Cavendish et lady Katherine Fitzhugh.

Il observa une pause, puis baissa la voix pour ajouter :

— Il attend votre permission pour entrer. Dois-je aller le chercher ?

— Faites ! ordonna Kat d'une voix tremblante.

Dès que Montjoy eut tourné les talons, la jeune femme jeta à Brandon un regard effrayé.

— Grand Dieu, chuchota-t-elle, le roi a dû changer d'avis et ne veut plus que vous m'épousiez !

Chapitre 15

— Voyons ce que nous dit le roi, fit Cavendish d'un ton impassible.

Ces paroles furent pour Kat un véritable coup de poignard. Ce changement de dernière minute avait tout l'air de réjouir Brandon ! songea-t-elle avec amertume. Mais pouvait-elle lui en vouloir ? Trois semaines plus tôt, elle-même eût accueilli avec joie le revirement du roi. Mais son cœur avait bien changé depuis lors. Sondra avait raison de prétendre qu'on n'appréciait une chose à sa juste mesure que lorsqu'on était sur le point de la perdre !

« Allons, se morigéna-t-elle, tu n'es pas une oie blanche, mais une femme adulte, qui a dû faire face plus d'une fois à l'adversité. Quoi que pense Brandon, tu peux le remercier au moins pour le don qu'il t'a fait : il t'a appris le sens du mot amour ! »

Elle en était là de ses pensées, lorsque Montjoy pénétra de nouveau dans la pièce, escortant un messager aux vêtements couverts de boue.

— Milady, messieurs, j'ai l'honneur de vous saluer, murmura le jeune homme, qui s'inclina cérémonieusement devant les habitants du château. J'ai une lettre de sir Thomas More, le chancelier du roi. Laquelle d'entre vous, mesdames, est lady Katherine Fitzhugh ? ajouta-t-il en se tournant vers Miranda, qui venait de se glisser discrètement dans la salle.

Kat jeta un regard à sa cousine, mais la nouvelle venue n'avait d'yeux que pour Stafford, et semblait se soucier fort peu du reste du monde. Dans ces conditions, mieux valait prendre la situation en main, décida la maîtresse de maison, qui fit un pas en avant.

— Je suis la dame de compagnie de lady Fitzhugh, affirma-t-elle, et je m'exprime en son nom. Vous pouvez me confier la lettre qui lui est destinée.

L'envoyé du roi sortit de sa sacoche de cuir une large enveloppe, qu'il tendit à Kat avant de s'incliner de nouveau.

— Vous devez être fatigué et affamé après ce long trajet, déclara la jeune femme. Montjoy va vous conduire aux cuisines, où vous trouverez de quoi vous restaurer.

Obéissant à l'injonction, le vieux régisseur ouvrit la porte et fit signe au messager de le suivre. Lorsqu'ils eurent tous deux disparu, Kat regarda la lettre qu'elle tenait toujours à la main. Dire que ce simple papier scellé de cire allait sonner le glas de son idylle ! songea-t-elle.

— Ouvrez-la, mon cœur, murmura Brandon.

— Je ne peux pas, mes doigts tremblent trop !

— Laissez-moi vous aider, proposa le chevalier.

D'un geste ferme, il saisit le pli et brisa le cachet. Puis il parcourut la missive des yeux, et un franc sourire vint illuminer son visage.

— Quelle bonne plaisanterie ! s'esclaffa-t-il.

Outrée de cette désinvolture, Kat serra les mâchoires. Une « plaisanterie », la rupture de leurs fiançailles ? Vraiment, cet homme ne valait pas la corde pour le pendre ! Comment avait-il osé s'emparer de son cœur, si c'était pour le traîner ensuite dans la boue ? se demanda-t-elle avec indignation.

— Alors, quelles nouvelles ? interrogea John, qui n'avait pas lâché une seconde la main de Miranda.

Brandon retrouva son sérieux le temps de répliquer :

— Sir Thomas More nous annonce que Robin des Bois, sa compagne Marian et toute la bande des hors-la-loi de la forêt de Sherwood assisteront à nos noces samedi prochain !

Il suggère à lady Katherine de prévoir d'amples provisions pour nourrir toute cette honorable compagnie.

— Robin… des… Bois ! balbutia Kat en portant la main à son front.

La détente avait été trop brusque pour ses nerfs, et elle se sentit vaciller dangereusement sur ses jambes.

— Attention ! s'écria John en la voyant défaillir.

Brandon n'eut que le temps de saisir la jeune femme au moment où ses genoux se dérobaient.

— Ah, ah ! lui chuchota-t-il d'un ton enjoué, vous croyiez que vous alliez si facilement échapper au mariage, lady Katherine ! Mais vous n'en serez pas quitte à si bon compte, je vous préviens !

Incapable de proférer un mot, Kat laissa tomber sa tête sur l'épaule du chevalier. Enfin, elle retrouvait Brandon, avec la chaleur de ses mains, et cette enivrante odeur de menthe et de cuir qui flottait toujours autour de lui ! Eperdue de bonheur, elle se blottit contre lui tandis qu'il la portait vers le coussiège, où il s'assit en la prenant sur ses genoux.

— Je pensais… que vous… étiez heureux de voir le roi changer d'avis, avoua-t-elle d'une voix entrecoupée par l'émotion.

Puis elle saisit la coupe de vin que lui tendait Miranda, et en vida lentement le contenu.

— Vous vous êtes trompée, lady Katherine, affirma Brandon. Comment pourrais-je me réjouir de vous perdre ? J'aime beaucoup trop… jouer aux dés avec vous !

Kat poussa un profond soupir de soulagement, mais il n'en fut pas de même pour sa cousine. Alertée par la dernière réplique de Brandon, Miranda ouvrit de grands yeux et balbutia :

— Alors, vous savez !

Brandon prit un air faussement consterné.

— Je crains que nous n'ayons été percés à jour, Kat, déclara-t-il à sa compagne d'une voix amusée.

— Oh ! vraiment ? Cela n'a aucune importance, en vérité ! murmura la jeune femme, qui flottait sur un nuage de béatitude.

Quelle chance ! chantait son cœur éperdu de joie. Elle était encore fiancée à Brandon et personne, pas même le roi, ne pourrait les empêcher de se marier !

Mais Miranda ne l'entendait pas de cette oreille, et ce fut d'une voix indignée qu'elle lança, en regardant tour à tour les deux jeunes gens :

— Comment osez-vous vous comporter ainsi, lord Stafford ? Vous savez que cette dame est lady Katherine, et vous continuez à lui faire la cour, sous les yeux même de son fiancé ! Vous devriez mourir de honte ! Quant à vous, Kat, je ne vous comprends pas. Comment pouvez-vous l'encourager à vous manquer de respect en présence de votre futur mari !

Amusé par cette virulente sortie, Brandon haussa les sourcils.

— Mais c'est une vraie petite furie ! lança-t-il à l'intention de son ami Stafford. Vous devriez veiller à cela, John, si vous ne voulez pas avoir de problèmes dans l'avenir !

— Je ne demande pas mieux, assura l'intéressé, si toutefois miss Paige veut bien m'agréer pour époux !

Stupéfaite, Miranda examina le trio souriant. Que signifiait cette plaisanterie ? s'interrogea-t-elle en dévisageant tour à tour ses interlocuteurs. Elle voulut poser une question, mais aucun son ne consentit à franchir ses lèvres.

« Pauvre Miranda ! se dit Kat. Le choc risque de la renvoyer au lit pour des semaines ! »

— Ne vous inquiétez pas, ma chérie, intervint-elle. Je vous jure que je ne trahis pas sir Brandon en cet instant… car c'est lui qui me tient dans ses bras ! Nous avons été jouées par ces deux chenapans.

Sidérée, Miranda ne put que lever les yeux vers John en bredouillant :

— Et… vous… vous êtes…

— Sir John Anthony Stafford de Fenderwich, annonça John d'un air contrit.

Il s'avança vers la jeune femme dans l'intention de la serrer dans ses bras, mais Miranda poussa un gémissement.

— Aidez-moi, murmura-t-elle, je crois que je vais m'évanouir…

— Décidément, il y a quelque chose dans l'air, s'écria Brandon d'une voix railleuse. Voilà que nos dames se trouvent mal à tour de bras !

— C'est la maladie du mariage, affirma John en portant Miranda sur un siège.

Kat se redressa à ces mots.

— Seigneur, j'avais oublié ! s'écria-t-elle. Que veut dire sir Thomas lorsqu'il prétend que Robin des Bois va assister à nos noces ?

Au lieu de répondre, Brandon rit de bon cœur, ce qui obligea la jeune femme à lui donner une légère tape sur la main.

— Allez-vous enfin m'expliquer ? s'indigna-t-elle.

— Robin, c'est le roi en personne, ma douce. Il adore se déguiser et surprendre ainsi ses dévoués sujets !

— Comment, Sa Majesté va venir à Bodiam dans moins d'une semaine ? s'enquit Kat d'une voix émue.

Dieu sait combien de monde il amènerait avec lui ! se dit-elle avec inquiétude. Devrait-elle héberger toute la compagnie ? C'était un fameux souci en perspective !

— Mais pourquoi Robin des Bois ? reprit-elle avec étonnement.

Brandon haussa les épaules.

— Le roi adore jouer ce rôle, expliqua-t-il.

— Et Anne Boleyn se fera un plaisir d'incarner Marian, affirma Stafford.

Devinant l'anxiété de Kat, Brandon déposa un léger baiser sur le front de la jeune femme.

— Ne craignez rien, ma douce, murmura-t-il. La lettre précise que le roi résidera à Hever, chez lady Anne. Il ne viendra à Bodiam que le jour de notre mariage, et, comme il est généreux, il ne se fera sans doute pas faute d'apporter des provisions.

John acquiesça.

— C'est là son habitude, confirma-t-il. Je me rappelle le jour où le cardinal Wolsey a donné une grande fête à Hampton Court, dont il était alors le propriétaire. Juste au moment où l'on allait servir les entrées, des coups retentirent à la porte. C'était une douzaine d'hommes à la mine patibulaire, qui prétendirent avoir entendu parler de la soirée par hasard, et être venus dans l'intention de s'amuser !

— Le cardinal appela-t-il ses gardes ? demanda Kat avec curiosité.

— Non, bien sûr, car il avait parfaitement deviné qu'il avait affaire au roi et à quelques-uns de ses courtisans ! Il invita donc les intrus, et les fit servir généreusement. Lorsque les nouveaux venus se furent restaurés, ils demandèrent la permission de danser avec les dames, ce qui leur fut bien entendu accordé. A minuit, le roi ôta son déguisement, et tout le monde fit semblant d'être surpris !

— Hum… Vous racontez la scène comme si vous y aviez vraiment assisté, remarqua Kat avec une petite moue.

— Vous avez deviné juste, intervint Brandon. John et moi faisions partie ce soir-là de la suite du roi et nous étions déguisés pour la circonstance en bandits de grand chemin ! Les dames ont été ravies de danser avec d'aussi sinistres individus.

— Ravies… jusqu'à quel point ? interrogea perfidement la jeune femme.

Brandon rougit légèrement.

— Cela n'alla pas plus loin qu'un honnête divertissement, assura-t-il.

— Et vous, milord ? s'enquit Miranda, qui avait complètement repris ses esprits. Avez-vous aussi subjugué vos danseuses ?

Stafford s'éclaircit la voix.

— Je ne me rappelle plus, affirma-t-il. Depuis que je vous ai rencontrée, j'ai perdu jusqu'au souvenir des femmes que j'ai connues. Elles ne sont plus pour moi que des ombres.

— John a toujours été éloquent, chuchota Brandon en se penchant vers Katherine.

Mais la jeune femme se contenta de sourire d'un air préoccupé. Le roi allait arriver à Bodiam dans six jours, et il fallait songer à le recevoir décemment, pensa-t-elle. Que de préparatifs et de remue-ménage en perspective !

— Philippe va être dans tous ses états, observa-t-elle. Je ne sais s'il sera radieux de pouvoir montrer ses talents, ou s'il aura au contraire envie de se précipiter dans les douves du haut des remparts !

Brandon fit une légère grimace.

— Dieu nous préserve de la seconde solution ! s'écria-t-il. Votre cuisinier a trop de talent pour que nous le laissions se noyer.

Pour toute réponse, Kat déposa un léger baiser sur la joue de Brandon et se leva.

— Venez, Miranda, dit-elle à sa cousine. Nous avons beaucoup à faire.

Ainsi apostrophée, la jeune femme se dégagea à regret des bras de John.

— A bientôt, au souper, déclara-t-elle timidement.

— Les heures vont me sembler bien longues, répliqua Stafford en la serrant tendrement dans ses bras.

Debout sur le seuil, Kat observait la scène avec amusement. La pauvre Miranda avait l'air de se mouvoir en plein rêve, et il devenait urgent de la faire redescendre sur terre ! se dit-elle avec humour. Aussi cria-t-elle d'une voix éclatante :

— Allons, Miranda, j'ai besoin de vous dans la cuisine !

Rappelé au sens des convenances, John embrassa une dernière fois sa bien-aimée avant de la laisser aller.

— Rejoignez lady Katherine, mon amour, lui enjoignit-il.

Nous nous retrouverons plus tard pour parler. J'ai beaucoup à vous dire !

— Je boirai chacune de vos paroles, affirma Miranda d'un air extatique.

Quand les deux femmes eurent disparu, Brandon se tourna vers son ami.

— Cessez d'afficher ce sourire niais ! s'écria-t-il. Vous ressemblez au bouffon de la cour !

John leva les sourcils d'un air étonné.

— Qu'est-ce qui ne va pas ? demanda-t-il. N'êtes-vous pas heureux de déposer vos vêtements d'emprunt, et de pouvoir être enfin vous-même ?

Brandon hocha la tête.

— C'est vrai, admit-il, mais cela ne résoud en rien notre principal problème. Le roi arrive dans quelques jours à peine, et Fenton Scantling erre toujours dans la forêt. Nous devons le trouver rapidement, afin de l'empêcher de nuire !

John lui posa la main sur l'épaule.

— Vous avez raison, déclara-t-il d'un ton contrit. Dire que j'ai failli oublier !

— Rassemblons nos hommes à l'écurie, et organisons pour demain une battue, proposa Brandon. Nous pouvons demander à quelques-uns des gardes de Kat de se joindre à nous, car ils connaissent bien le pays. Mais soyons discrets ! Je ne veux pas que les dames se doutent de quoi que ce soit avant que nous ayons mis la main sur cet individu. Cela ne ferait que les effrayer inutilement.

John se rembrunit à cette idée et serra le bras de Brandon.

— Si vous venez avec nous demain, vous risquez d'être tué, rappela-t-il.

Brandon haussa philosophiquement les épaules avant de répliquer :

— Je sais, mais qu'y puis-je ? Tout ce que je demande

à Dieu, c'est de me laisser vivre jusqu'à la Saint-Jean. Je ne tiens pas à ce que ma femme soit veuve avant même de m'avoir épousé !

Cette nuit-là, Brandon et Kat partagèrent le même lit, pour le plus grand bonheur de la jeune femme, qui n'avait jamais vécu avec personne une si fougueuse intimité. Brandon ne cessa de l'embrasser avec passion, et la serra contre lui de toutes ses forces, comme s'il voulait que leurs deux corps ne fissent plus qu'un. Lorsqu'ils firent l'amour un peu plus tard, la violence de leurs sensations les emporta tous deux sur des sommets dont ils ne soupçonnaient pas l'existence. C'était la première fois qu'ils atteignaient ensemble de tels paroxysmes de jouissance, mais Kat avait fort bien senti l'inquiétude qui se cachait derrière cette frénésie.

— Quelque chose ne va pas ? s'enquit-elle lorsqu'elle se retouva allongée près de son amant, quelques instants plus tard.

— Maintenant que je vous ai trouvée, j'ai peur de vous perdre, murmura Brandon.

Kat se serra contre lui pour affirmer :

— Jamais, mon amour. Nous resterons ensemble jusqu'à ce que la mort nous sépare !

Ces mots arrachèrent à Brandon un léger frisson.

— Ne parlons pas de la mort ce soir, ma douce, implora-t-il. Je ne veux penser qu'à vous !

Il prononça les dernières syllabes en mêlant son souffle à celui de Kat, et c'est avec la voracité d'un homme affamé qu'il entraîna la jeune femme dans les délices d'une nouvelle étreinte…

La lueur grise de l'aube venait à peine d'apparaître à la fenêtre, lorsque Brandon se glissa doucement hors du lit. Avec des gestes silencieux, il revêtit ses chausses, sa chemise et son pourpoint, et enfila des bottes de cuir souple. Puis il s'arrêta un instant pour regarder Kat. La jeune femme dormait encore, ses cheveux cuivrés répandus à flots sur l'oreiller.

— Souvenez-vous de moi toujours, murmura-t-il en s'agenouillant près d'elle. Je porte votre amour dans mon cœur, car vous m'êtes plus chère que la vie !

Avec une tendresse infinie, il lui effleura les lèvres d'un rapide baiser. Comme si elle avait senti cette furtive caresse, Kat sourit dans son sommeil, et Brandon dut se faire violence pour s'arracher à ce charmant spectacle.

Lorsqu'il se retrouva dans sa propre chambre, quelques instants plus tard, il trouva John déjà debout, vêtu d'un haubert de mailles sur lequel il avait passé un pourpoint de cuir.

— Vous êtes matinal, ironisa Brandon en s'aspergeant le visage d'eau froide. Moi qui croyais devoir vous arracher des bras de Miranda !

— J'ai tourné une page, affirma gravement Stafford. Miss Paige est beaucoup trop pure pour se plier aux coutumes du monde. J'ai bien l'intention de me comporter en gentilhomme, et j'attendrai ma nuit de noces pour dormir avec elle !

Brandon fit un clin d'œil à Mark et à Christopher, qui attendaient leurs maîtres dans un coin de la pièce.

— Vous avez ici trois témoins, prêts à vous rappeler votre promesse, déclara-t-il d'un ton railleur. En tout cas, ce jour est à marquer d'une pierre blanche, monsieur l'Infidèle ! C'est sans doute la première fois que vous n'abusez pas de votre avantage sur une dame.

— Miranda a accepté de devenir ma femme, et j'ai bien l'intention de la traiter avec tous les honneurs que je lui dois, déclara John avec solennité.

Brandon eut un léger sourire, tandis que Mark lui attachait ses jambières de cuir. Avait-il manqué de respect à Kat en la faisant sienne avant les noces ? s'interrogea-t-il. La réponse fusa aussitôt en lui, sans réplique. Non, certes ! Bien qu'il admît les arguments de John, il ne se sentait pas le moins du monde coupable d'avoir agi comme il l'avait fait. Si Scantling par malheur le tuait, il aurait au moins eu le temps de goûter quelques instants de bonheur avec la femme qu'il aimait. C'était déjà beaucoup, et il devait laisser le reste aux mains de Dieu !

— Prêt pour la chasse ? interrogea Stafford en ajustant sa cotte.

— Allons-y ! rétorqua Brandon d'une voix décidée.

Cinq minutes plus tard, les deux hommes se retrouvaient devant l'écurie, où les attendaient une douzaine de gardes et de serviteurs. Les rayons du soleil effleuraient déjà la cime des arbres, annonçant les prémices d'une belle journée d'été.

— Nous allons ratisser la forêt sur un large espace, expliqua Cavendish, mais sans jamais nous perdre de vue les uns les autres. Je chevaucherai en première ligne, afin de servir d'appât, et vous vous tiendrez à quelques mètres en arrière.

Au fond, songea-t-il un peu plus tard en se mettant en selle, c'était exactement comme une chasse au sanglier, et il suffisait de respecter quelques règles de prudence élémentaires pour ne pas courir de risques !

Malgré cette belle assurance, Brandon avait le cœur battant lorsqu'il franchit avec ses compagnons le pont-levis du château avant de s'aventurer dans la campagne.

Dès qu'ils eurent traversé les champs qui jouxtaient Bodiam, les deux chevaliers déployèrent leurs hommes sur un large front, tandis que Mark et Christopher prenaient position à l'arrière, où il leur serait facile de garder un œil sur leurs maîtres et de leur porter secours s'ils étaient en difficulté. D'un geste résolu, Brandon enfonça sa capuche de mailles sur sa tête. Puis il se redressa d'un air déterminé et ordonna à Jess de sonner du cor. A ce signal, Scantling croirait sans doute que Cavendish s'apprêtait à courre le cerf, et ce vaurien ne manquerait pas de sortir de sa cachette !

Mais à peine Jess avait-il reposé son instrument qu'un second cor lui répondait par-delà la colline ! Stupéfait, Brandon tira sur les rênes de Windchaser et arrêta d'un geste la progression de la troupe. Qui donc osait chasser sans permission sur les terres de Kat ? s'interrogea-t-il avec stupéfaction. Ce n'était tout de même pas déjà le roi !

John, qui venait également d'immobiliser Thunder, se tourna vers son ami.

— Qui diable cela peut-il être ? demanda-t-il.

Dressé sur ses étriers, Brandon scruta l'horizon.

— Je ne peux rien voir, marmonna-t-il, c'est de l'autre côté du sommet.

Il émit un bref sifflement pour appeler son page, qui accourut à son appel.

— Oui, milord ? s'écria le jeune homme, une flamme d'excitation dans les yeux.

Brandon se pencha sur sa selle et posa la main sur l'épaule du jeune homme.

— Prenez Jess avec vous, et galopez tous deux jusqu'au sommet de la colline, lui ordonna-t-il. Surtout, n'allez pas plus loin ! Est-ce compris ?

Mark eut un sourire enthousiaste.

— Entendu, milord, acquiesça-t-il.

— Essayez de voir qui a répondu à notre cor, puis revenez m'en informer immédiatement.

— J'irai plus vite que le vent, monsieur !

Mais Brandon posa la main sur le bras du page et le retint encore un instant.

— Si vous ne pouvez les identifier, revenez sur-le-champ, insista-t-il, et nous avancerons tous ensemble. Ne contrevenez à ces ordres sous aucun prétexte !

Mark hocha la tête, puis lança son cheval à l'assaut de la pente, suivi de près par Jess, qui éperonnait fougueusement sa monture. Anxieux, Brandon regarda disparaître les deux jeunes gens avec un sentiment croissant de malaise. Quelques minutes plus tard, il vit la silhouette des deux cavaliers se détacher sur le sommet du coteau et il retint son souffle, la main posée sur la garde de son épée. A cet instant, Jess au loin leva son cor et lança quelques notes, que Brandon reconnut aussitôt. C'était l'appel aux armes des Cavendish ! Ces sons martiaux parurent galvaniser Mark, qui se souleva sur sa selle, et, après avoir fait de loin un vague geste en direction de Brandon, se mit à dévaler le versant opposé de la colline, suivi de près par son compagnon !

— Par tous les diables, ces vauriens font exactement ce que je leur avais interdit ! Ils vont voir un peu de quel bois je me chauffe ! s'écria Cavendish.

Furieux, il éperonna Windchaser et se lança à la poursuite des deux imprudents. Parvenu à son tour au sommet de l'éminence, il tira sur les rênes de son cheval, qui se cabra et battit l'air de ses antérieurs. Etonné, le chevalier scruta le chemin qui longeait l'orée du bois. Que se passait-il donc en bas de la colline ? s'interrogea-t-il avec stupéfaction.

Un convoi de chariots, escorté par un groupe de cavaliers, s'étirait en effet sur la route, précédé par un porte-bannière qui faisait claquer au vent un étendard rouge orné d'une tête de loup.

A cet instant, John rejoignit son ami et découvrit le spectacle avec étonnement.

— Qu'est-ce donc, Cavendish ? demanda-t-il en essuyant la sueur qui ruisselait sur son front.

Brandon se contenta de hausser les épaules, tandis qu'une expression d'ennui apparaissait sur son visage.

— Rengainez votre épée, John, conseilla-t-il. Voilà mes parents qui arrivent !

Chapitre 16

Quelques instants plus tard, un cavalier blond se détacha du convoi et gravit au galop le versant de la colline. Bien que l'arrivée de sa famille lui inspirât des sentiments plutôt mitigés, Brandon ne put s'empêcher de sourire en reconnaissant son jeune frère.

— Bonjour, Brandon ! s'écria Guy Cavendish d'une voix claironnante. Figurez-vous que nous avons traversé la moitié de l'Angleterre pour vous contempler dans votre gloire de fiancé. Il est vrai que cette rareté valait le déplacement !

— Vous m'en voyez ravi, marmonna Brandon en donnant l'accolade à son cadet.

— Mais qui diable vous a prévenu de notre arrivée ? Mère était si heureuse de vous faire une surprise !

— Elle a parfaitement réussi, frérot. Depuis quand êtes-vous partis de Wolf Hall ?

— Nous avons fait nos bagages le jour même où nous avons reçu une lettre du roi, qui nous annonçait votre prochain mariage. Dieu merci, nous sommes arrivés à temps pour assister à la cérémonie !

A cet instant, Stafford s'avança vers Guy, qu'il connaissait de longue date, et lui donna une tape amicale sur l'épaule.

— Bienvenue à Bodiam ! déclara-t-il. Vous allez pouvoir prendre part aux folles festivités de la Saint-Jean.

Le frère de Brandon examina John d'un air amusé et observa :

— Fête ou pas, vous m'avez l'air bien guilleret, mon cher Stafford. On dirait que l'air de la campagne vous réussit !

— Vous avez deviné juste, intervint Brandon. Figurez-vous que ce joyeux luron a déjà conquis le cœur d'une habitante de céans, qui en a perdu pour lui le boire et le manger !

— Bah ! ce n'est pas la première ! observa Guy.

— Mais cette fois, c'est différent, affirma son frère. Notre John l'Infidèle est résolu à se laisser mettre la corde au cou.

— Est-ce vrai, Stafford ?

L'intéressé acquiesça, et Guy ne put s'empêcher de rire.

— Vous devez avoir raison, assura-t-il, il y a de la folie dans l'air. En tout cas, j'ai hâte d'assister au mariage des deux célibataires les plus endurcis de la cour !

Amusés par cette perspective, les trois hommes firent tourner bride à leurs chevaux, et descendirent le coteau en direction du cortège.

— Il me faut tout de même vous prévenir, dit Guy à son frère, lorsqu'ils ne furent plus qu'à quelques mètres des voyageurs. Maman a jugé bon d'amener les enfants avec nous !

A cette nouvelle, Brandon sentit son cœur s'emballer. Il y avait près de trois mois qu'il n'avait vu Belle et Francis, et la perspective de les serrer dans ses bras le remplissait de joie. Mais, d'un autre côté, il n'avait pas encore soufflé mot à Kat de sa progéniture, et la jeune femme risquait de prendre fort mal la nouvelle !

— Papa ! cria à cet instant une voix flûtée.

Avant que Brandon ait eu le temps d'esquisser un geste, un petit elfe blond sauta de l'un des chariots pour se précipiter à sa rencontre.

Le visage illuminé d'un large sourire, Cavendish se pencha sur sa selle et souleva la fillette de neuf ans dans ses bras puissants.

— Comme vous avez grandi, Belle ! s'exclama-t-il. Bientôt, vous serez trop lourde pour monter sur Windchaser avec moi.

— Allons donc ! répliqua la petite fille, en faisant pleuvoir sur les joues de son père une multitude de baisers.

Puis elle se pencha en avant pour caresser l'encolure du cheval, ce qui permit à Brandon de rencontrer le regard de sa mère, lady Alicia de Thornbury. Assise dans l'un des chariots, la vieille dame contemplait son fils avec une tendresse amusée.

— Bienvenue, ma chère maman ! s'écria le chevalier. Ainsi, vous êtes venue assister à la mise à mort du célibataire !

Lady Alicia eut un sourire moqueur.

— Vous me semblez aller fort bien pour un moribond, remarqua-t-elle, bien que vous ayez l'air un tantinet contrarié. Auriez-vous omis de signaler à votre fiancée l'existence de vos deux chers petits, par hasard ?

Brandon inclina le buste et embrassa sa mère sur le front.

— Les choses étaient déjà assez compliquées, murmura-t-il en guise d'explication.

— Bonjour, mon beau-frère ! s'écria tout à coup une voix enjouée. N'ai-je pas droit moi aussi à un baiser ? A moins que je ne sois devenue trop grosse pour vous !

Brandon se tourna vers Céleste, l'adorable épouse française de Guy, et l'enveloppa d'un regard malicieux.

— Votre embonpoint doit réjouir mon frère, observa-t-il. Mais je ne sais si je puis me permettre d'embrasser une dame mariée, enceinte de surcroît !

— Je suis sûre que vous avez déjà fait des choses bien plus scandaleuses que cela ! insinua la jeune femme avec un sourire espiègle.

Vaincu par ce raisonnement, Brandon déposa un baiser sur la joue de sa belle-sœur et observa :

— Vous me connaissez décidément trop bien ! Mais je suis étonné que Guy vous laisse voyager si loin dans votre état. Quand le bébé doit-il arriver ?

— Pas avant l'automne, assura Céleste, et j'ai bien l'intention de danser jusqu'à l'aube la nuit de votre mariage !

Francis a accepté d'être mon cavalier, ajouta-t-elle en posant une main sur l'épaule d'un garçonnet blond, dont les grands yeux bleus avaient exactement la nuance de ceux de Brandon.

— C'est vrai, murmura l'enfant en français. Ce sera un plaisir pour moi, madame !

— Votre accent s'est beaucoup amélioré, Francis, constata son père. Tous mes compliments !

Le jeune garçon sourit, flatté par une approbation qui lui allait droit au cœur.

— Je suis heureux de vous revoir, monsieur, déclara-t-il d'une voix posée.

— Et moi aussi, renchérit Brandon.

Il lui aurait été si doux d'appeler Francis « mon fils » ! songea-t-il avec regret. Mais le jeune page ne connaissait encore rien de ses origines, bien qu'il ressemblât visiblement à un Cavendish. Tout ce qu'il savait pour l'instant, c'était que ses parents l'avaient confié à Brandon, dans l'espoir que celui-ci ferait de lui un chevalier accompli. Tâche parfois difficile pour son présumé géniteur, qui poussa un soupir involontaire. Peut-être Kat parviendrait-elle à accomplir ce que ni Céleste ni lady Alicia n'avaient pu faire, malgré toute leur tendresse : donner à Francis un véritable foyer !

— Voulez-vous monter aussi sur Windchaser ? proposa-t-il au jeune garçon.

Belle fit une moue désapprobatrice. Elle n'avait pas vraiment apprécié l'arrivée de son frère à Wolf Hall, et ne pouvait s'empêcher de le taquiner plus souvent qu'à son tour.

— Francis est plus lourd que moi, objecta-t-elle, et je suis sûre que Windy n'aimera pas du tout cela !

— Si c'est pour mon cheval que vous vous inquiétez, vous pouvez alléger son fardeau en retournant près de votre grand-mère, remarqua malicieusement Brandon.

Belle poussa un soupir excédé et jeta un regard oblique au garçonnet.

— Très bien, concéda-t-elle, vous pouvez monter, Francis. mais attention à ne pas donner de coups de pied à Windy !

Ravi de voir sa fille revenue à de meilleurs sentiments, Brandon tendit la main au jeune garçon et l'aida à se hisser derrière lui.

— Vous voilà devenu un vrai gaillard ! remarqua-t-il.

Lady Alicia eut un sourire malicieux.

— Francis a donné beaucoup de travail à notre cordonnier, affirma-t-elle, car son pied avait beaucoup grandi.

Afin de confirmer ces propos, Francis tendit l'une de ses jambes et fit admirer à son père une magnifique chaussure neuve.

— On m'a fait faire ces souliers tout exprès pour votre mariage ! déclara-t-il.

— Bah ! il a des pieds comme des battoirs, intervint Belle, et on comprend pourquoi grand-maman veut qu'il les cache ! Moi, j'ai une robe neuve, ce qui est bien plus intéressant !

— De quelle couleur ? interrogea Brandon avec amusement.

Comme il était heureux d'avoir de nouveau ces deux petits diables auprès de lui ! songea-t-il en respirant avec délices l'odeur de foin et de lavande qu'exhalaient les cheveux de sa fille.

— Ma robe ? Elle sera bleue, répliqua Belle, car elle est assortie à mes yeux ! Mais je ne comprends pas pourquoi vous devez vous marier, ajouta-t-elle en se retournant vers son père. Qu'allez-vous faire d'une épouse, papa ?

Guy et John, qui s'étaient joints au cortège, éclatèrent de rire à cette naïve question.

— Lady Katherine sera pour vous une seconde mère, ma chérie, expliqua Brandon.

— A quoi me servira une mère, rétorqua la fillette, puisque j'ai déjà grand-maman et tante Céleste ? Je n'ai pas besoin d'une femme de plus pour me dire sans cesse ce que je dois faire !

Une voix grave s'éleva tout à coup derrière les jeunes

gens, et sir Thomas Cavendish de Thornbury, monté sur un cheval bai, vint se joindre au petit groupe.

— Votre papa se marie parce que je le désire ! affirma-t-il d'un ton solennel.

— Oh ! s'écria l'enfant.

Elle parut réfléchir un instant, puis conclut avec un léger haussement d'épaules :

— Si c'est vous qui le dites, grand-papa, je suppose qu'il doit en être ainsi.

— Vous me semblez en pleine forme, Brandon, continua le vieil homme en s'adressant à son fils, qu'il inspecta de la tête aux pieds. Mais pourquoi donc êtes-vous habillé en guerrier ?

— Nous partions pour la chasse, lorsque nous vous avons rencontrés, expliqua Brandon.

Le mot « chasse » parut galvaniser le vieillard, qui haussa ses sourcils gris. Bien qu'il fût déjà d'un âge avancé, sir Thomas avait l'air plus guilleret que jamais, et la perspective de traquer le cerf ou le chevreuil allumait encore une étincelle de gaieté dans son regard bleu.

— Quel gibier poursuiviez-vous pour vous être ainsi harnaché ? demanda-t-il à son fils.

— Un dangereux sanglier, répliqua Brandon.

— Diable ! s'écria le vieil homme. Et les ours ? Croyez-vous qu'on puisse encore en trouver par ici ? ajouta-t-il en scrutant les fourrés avec espoir.

— Thomas ! intervint lady Alicia d'un ton réprobateur. Attendez au moins d'avoir rencontré votre future belle-fille avant d'entraîner votre fils dans une de ces randonnées dont vous avez le secret.

Sir Thomas tira sur sa moustache et acquiesça d'un air embarrassé :

— Bien sûr, ma chère !

Et, se retournant sur sa selle, il héla la petite escorte, qui s'était dispersée autour des chariots.

— Nous n'allons pas rester ici toute la matinée, cria-t-il. Allons, en route ! Nous aurons le temps de parler à Bodiam !

— Tenez-vous bien, Francis, conseilla Brandon à son fils. Nous allons prendre un raccourci.

— Oui, monsieur, répliqua le garçonnet en se cramponnant à la taille de son père.

Quelques secondes plus tard, Brandon lançait Windchaser à l'assaut de la colline. Il tenait à regagner le château par le plus court chemin, afin de présenter ses enfants à Kat avant l'arrivée du convoi. Un moment difficile en perspective ! songea-t-il avec appréhension.

Le cheval venait à peine d'atteindre la crête du coteau, lorsque Brandon crut percevoir derrière lui un étrange sifflement. Surpris, il se retourna pour identifier le bruit… et entendit Francis pousser un cri de douleur ! Le garçonnet, dont l'épaule venait d'être traversée par une flèche, lâcha brusquement son père et tomba sur le sol.

Brandon eut l'impression que son sang se figeait dans ses veines. Tirant sur les rênes, il se laissa glisser à terre en entraînant Belle avec lui et plaqua la petite fille dans l'herbe.

— Papa, vous me faites mal ! gémit-elle.

— Restez tranquille, lui intima Brandon en s'allongeant à côté d'elle. Il y a un tireur embusqué dans le bois, et il nous a choisis pour cible !

Comme pour confirmer ces paroles, une deuxième flèche frôla la tête de Brandon, qui jeta un regard désespéré à son fils. Francis gisait à quelques mètres, le visage blafard et les paupières closes. Impossible de l'atteindre pour lui porter secours !

— Maudit Scantling ! marmonna le chevalier.

La vue de l'enfant blessé était plus qu'il n'en pouvait supporter. Comment ce bandit avait-il osé ? se demanda-t-il avec fureur. Il le tuerait de ses propres mains s'il l'attrapait ! Mais, en attendant, il lui fallait protéger Belle et son frère contre cette vipère !

— Nous devons essayer d'atteindre Francis, dit-il à Belle. Quand je bougerai, vous ferez les mêmes gestes que moi, en restant à l'abri de mon corps. Avez-vous bien compris ?

— Ou… oui, papa, balbutia la petite fille. Est-ce que… Est-ce que Francis est mort ?

Brandon serra les mâchoires.

— Je ne sais pas, chuchota-t-il, mais nous devons lui porter secours. Etes-vous prête ? Allons-y !

Un bras fermement passé autour de Belle, Brandon se souleva légèrement, puis se mit à ramper en direction du blessé. La fillette, qui avait parfaitement saisi les instructions de son père, se déplaçait contre lui avec la souplesse d'un chat. Le père et la fille avaient à peine parcouru la distance qui les séparait de Francis, lorsqu'une troisième flèche vint se planter à l'endroit qu'ils venaient juste de quitter.

« Cette fois, je dois appeler à l'aide ! » songea Brandon. Et, tout en couvrant les deux enfants de son corps, il lança aussi fort qu'il put le cri de guerre des Cavendish. Une voix tonitruante lui répondit aussitôt de la route, et, moins d'une minute plus tard, Guy et John le rejoignaient au galop.

— A droite, dans les bois ! leur cria le chevalier en se soulevant sur un coude. Et prenez garde ! Ce fils de chienne est un tireur émérite, ajouta-t-il tandis que les deux hommes s'enfonçaient déjà dans la forêt, suivis de sir Thomas et des hommes de l'escorte, qui s'étaient tous précipités à la rescousse.

Demeuré seul avec les deux enfants, Brandon s'agenouilla près de son fils et put examiner enfin sa blessure. Le trait avait complètement traversé le bras du jeune garçon, et la pointe en acier ressortait près de la clavicule ! Lorsque Brandon toucha la tige, Francis émit un faible gémissement, puis ouvrit péniblement les yeux.

— Ne bougez pas, murmura Brandon. Avez-vous très mal ?

Le garçonnet se mordit la lèvre avant de répliquer :

— Un peu, monsieur, mais c'est supportable !

— Je vais briser la tige, puis retirer la flèche, lui expliqua son père. Tenez !

Il ôta ses gants de cuir, et en plaça un dans la bouche de Francis.

— Mordez ceci, lui conseilla-t-il, cela vous aidera à supporter la douleur. Quant à vous, Belle, vous devriez fermer les yeux. Ce ne sera pas un beau spectacle !

— Non, papa, répliqua la petite fille, qui saisit la main valide de son frère, et la serra fermement dans les siennes. S'il est capable d'endurer sa souffrance, je peux tout de même supporter de le regarder ! Serrez mes doigts, Francis, ajouta-t-elle à l'adresse du blessé, et ne craignez pas de me faire mal.

Les mâchoires contractées, Brandon brisa la tige d'un coup sec, puis ôta de la plaie la pointe acérée de la flèche. Sans perdre un instant, Belle couvrit la blessure avec un pan de sa robe.

— Déchirez un morceau de mon jupon, papa, lui intima-t-elle. Vite, car il perd beaucoup de sang ! Vous n'allez pas mourir maintenant, Francis, n'est-ce pas ? continua-t-elle en scrutant son frère d'un regard inquiet. N'oubliez pas que vous me devez une revanche au piquet !

Du tranchant de sa dague, Brandon coupa plusieurs bandes dans les dessous de Belle, et les noua solidement autour de la plaie béante. A cet instant, Mark s'approcha du trio, tout en guidant Windchaser par la bride.

Alerté par le bruit des sabots, Francis rouvrit les yeux et sourit à son ami.

— Ce n'est qu'une égratignure, Mark, affirma-t-il d'une petite voix.

Et il s'évanouit avant d'avoir pu prononcer un mot de plus !

— Est-ce qu'il est… ? demanda Belle, qui leva vers son père un regard plus anxieux que jamais.

Brandon poussa un long soupir.

— Non, assura-t-il, il s'est seulement trouvé mal.

Avec d'infinies précautions, il souleva son fils dans ses bras et le cala contre sa poitrine.

— Je vais le porter dans le chariot de ma mère, déclara-t-il. Quant à vous, Mark, je vous laisse le soin de ramener Belle jusqu'au convoi. Peut-être pourriez-vous la faire monter sur Windchaser. Elle vient de se montrer parfaitement courageuse, mais elle doit être épuisée !

La fillette sourit à son père, tandis que Mark la hissait sur la selle du pur-sang. Rassuré sur le sort de sa fille, Brandon serra le petit blessé contre lui et le descendit jusqu'à la route. « C'est ma faute, songeait-il tout en marchant. Cette flèche m'était destinée, et c'est Francis qui l'a reçue pour moi ! »

— Qu'est-il arrivé ? demanda lady Alicia, lorsqu'elle eut aidé Brandon à étendre l'enfant sur une litière de paille. Qui a fait cette chose horrible ?

— Un homme qui a juré ma mort… et à qui je viens de rendre la pareille, rétorqua Brandon d'un ton lugubre.

Il voulut se diriger à son tour vers la forêt, mais sa mère l'arrêta d'un geste.

— Il y a déjà là-bas toute une troupe, objecta-t-elle, et nous allons avoir besoin de vous pour escorter Francis à Bodiam. Le château est-il encore loin ?

Brandon secoua la tête.

— Vous n'avez qu'à contourner la colline et à traverser la vallée, assura-t-il. La demeure de lady Katherine est à moins de deux kilomètres.

Lady Alicia serra le bras de son fils.

— Montez dans le chariot, lui enjoignit-elle, et prenez votre fille avec vous. Vous êtes tous deux pâles comme un linge !

Brandon essaya d'échapper à l'étreinte maternelle.

— Je dois aller à la recherche de ce fou ! protesta-t-il.

Mais lady Alicia le secoua sans ménagement.

— Pour qu'il puisse vous tirer de nouveau dessus ? interrogea-t-elle. Je trouve que c'est assez pour la journée !

Allons, Brandon, venez avec nous. Ce n'est pas le moment de nous donner un échantillon de votre caractère de mule !

Le chevalier voulut argumenter, mais sa mère lui jeta un regard furieux qui le réduisit au silence. Tournant les yeux vers Belle, il constata que la petite fille était blême et tremblante, bien qu'elle se cramponnât sans défaillir à la main de son frère.

— Très bien, acquiesça Brandon.

Avec un nouveau soupir, il s'installa près de Céleste et prit sa fille sur ses genoux.

— Regagnez Bodiam au galop, ordonna-t-il à Mark, et racontez à lady Katherine ce qui s'est passé. Vous savez de quelle dame je veux parler ?

— Oui, monsieur, répliqua Mark avec un léger clin d'œil.

Et, sans même s'aider des étriers, il grimpa sur sa monture et s'élança sur la route au galop.

Lorsque le jeune homme eut disparu, Brandon dédia à sa mère un faible sourire.

— Vous pouvez être fière des enfants, affirma-t-il en caressant les cheveux de Belle. Ce sont les plus braves que j'aie jamais connus !

Lady Alicia tapota la main de son fils.

— J'ai toujours été fière de *tous* mes enfants ! précisa-t-elle.

La matinée avait commencé fort plaisamment pour Kat, qui avait passé de longs moments à confectionner des bouquets de fleurs sèches, destinés à embaumer les chambres du château en prévision de la visite royale. Puis elle avait discuté avec Philippe de la composition du repas de noces, avant de s'occuper chiffons avec Miranda. Elle se trouvait dans la grande salle avec sa cousine et Sondra, lorsque Mark arrêta son cheval brusquement devant la porte d'entrée, et se précipita dans la pièce pour apprendre à ces dames la terrifiante nouvelle : Brandon avait été attaqué par un inconnu sur les terres mêmes du château !

— Et ce n'est pas tout, continua le jeune homme. La famille du comte va arriver d'un instant à l'autre, et il y a un blessé dans ses rangs !

Kat pâlit brusquement.

— Ce n'est pas Brandon, au moins ? interrogea-t-elle d'une voix terrifiée.

— Non, milady, répliqua Mark. C'est son petit page, Francis Bardolph, qui voyageait avec le comte et la comtesse de Thornbury.

A cette nouvelle, Sondra laissa choir son aiguille.

— Le malheureux ! s'écria-t-elle. Est-il gravement blessé ?

— Une flèche lui a transpercé le bras, expliqua le jeune homme. Lord Cavendish l'a ôtée, mais l'enfant a perdu beaucoup de sang. Francis n'a que neuf ans, mademoiselle Sondra.

A ce récit, Miranda leva les bras au ciel.

— Pauvre chéri ! s'exclama-t-elle. Il faut faire quelque chose.

Sans perdre un instant, Kat se tourna vers la gouvernante :

— Préparez un pansement imbibé d'onguent, Sondra. Il faut d'abord assainir la plaie. Puis nous transporterons le blessé dans la chambre qui jouxte la mienne.

Sondra ferma son panier à couture et se leva.

— Très bien, déclara-t-elle, je m'en occupe.

Restée seule avec sa cousine, Kat songea ensuite à la réception de ses hôtes.

— Miranda, allez vite dire à Montjoy que nous avons des invités inattendus. Surtout, annoncez-lui la nouvelle avec précaution. Je ne veux pas que le malheureux nous fasse une attaque !

Miranda hocha la tête et se précipita à son tour dans le corridor, à la recherche du régisseur et des servantes.

Restée seule avec le jeune page, Kat se tordit nerveusement les mains.

— Oh ! Mark, s'écria-t-elle, est-ce que sir Brandon est vraiment sain et sauf ?

— Oui, milady, affirma le jeune homme. Mais il est furieux, et a juré de se venger. Jamais je ne l'ai vu ainsi !

— Pauvre Brandon, murmura la jeune femme.

Mark la regarda d'un air embarrassé, et se balança un instant d'un pied sur l'autre avant de déclarer :

— Milady, il y a autre chose que vous devriez savoir, mais je ne sais vraiment par quel bout m'y prendre pour vous l'annoncer !

Effrayée, Kat leva les yeux vers son interlocuteur et comprit aussitôt qu'il devait s'agir de mauvaises nouvelles.

— Que voulez-vous m'apprendre, Mark ? interrogea-t-elle en posant la main sur l'épaule du jeune homme.

— Je sais que sir Brandon avait l'intention de vous en parler lui-même, mais le temps a passé très vite depuis notre arrivée à Bodiam, et…

— Au nom du ciel, Mark, allez-vous enfin parler ? s'exclama Kat, dont les nerfs étaient tendus à se rompre.

Ainsi bousculé, le page prit une profonde inspiration avant de déclarer :

— Il y a une petite fille dans le convoi. Son nom est Belle Cavendish. Elle a neuf ans elle aussi, et elle est la fille naturelle de… sir Brandon !

— Oh ! murmura Kat.

Incapable de rester debout une seconde de plus, la jeune femme s'effondra sur le coussiège, et Mark s'agenouilla à côté d'elle.

— Milady, chuchota-t-il d'un ton inquiet, allez-vous bien ?

Kat déglutit péniblement et donna un léger coup sur l'épaule du jeune homme.

— Je suis… heureuse que vous m'ayez dit cela, Mark, affirma-t-elle.

— Vraiment ? Je sais bien que ce n'était pas mon rôle, mais

la ressemblance entre Belle et son père vous aurait frappée de toute façon, et j'ai pensé qu'il valait mieux vous prévenir.

— Vous avez bien fait, articula Kat, qui réussit à prendre une profonde inspiration. Je vous en suis très reconnaissante !

— Sir Brandon avait les deux enfants avec lui sur son cheval lorsqu'il a été attaqué, expliqua Mark. En fait, Francis a reçu la flèche qui lui était destinée.

— Merci de ces informations, murmura la jeune femme. Cela me permettra peut-être de comprendre... plus tard. Je crois que...

Elle fut interrompue par un léger brouhaha qui montait de la cour, et jeta un coup d'œil par la fenêtre. Deux chariots venaient de s'engager sur le pont-levis du château et n'allaient pas tarder à s'immobiliser devant la porte. Sans doute était-ce déjà les Cavendish qui arrivaient !

Retroussant ses jupes, Kat sortit de la pièce en hâte et se précipita dans l'escalier, suivie du jeune page. Après tout, peu importaient les raisons pour lesquelles Brandon avait omis de lui parler de sa fille, songea-t-elle. L'essentiel, dans l'immédiat, était de soigner le jeune Bardolph. Le temps des explications viendrait plus tard !

Lorsque la jeune femme déboucha dans la cour, Brandon avait déjà sorti Francis du chariot et se dirigeait avec lui vers l'escalier. Si l'enfant était pâle comme un mort, celui qui prenait soin de lui ne valait guère mieux ! Jamais Katherine n'avait vu le chevalier dans un pareil état. « On dirait qu'il porte un masque blanc », se dit-elle avec effroi.

— Mark vous a dit ? s'enquit Brandon lorsqu'il aperçut la maîtresse de maison.

— Oui, il m'a appris beaucoup de choses, déclara Kat d'une voix aussi neutre que posssible. Montez le blessé dans la chambre qui se trouve à côté de la mienne. Sondra a tout préparé.

Et, comme Brandon fixait sur elle un regard insistant, elle ajouta :

— Nous parlerons plus tard, milord. Pour l'instant, il faut que nous nous occupions de votre petit page !

D'un geste instinctif, Brandon serra l'enfant contre lui et lança à mi-voix :

— Francis est également mon fils !

Médusée par cette déclaration, Kat demeura sur place, incapable d'esquisser le moindre geste, tandis que Brandon gravissait les marches et pénétrait dans le château. Puis elle leva les mains dans un geste de totale impuissance. Combien d'enfants cet homme lui cachait-il encore ? s'interrogea-t-elle avec effroi.

Chapitre 17

Une demi-heure plus tard, le château avait enfin retrouvé un peu de calme, tous ses hôtes s'étant retirés dans leurs chambres respectives pour s'y reposer un peu. Brandon, quant à lui, était demeuré près de son fils, tandis que Mark et Polly, la gouvernante des Cavendish, se promenaient avec la petite Belle dans le jardin. « Je suis heureuse de ne pas avoir encore rencontré l'enfant, se dit Kat avec soulagement. Dans quelques instants, ce sera parfait, mais pour le moment je ne suis pas encore tout à fait préparée à jouer les mamans ! »

En attendant, il lui restait encore à assumer son rôle de maîtresse de maison ! Aussi se rendit-elle sans plus attendre chez sa future belle-mère, pour s'assurer que celle-ci ne manquait de rien.

— Je vous prie de m'excuser si je ne puis rester longtemps auprès de vous, dit-elle à lady Alicia après avoir jeté sur l'appartement un regard attentif, mais je dois aller voir comment votre… comment se porte le petit page de sir Brandon, se reprit-elle d'un air confus. Notre Sondra est une excellente herboriste, et entre ses mains le blessé ne tardera pas à aller mieux, j'en suis persuadée.

La mère de Brandon eut un sourire compréhensif.

— Je suis sûre que Francis a tout ce qu'il lui faut, déclara-t-elle. A mon avis, c'est vous qui avez besoin maintenant d'un bon reconstituant.

— Moi, milady ? interrogea Kat. Mais je vais très bien !

— Allons donc ! Quand un futur mari présente à sa fiancée

une kyrielle d'enfants dont elle ne soupçonnait même pas l'existence, la malheureuse a plus de raisons qu'il n'en faut pour se sentir un peu faible !

— Vous êtes la sagesse même, milady.

Lady Alicia eut un petit rire.

— Quand on a passé trente ans à essayer de comprendre des hommes aussi imprévisibles que sir Thomas et ses deux têtes brûlées de fils, on a une certaine expérience des êtres humains ! expliqua-t-elle. Voyons, asseyez-vous un instant, cela me fera plaisir. Voulez-vous partager une coupe de vin avec moi ?

Et, sans laisser à Kat le temps de proférer un mot, la vieille dame remplit d'autorité deux gobelets, et en tendit un à sa compagne.

— Ne pensez pas trop de mal de Brandon ! reprit-elle en s'asseyant sur le coussiège.

Elle désigna à Kat un coin de banquette, et, lorsque la jeune femme se fut installée à côté d'elle, elle ajouta en secouant la tête :

— Les choses ne sont pas toujours ce qu'elles paraissent.

Kat sirota un peu de vin frais avant de répliquer :

— Il y a déjà un mois que lord Cavendish et moi jouons avec les apparences, milady !

— Hum… Brandon a dû vous dire que Francis était son fils, mais la vérité n'est pas aussi simple !

— Que voulez-vous dire ? demanda Kat, qui ne savait plus trop où elle en était.

— Je vais tâcher d'éclairer votre lanterne en étant aussi précise que possible. Peut-être avez-vous déjà entendu parler de lady Olivia Bardolph…

— Est-ce une dame de la cour ?

Lady Alicia fronça les sourcils.

— « Dame » n'est pas exactement le mot que j'emploierais pour parler d'elle ! Disons plutôt qu'elle habite la cour, sous la haute protection de son mari, sir Richard Bardolph.

Oh ! j'ai souvent éprouvé beaucoup de compassion pour ce pauvre homme !

La vieille dame secoua la tête et ajouta :

— A vrai dire, lady Olivia collectionne les amants avec la même insouciance qu'elle cueillerait des fleurs par un bel après-midi d'été !

— Seigneur ! s'écria Kat, un peu gênée par le parler sans détour de lady Thornbury.

— Après avoir donné trois fils à son mari, la belle Olivia en a eu assez d'être enterrée à la campagne, et elle a prié sir Richard de l'amener vivre à la cour. La bonne reine Catherine était alors enceinte, et le roi, qui n'a jamais été dans ces cas-là très patient, était en manque de divertissement, si vous comprenez ce que je veux dire !

— Je suppose qu'il en a trouvé auprès de lady Olivia, insinua Kat.

— Exactement. A vrai dire, la liaison fut brève et ne laissa pas de traces, mais après cela les charmes de la dame avaient acquis une certaine notoriété auprès des gentilshommes de la cour. Que pouvait faire le malheureux sir Richard ?

— Il aurait dû ramener son épouse à la campagne !

— Cela aurait été une sage solution, mais il n'a pas eu le courage de l'imposer à sa femme. Lady Olivia s'est alors mise à lui donner un enfant par an… tous de pères différents !

— Dieu du ciel ! s'exclama Kat en ouvrant de grands yeux.

— Puis le roi se rendit en France, pendant l'été 1520, pour y rendre visite à François Ier. Vous avez certainement entendu parler du Camp du Drap d'or ?

La jeune femme hocha la tête. Elle avait de bonnes raisons de se souvenir de l'épisode ! songea-t-elle. Mariée alors à Fitzhugh, elle n'avait pu accompagner la cour en France, car son mari le lui avait formellement interdit. Edward s'était donc embarqué sans elle, et, à son retour, il avait pris un malin plaisir à lui décrire toutes les festivités auxquelles il avait pris part, tandis qu'elle demeurait confinée à Bodiam !

— Je n'ai pas oublié, déclara-t-elle laconiquement.

— Pour ma part, j'y suis allée avec mon mari et mes deux fils, précisa lady Alicia, dont les yeux brillèrent à cette évocation. Mes garçons étaient alors dans toute la fleur de la jeunesse, et assez beaux pour faire la fierté de la plus exigeante des mères ! Brandon avait vingt et un ans, et Guy une année de moins. Toutes les dames de la cour en étaient folles.

Kat inclina la tête en souriant. Voilà qui n'était pas difficile à comprendre ! se dit-elle. Agé aujourd'hui de trente et un ans, Brandon était encore plus que séduisant. Dix ans plus tôt, il devait être tout simplement…

— Divin ! s'écria lady Alicia, comme si elle avait eu le pouvoir de lire dans les pensées de sa compagne, et son frère ne le lui cédait en rien. Lady Olivia voulait absolument les ajouter à son tableau de chasse, et elle ne se privait pas de coqueter avec eux en ma présence.

— Quelle éhontée ! s'exclama Kat.

— C'est exactement le mot que je lui ai jeté à la face, mais elle n'a fait qu'en rire, et m'a rappelé que mes fils étaient désormais assez grands pour jouer à l'amour si bon leur semblait !

— Elle a donc conçu Francis là-bas…

— Oui, mais comme elle avait également accordé ses faveurs au roi François, elle a prétendu en rentrant qu'elle attendait un bâtard de souche royale. Quand le bébé est né, elle l'a appelé Francis pour souligner ses prétendues origines. Mais l'enfant, en grandissant, s'est mis à ressembler de plus en plus à un Cavendish, comme vous avez pu le constater vous-même !

— L'un de vos fils l'a donc engendré, conclut Kat. Mais comment savoir si c'est vraiment Brandon ? Guy et lui ont tout de même plus d'un trait commun, d'après ce que j'ai pu voir !

— C'est indéniable, et nul ne saurait dire lequel des deux est le père de Francis, pas même lady Olivia ! Quoi qu'il en soit, nous ignorions tous l'existence de cet enfant, jusqu'à ce que sir Richard envoie une lettre à mon mari, il y a environ dix-huit mois, pour lui demander s'il consentirait à accueillir l'un de ses bâtards — ce dernier mot est de moi, bien entendu !

— Je l'avais compris, murmura la jeune femme avec un sourire.

— Quand Francis est arrivé, nous avons tout de suite compris qu'il était l'un des nôtres ! Et comme Guy venait juste d'entrer chez les franciscains…

Kat se demanda si elle avait bien entendu.

— Votre fils cadet a été prêtre ? interrogea-t-elle avec stupéfaction.

Lady Alicia éclata de rire.

— Brandon ne vous a donc pas raconté l'histoire ? demanda-t-elle.

Kat dissimula un sourire derrière sa timbale.

— Il n'en a guère eu le temps, observa-t-elle.

— Guy s'était imaginé qu'il avait une vocation de moine, mais il n'en était rien, bien entendu, et je bénis le ciel que Céleste soit entrée dans sa vie avant qu'il n'ait prononcé ses vœux définitifs ! Mais, pour en revenir à mon histoire, Brandon, en l'absence de son frère, a décidé de se charger de Francis. Il en a fait son page, et le gamin passerait dans le feu pour lui !

— Mais… Francis sait-il qu'il est un Cavendish ?

Lady Alicia secoua la tête.

— L'enfant ignore tout, assura-t-elle. Sir Richard Bardolph est un faible, mais c'est un homme d'honneur. Il a donné son nom à tous les enfants d'Olivia, et Francis doit être persuadé qu'il est un Bardolph.

— Brandon compte-t-il lui apprendre la vérité ?

— Plus tard, sans doute. Pour l'instant, Francis est encore trop jeune, bien qu'il soit indéniablement plus intelligent que la plupart des garçonnets de son âge.

Kat acheva son vin dans un silence pensif.

— Et… la petite fille ? interrogea-t-elle lorsqu'elle eut reposé son gobelet. Est-elle la sœur de Francis ?

La vieille dame lui tapota la main avec une sympathie qui n'était pas feinte.

— Non, répondit-elle. Belle est vraiment la fille de Brandon.

Kat sentit son cœur se serrer à ces simples mots. « Allons, se réprimanda-t-elle, tu ne vas pas céder à la jalousie ! Brandon a eu sans doute de nombreuses maîtresses, mais il ne t'appartient pas de t'en formaliser ! »

— Belle est un joli nom, remarqua-t-elle en tâchant d'affermir sa voix.

— Sa mère était française, expliqua lady Alicia. Je pense qu'il y a toute une génération de bambins de neuf ans qui ont dû être conçus par des seigneurs anglais dans les mêmes conditions ! Que voulez-vous ? Mes fils étaient alors d'ardents jeunes gens, et les distractions de la cour étaient toutes nouvelles pour eux ! Mais c'était il y a dix ans, et Brandon depuis lors a mûri. Il est devenu le plus aimant des pères.

Malgré cette lénifiante assertion, Kat eut du mal à réprimer quelques larmes. Pourquoi se sentait-elle blessée au vif par les frasques passées de Brandon ? s'interrogea-t-elle. Les hommes, c'était bien connu, avaient certains besoins à satisfaire.

— Parlez-moi de la mère de Belle, demanda-t-elle à la vieille dame.

Mais lady Alicia secoua la tête.

— Cette fois, je laisserai à mon fils le soin d'aborder ce sujet, déclara-t-elle. Mais ne vous inquiétez pas, mon enfant. Je peux vous assurer qu'il n'a jamais revu la mère depuis !

Depuis… quand ? se demanda Kat avec amertume. Mais elle chassa aussitôt cette insidieuse pensée. « Prends ce que tu as, et n'en demande pas davantage, se morigéna-t-elle. Brandon sera tien le jour de la Saint-Jean, et cela devrait te suffire ! »

— Je dois maintenant aller voir Francis, dit-elle en se

levant brusquement. Le repas sera prêt dans une heure, et je viendrai alors vous chercher. Merci de vos bonnes paroles !

La mère de Brandon sourit et lui jeta un regard scrutateur.

— Je vois que vous aimez mon fils, remarqua-t-elle, et j'en suis heureuse. Suivez votre cœur et laissez faire le reste. Vous verrez que tout ira bien !

— Dieu vous entende ! murmura Kat, qui quitta la pièce sur ces mots.

Dans le couloir, elle rencontra Sondra, qui se hâtait vers la chambre du blessé, un gobelet couvert à la main.

— Comment va l'enfant ? interrogea Kat.

— Il se repose tranquillement, répondit la jeune gouvernante. Sa blessure ne saigne plus, et il a enduré mes soins avec beaucoup de courage. Je viens de lui donner un breuvage qui va l'aider à s'endormir.

— Et cela ? questionna Kat en lui montrant la timbale.

Sondra eut un sourire espiègle.

— C'est pour sir Brandon ! affirma-t-elle. Il ne veut pas l'avouer, mais il a été bouleversé par l'accident de son page, et a grand besoin d'un reconstituant. Mais puisque vous allez justement par là…

D'un geste preste, elle déposa le récipient dans les mains de sa maîtresse et ajouta :

— Je suis sûre qu'il acceptera de le boire si c'est vous qui le lui apportez.

— Je n'en suis pas si sûre, mais j'essaierai de le convaincre. Merci de tout ce que vous avez fait, Sondra !

Le breuvage à la main, Kat s'éloigna en direction de la chambre. Qu'allait lui dire Brandon en la revoyant ? se demanda-t-elle. Pourvu qu'il ne se montrât pas penaud comme un adolescent qui a mal agi ! Elle ne se sentait vraiment pas d'humeur à accepter des excuses.

Parvenue devant la porte, elle posa la main sur le loquet et allait pénétrer dans la pièce, lorsqu'elle perçut à l'intérieur un bruit de voix qui l'arrêta net.

— Mlle Owens affirme que je vais avoir une cicatrice, disait Francis de son timbre enfantin.

— Oui, mon garçon, répliqua Brandon, et vous devez en être fier. Quand vous serez plus âgé, vous saurez que les dames aiment beaucoup ce genre de stigmates !

Kat crispa les doigts autour de la timbale. Brandon parlait-il d'expérience ? s'interrogea-t-elle avec une pointe de dépit.

— Est-ce que lady Katherine aime les vôtres ? questionna Francis.

Le rire de Brandon retentit derrière la porte close.

— Je crains qu'elle ne les ait même pas remarqués, assura-t-il.

Intriguée, Kat haussa les sourcils. De quelles cicatrices Brandon voulait-il parler ? « Je regarderai mieux la prochaine fois, se promit-elle… si toutefois il y a une autre fois ! »

— Comment est lady Katherine, milord ? interrogea de nouveau l'enfant.

Fort intéressée par cette conversation, la maîtresse de maison prêta l'oreille sans vergogne pour mieux entendre la réponse de Brandon.

— C'est la gentillesse et la bonté personnifiées, affirma le chevalier. Elle a un joli visage, et les yeux les plus verts que vous puissiez imaginer.

— Pensez-vous qu'elle m'aimera ? demanda Francis d'une voix inquiète.

Emue par la question, Kat appuya sur le loquet et fit son entrée dans la chambre. Aussitôt, Brandon se tourna vers elle, un chaleureux sourire aux lèvres.

— Kat, voici Francis Bardolph, mon jeune page, annonça-t-il. Francis, je vous présente lady Katherine Fitzhugh, qui est déjà presque ma femme !

Le jeune garçon se redressa légèrement sur l'oreiller et balbutia :

— Mi… milady, je suis votre serviteur !

Kat s'approcha du lit et s'assit sur un tabouret au chevet du blessé.

— Je suis très heureuse de vous connaître, Francis, déclara-t-elle. C'est pour moi un honneur de vous abriter sous ce toit.

Francis cligna des yeux, puis regarda son père d'un air interrogateur.

— Milady fait sans doute allusion au fait que vous m'ayez sauvé la vie, lui expliqua Brandon.

Il sourit de nouveau à Kat, qui se pencha vers l'enfant et déposa un baiser sur sa joue pâle.

— Je vous aime déjà beaucoup, affirma-t-elle, et vous devez me promettre de vous rétablir très vite. Je serais si heureuse de vous voir assister à mon mariage !

— Je ferai mon possible, milady, murmura le petit garçon d'une voix à peine audible.

Il battit deux ou trois fois des paupières et laissa lentement retomber sa tête sur l'oreiller.

— Il dort déjà, remarqua Brandon. Trop tard pour votre tisane, Kat !

La jeune femme secoua doucement la tête.

— Ce breuvage n'était pas destiné à Francis, mais à vous ! expliqua-t-elle. Sondra l'a concocté pour vous, et m'a fait jurer de vous le faire avaler jusqu'à la dernière goutte.

Brandon souleva le couvercle du récipient et respira l'odeur épicée de la potion.

— Ce liquide donne-t-il l'oubli, Kat ? interrogea-t-il. Je voudrais bien pouvoir extirper de ma mémoire ce qui s'est passé ce matin.

Il lança un tendre regard à l'enfant endormi et ajouta :

— J'ai cru que le monde allait s'arrêter de tourner, lorsque j'ai vu Francis couché sur le sol, l'épaule transpercée par cette flèche qui m'était destinée !

Bouleversée, Kat lui tendit le gobelet avec un sourire encourageant.

— Buvez, mon amour, lui intima-t-elle. Cela apaisera votre esprit pour quelques heures au moins.

Brandon obéit et vida la timbale d'un trait. Puis il regarda Kat avec détermination.

— Je sais ce qui me soulagerait bien plus efficacement qu'une boisson, lança-t-il brusquement. C'est de me confesser à vous !

Il reposa la timbale vide sur la table de chevet et poursuivit :

— Voulez-vous faire un tour au jardin avec moi, Kat ?

— Volontiers, murmura la jeune femme.

Après avoir refermé doucement la porte, les deux jeunes gens descendirent l'escalier qui menait au grand hall. En longeant la salle du rez-de-chaussée, ils aperçurent les servantes de lady Alicia qui se débattaient au milieu d'un amas de sacs de voyage, de coffres et de paniers. « Combien de temps les Cavendish ont-ils donc l'intention de rester ? » s'interrogea Kat avec amusement. A voir ce déploiement de bagages, on pouvait craindre en effet que Céleste ne mît son enfant au monde à Bodiam, cinq mois plus tard !

Brandon hâta le pas pour fuir ce remue-ménage, et conduisit sa compagne dans la roseraie, où ils purent enfin respirer un peu, loin de l'agitation qui régnait au château. Les allées étaient en effet particulièrement tranquilles, et l'on n'entendait qu'un rire de fillette, qui s'élevait de temps à autre du côté du terrain de tir à l'arc.

— C'est Belle, ma fille, murmura Brandon. Je sais que je vous dois à ce propos une explication, ajouta-t-il en s'asseyant près de la jeune femme sur un banc de pierre.

Kat eut un sourire contraint.

— Aviez-vous l'intention de me révéler l'existence de vos enfants après la lune de miel ? demanda-t-elle.

Brandon lui lança un regard indéchiffrable avant de répondre :

— Franchement, je n'avais pas encore pris de décision ! Au début, j'étais censé être Stafford, et ne pensais à rien d'autre qu'à bien jouer mon rôle. Ensuite, lorsque nous nous sommes révélé l'un à l'autre notre véritable identité, je suis devenu lâche, je le crains. Je ne voulais pas gâcher ce que j'étais en train de vivre avec vous. En fait, j'avais peur que vous ne preniez mal cette révélation !

— Pourquoi ? A cause de vos autres... femmes ?

— Oui, avoua Brandon sans la quitter des yeux. J'ai eu une vie sentimentale plutôt agitée, c'est vrai. J'étais jeune, et la vanité m'avait tourné la tête, voilà ma seule excuse.

— Votre mère m'a parlé de Francis. Je suis vraiment heureuse de l'accueillir à Bodiam.

Emu par cette affirmation, Brandon prit la main de la jeune femme et la porta à ses lèvres.

— Mais lady Alicia ne m'a pas dit un mot de Belle, continua Kat. Elle prétend que c'est vous qui devez le faire.

Brandon poussa un bref soupir et commença :

— La mère de la petite était une jeune fille de Calais. Son père fournissait en vin la tente immense où les deux rois se rencontraient, et faisaient assaut de faste pour s'éblouir l'un l'autre. Yvette accompagnait son père dans ses tournées journalières, et au fil des jours elle devint la... partenaire de tous les hommes du camp. Me comprenez-vous ?

Kat ne put s'empêcher de rougir.

— Une prostituée ! murmura-t-elle.

— Pas exactement, corrigea Brandon. C'était une fille du peuple, fascinée par l'élégance et la richesse des beaux messieurs qui tournaient autour d'elle. Elle n'était pas avare de ses faveurs, et j'ai profité souvent de sa... générosité. Quand j'y repense, je me demande comment j'ai pu être aussi insensé !

— Vraiment ? interrogea Kat, ravie d'entendre Brandon faire son *mea culpa*.

— Oui, j'étais l'imprudence même. J'aurais pu attraper n'importe quelle maladie vénérienne !

— Oh ! soupira Kat, manifestement déçue.

Les remords de Brandon n'allaient décidément pas très loin ! se dit-elle avec amertume.

— Regardez-moi, Kat ! lui intima le chevalier, qui avait parfaitement compris ce qui se passait en elle.

Et, joignant le geste à la parole, il lui prit le menton pour l'obliger à lever le visage vers lui.

— J'aimais Yvette avec mon corps, assura-t-il, et mon cœur n'était pas le moins du monde engagé dans cette relation. Me croyez-vous ?

— Oui, murmura la jeune femme.

Elle déglutit péniblement et ajouta :

— Comment avez-vous su, pour Belle ?

— Après deux semaines de réjouissances, nous retournâmes en Angleterre, et j'oubliai promptement Yvette. Vous comprenez, il y avait lady Bardolph, dont ma mère a dû vous entretenir !

— Oui, chuchota Kat, qui se sentait décidément le cœur lourd.

Ainsi, songea-t-elle, il y avait eu une suite à l'histoire de la belle Olivia… Quel charme ne devait pas avoir cette enchanteresse, pour avoir entraîné tant d'hommes dans son sillage !

— Elle nous rendait fous, Guy et moi, reprit Brandon, et elle avait même séduit notre ami Stafford. Cette femme prenait tout ce qui lui tombait sous la main. Il suffisait que le candidat fût jeune, beau et amusant !

Choquée par ces paroles un peu lestes, Kat fit de son mieux pour cacher son embarras.

— Olivia ne tarda pas à me congédier, poursuivit le chevalier, et je me consolai de son abandon comme je pus. Un an et demi plus tard, le roi séjournait à Greenwich, et je me trouvais dans son entourage, lorsque deux nonnes débarquèrent à la cour. C'est un jour que je n'oublierai jamais, aussi longtemps que je vivrai.

Il s'interrompit un instant et caressa la main de Kat avant d'ajouter :

— Les deux femmes avaient un bébé avec elle, et elles dirent qu'elles désiraient parler à Brandon Cavendish. Vous imaginez les plaisanteries et les quolibets des courtisans. Deux religieuses à la recherche du père d'une petite bâtarde ! C'était plus qu'il n'en fallait pour susciter leurs moqueries.

— La chose est assez étrange, en effet. Que s'était-il donc passé ?

— Peu après mon départ, les parents d'Yvette avaient découvert qu'elle était enceinte, expliqua Brandon. Ils l'avaient envoyée aussitôt dans un couvent, où elle avait mis l'enfant au monde avant de l'abandonner !

Ses yeux s'assombrirent à ce souvenir, et ce fut d'un ton indigné qu'il poursuivit :

— Elle laissa le bébé sans un regard en arrière, heureuse d'être débarrassée de ce fardeau importun. Avant de quitter les sœurs, elle leur laissa mon nom, en précisant que j'étais l'un des courtisans du roi Henri VIII. Les nonnes gardèrent l'enfant, et la prénommèrent Belle. Et lorsque deux d'entre elles durent se rendre à Londres, quelques mois plus tard, la supérieure leur confia le bébé, avec pour mission de retrouver son père. Après tout, avait-elle dû penser, ce jeune Cavendish était riche et avait les moyens d'entretenir sa progéniture !

Kat s'éclaircit la voix et demanda :

— Saviez-vous quc l'enfant était de vous ?

— J'en ai été persuadé au moment même où je l'ai prise dans mes bras. Dès que j'ai vu Belle, je l'ai immédiatement aimée !

Il secoua doucement la tête et ajouta :

— Je ne m'attendais pas que la paternité me change à ce point ! J'amenai Belle chez mes parents, à Wolf Hall. J'étais mal à l'aise lorsque je dus expliquer les choses à ma mère…

Il sourit à Kat et observa :

— Mais ce n'était rien par rapport à ce que j'éprouve maintenant devant vous. A vrai dire, je me sens comme un écolier pris en faute !

Touchée, Kat lui pressa la main.

— Continuez, mon amour, murmura-t-elle.

— Ma mère fut ravie de prendre Belle sous sa protection, poursuivit Brandon, réconforté par ce témoignage de sympathie. Elle n'avait eu que des garçons à élever, et elle était heureuse d'avoir enfin une petite fille à choyer. Et choyée, Belle le fut, vous pouvez m'en croire ! Avec son caractère décidé, elle eut tôt fait de dominer toute la famille. Je crains qu'elle ne vous donne beaucoup de besogne, si vous acceptez de lui servir de mère !

Kat hocha la tête.

— Elle est à vous, Brandon, et donc un peu à moi aussi. C'est avec joie que je l'accueillerai sous ce toit !

Brandon lui effleura les lèvres d'un baiser.

— Merci, ma douce, répliqua-t-il. Mais je dois vous prévenir : c'est à une petite diablesse que vous allez avoir affaire !

— Je serai heureuse de prendre soin de vos enfants, Brandon, affirma Kat.

Elle se troubla et prit une profonde inspiration. Le moment était venu, songea-t-elle, d'informer Brandon qu'elle n'était pas sûre de pouvoir lui donner un autre héritier.

— Je ne sais…, commença-t-elle.

Mais elle n'eut pas le temps d'achever sa phrase. Brandon s'était brusquement penché vers elle, et l'embrassait avec une fougue qui la laissa pantoise. Emportée par la passion, elle lui passa les bras autour du cou et le serra contre elle comme si elle ne voulait plus jamais le laisser partir. Ce fut un moment d'infini, où s'abolirent le temps et l'espace. Kat avait tout oublié : aveux, doutes, réticences. Seul comptait Brandon, qui représentait pour elle plus que le monde entier !

— Papa ! cria à cet instant précis une impérieuse voix de fillette. Je vous vois, savez-vous ! Qu'êtes-vous en train de faire à cette femme ?

Chapitre 18

Surpris, Brandon releva la tête et aperçut Belle, sa fille, qui l'examinait avec indignation, les deux mains posées fermement sur ses petites hanches. Quant à Kat, elle dut se mettre la main sur la bouche pour dissimuler un sourire, tant la situation lui parut amusante.

— Papa ! insista l'enfant, qui voyait parfaitement l'embarras de son père, mais avait apparemment décidé de se montrer désagréable jusqu'au bout.

A cet instant, Mark et Polly apparurent brusquement au détour d'une allée.

— Excusez-nous, milord ! s'écria le page en se précipitant vers le trio. Il y a encore une minute, elle était avec nous, et la minute d'après…

— C'est votre faute, interrompit Belle en se tournant vers lui. Vous étiez si occupé à conter des fadaises à Polly, que vous ne faisiez plus du tout attention à moi. J'aurais pu tomber à vos pieds, le corps transpercé d'une flèche, que vous ne vous en seriez pas même aperçu !

— Belle, assez ! cria Brandon. Ne trouvez-vous pas que nous avons assez entendu parler de flèches pour aujourd'hui ?

Le regard bleu de la petite fille se troubla quelque peu.

— Oh ! ce n'était qu'une image ! s'empressa-t-elle d'expliquer. Je voulais seulement faire comprendre à Mark et à Polly qu'ils s'étaient mal comportés avec moi !

Brandon fronça les sourcils, profondément déçu par l'attitude de sa fille. Qu'est-ce que Kat allait penser de cette petite rebelle ? s'interrogea-t-il. En tout cas, ce n'étaient pas là les conditions idéales pour présenter la fillette à sa future belle-mère !

— Belle ! s'écria-t-il. Vous savez très bien que vous n'auriez pas dû vous éloigner de Polly, et que c'est vous la coupable ! Vous n'êtes qu'une invitée ici, et je vous prie de ne pas l'oublier.

Après cette diatribe, il se tourna vers Kat et lui prit la main.

— Lady Katherine, continua-t-il, puis-je vous présenter ma fille, Belle Maria Cavendish ?

La jeune femme se tourna vers la petite fille et lui sourit chaleureusement.

— Quel magnifique prénom ! s'exclama-t-elle. Je suis très heureuse de vous connaître, Belle.

L'enfant dévisagea son interlocutrice comme si elle avait en face d'elle une créature exotique venue tout droit des Amériques, puis elle fit une petite moue. Outré, Brandon se renfrogna de plus belle. Comment cette petite mule pouvait-elle le mettre dans une situation aussi embarrassante ? se demanda-t-il, alors qu'elle était d'habitude la plus aimante des filles ?

— Belle, fit-il en continuant la cérémonie des présentations, voici lady Katherine Fitzhugh.

La fillette fronça le nez, mais comme son père la regardait avec insistance elle se résigna à esquisser une courte révérence.

— Très honorée, grommela-t-elle, sans quitter des yeux la pointe de ses chaussures.

Toujours aussi imperturbable, Kat se pencha vers l'impertinente et déclara :

— Bienvenue à Bodiam, Belle. J'espère que vous aimerez cet endroit.

Belle se frotta les narines, puis jeta un rapide regard à son père avant de répliquer d'un air de défi :

— Je n'en suis pas sûre, car vos douves puent. On dirait qu'il y a un cadavre dedans !

Brandon serra les poings. Cette fois, songea-t-il, c'en était trop !

— Belle ! intervint-il d'un ton menaçant.

Mais Kat lui saisit le bras pour calmer la tempête, avant de se tourner de nouveau vers la petite sauvageonne, qui semblait très contente d'elle-même.

— Vous avez mis le doigt sur le problème, dit-elle tranquillement. Il y a longtemps que nous nous sommes fait la même remarque, mais sans pouvoir trouver de solution. Que suggérez-vous ?

Soulagé de constater que Kat restait aussi sereine, Brandon se détendit légèrement. Il osait à peine imaginer comment aurait réagi l'une de ses conquêtes de la cour dans une telle situation. Dieu merci, c'était à Kat que le roi avait décidé de le marier ! Pour une fois, Henri avait eu la main la plus heureuse du monde.

— Mon papa va s'en occuper, répliqua Belle en jetant une œillade à son père. Il sait tout faire et peut résoudre n'importe quel problème.

Brandon émit un léger grognement, tandis que Kat haussait les sourcils et demandait :

— Vraiment ? Je suis ravie que vous m'appreniez cela, Belle. Brandon, je confie donc à vos soins les douves de Bodiam… et leur odeur !

Le chevalier regarda sa fille de travers. Grâce à la malignité de ce petit lutin de neuf ans, il allait devoir faire face dans un très proche avenir à une tâche particulièrement désagréable, dont il se serait fort bien passé ! se dit-il avec mauvaise humeur.

— Ce sera avec plaisir, mesdames, déclara-t-il à contrecœur. Mais en attendant, lady Katherine, me permettez-vous de dire un mot en particulier à cette jeune fille ?

Kat inclina gravement la tête, bien qu'une lueur amusée brillât dans ses yeux.

— Je dois veiller au repas, qui ne va pas tarder à être prêt, déclara-t-elle. A bientôt, Belle !

Elle quitta le jardin sur ces mots, non sans avoir jeté à Brandon un coup d'œil complice.

Dès que Kat eut disparu, le chevalier entraîna sa fille quelques mètres plus loin, de façon que Mark et Polly ne puissent entendre leur conversation. Puis il se pencha vers elle et la regarda droit dans les yeux.

— Eh bien, mademoiselle l'insolente, reprocha-t-il, qu'est-ce que cela signifie ?

— De quoi parlez-vous, papa ? interrogea la fillette, qui feignit la plus complète innocence.

— Attention, Belle, ma patience a des limites ! Vous savez fort bien que vous avez été impolie avec lady Katherine, qui va devenir bientôt votre belle-mère.

L'enfant se rembrunit à ces mots.

— Oh ! papa, murmura-t-elle, devez-vous vraiment l'épouser ?

— Le roi me l'a ordonné, selon le vœu de votre grand-père. Mais il y a plus que cela, Belle : c'est aussi mon désir le plus cher ! affirma Brandon en articulant nettement la dernière phrase, de façon que la petite fille ne pût se méprendre.

La lèvre inférieure de Belle se mit à trembler, et ce fut d'une toute petite voix qu'elle demanda :

— Allez-vous partir avec elle, papa ? Je serais très malheureuse si je ne vous voyais plus jamais.

Emu, Brandon serra sa fille contre lui.

— Nous allons tous vivre ensemble, assura-t-il.

— Ici, dans ce château qui sent mauvais ?

— N'avez-vous pas dit à lady Katherine que je nettoierai les douves ? Une fois que ce sera fait, on ne respirera plus à Bodiam que le parfum des fleurs !

Belle se serra contre son père et lui passa les bras autour du cou.

— Papa, la dame ne m'aime pas, chuchota-t-elle à son oreille, comme si elle lui confiait un important secret.

— Comment pouvez-vous dire cela ? protesta Brandon. Lady Katherine sera ravie de vous avoir pour fille, j'en suis sûr. La vérité, c'est que c'est vous qui ne l'aimez pas !

Belle haussa les épaules, mais son père savait pertinemment qu'il avait cerné le véritable problème !

— Allons, continua-t-il en caressant la joue de la petite fille, cette matinée a été épuisante pour tout le monde, et je comprends que vous n'aimiez pas vous retrouver dans une maison étrangère. Mais les choses ne sont pas faciles non plus pour moi, et j'ai besoin de votre compréhension. Acceptez-vous de m'aider ?

Belle baissa la tête et parut réfléchir un instant.

— Oui, répondit-elle enfin sans regarder son père.

— Très bien ! C'est une promesse qui engage votre honneur, et je ne manquerai pas de vous la rappeler. Mais il y a autre chose, ma chérie…

— Oui, papa ? interrogea Belle de sa voix la plus angélique.

— Il ne doit y avoir ce soir ni crapaud ni aucune autre créature répugnante dans le lit de lady Katherine ! Entendez-vous ?

L'enfant poussa un soupir à fendre l'âme.

— Oh ! papa, se récria-t-elle, même pas un seul ? Ce serait si amusant !

— Rien du tout, insista Brandon, pas même une minuscule araignée, si vous ne voulez pas avoir affaire à moi !

Belle parut méditer un instant ces paroles, puis elle demanda d'un ton insouciant :

— Est-ce que lady Katherine va faire servir de la tarte aux pommes pour le dessert ?

— Vous le lui demanderez vous-même, répliqua Brandon, ravi de constater que les pensées de sa fille avaient pris un autre cours. Et maintenant, ajouta-t-il, allez vous laver les mains. Il est bientôt l'heure de se mettre à table !

*
* *

L'après-midi s'écoula avec une lenteur désespérante, et Brandon devint de plus en plus nerveux au fil des heures. Pourquoi la petite troupe n'était-elle pas encore rentrée de la forêt ? se demandait-il avec une impatience croissante. Pourvu que rien de fâcheux ne fût arrivé !

Après le repas du soir, il ne put y tenir davantage, et laissant à Kat le soin de distraire ses hôtes, il grimpa sur les remparts afin de scruter les bois, qui s'assombrissaient lentement sous les pourpres rayons du soleil couchant. « Fasse le ciel qu'ils reviennent vite ! » pria-t-il en faisant les cent pas sur le chemin de ronde.

Mais il eut beau interroger du regard routes et sentiers, l'horizon resta désespérément désert.

— Damné Scantling ! s'écria-t-il en frappant de son poing le muret de pierre. Vous n'échapperez pas à ma vengeance.

« Il est facile de menacer en paroles, lui répliqua aussitôt la voix de sa conscience, mais qu'attends-tu pour passer aux actes ? Voilà des heures que tu restes à l'abri dans le château, pendant que ta famille et tes amis courent pour toi les plus grands dangers ! Qu'est-il donc advenu de ton légendaire courage ? »

Bouleversé par cette pensée, Brandon eut tôt fait de prendre sa décision. Malgré l'heure tardive, il allait seller Windchaser, et partir à la recherche de ses proches.

Aussitôt dit, aussitôt fait ! Tremblant d'impatience, Brandon dévala l'escalier en colimaçon et traversa la cour en hâte en direction des communs. Il atteignait juste l'écurie, lorsqu'un bruit de sabots de cheval retentit brusquement sur le pont-levis. Quelques secondes plus tard, John Stafford et Guy apparaissaient tous deux dans l'encadrement de la porte.

— Quelles nouvelles ? interrogea Brandon, tandis que son frère et son ami confiaient leurs montures respectives à un jeune lad. Avez-vous trouvé ce bandit ?

— Pas encore, répliqua Guy en ôtant ses gants. Cet individu est aussi glissant qu'une anguille. Nous avons battu tous les buissons de la forêt sans réussir à mettre la main sur lui !

— Nous avons pourtant découvert sa tanière, précisa Stafford, mais il s'était déjà envolé. Sans doute s'est-il enfoncé plus profondément dans les bois, en entraînant avec lui le pauvre Wormsley.

— A moins qu'il n'ait déjà quitté le comté, suggéra Guy.

Mais Brandon secoua la tête d'un air de doute.

— Je ne crois pas, déclara-t-il. Cet homme a brûlé ses vaisseaux, et doit être désormais prêt à tout pour parvenir à ses fins. A mon avis, il doit encore errer autour de Bodiam !

Cette affirmation ne parut pas troubler son frère outre mesure.

— J'ai besoin d'un bain chaud et d'un bon repas, affirma Guy en s'étirant. Il sera temps demain de reprendre les recherches.

A cet instant, sir Thomas pénétra à cheval dans l'écurie, et mit pied à terre après avoir confié ses rênes à l'un des hommes en armes qui l'accompagnaient.

— Pas de Scantling, mais la promenade n'était pas désagréable, annonça-t-il en s'avançant vers ses fils. Nous finirons bien par trouver ce vilain drôle, foi de Cavendish ! En attendant, comment va Francis ?

— Assez bien, affirma Brandon, qui s'efforçait de ne pas montrer sa déception.

Dès l'aube, se promit-il, il partirait seul sur le sentier de la guerre, et débusquerait lui-même cette vermine. Il ne laisserait à personne d'autre le soin de venger son fils !

— Et maintenant, lui dit sir Thomas, présentez-moi à la dame de céans. A quoi ressemble-t-elle ? A une bonne jument poulinière, j'espère !

Brandon leva les yeux au ciel et tâcha de s'armer de patience.

— Vous aimerez sans nul doute lady Katherine, mon

père, assura-t-il. Elle possède tout ce que j'ai toujours espéré trouver chez une femme !

— Vraiment ? ironisa sir Thomas. Eh bien, montrez-moi donc cette merveille ! Est-elle une bonne maîtresse de maison, au moins ?

Brandon dissimula un sourire.

— N'ayez crainte, elle saura recevoir le roi selon toutes les règles de l'art. Mais peut-être ne savez-vous pas qu'Henri doit assister à notre mariage, accompagné d'une partie de sa cour ?

— Le roi en personne ? répéta le vieil homme en fronçant les sourcils.

— Oui, mais il viendra sous un déguisement.

Sir Thomas haussa les épaules.

— Voilà qui ne m'étonne pas, commenta-t-il. Et quel personnage va-t-il nous jouer cette fois ?

— Robin des Bois, escorté de ses joyeux compagnons.

— Excellente idée ! Nous pourrons ainsi organiser une partie de chasse, répliqua le vieillard, que cette idée enflammait déjà.

— Pour cela, il faut d'abord que nous puissions chevaucher dans la forêt sans être menacés par un tueur, observa Brandon.

— Je vous le promets, mon fils ! Mais d'abord, allons goûter au repas que votre promise a dû faire préparer pour nous. J'ai l'estomac qui crie famine !

Vers 20 heures, la température de Francis se mit à monter de façon inquiétante, et Sondra dut appliquer sur la plaie un nouveau cataplasme de plantes. Puis elle fit boire au blessé une décoction d'écorce de saule pour juguler la fièvre. Mais en dépit de cette médication, le sommeil de l'enfant devint de plus en plus agité au fil des heures.

Par souci des convenances, Kat, ce soir-là, retourna dans la chambre qu'elle partageait avec sa cousine, et éprouva de la reconnaissance envers Miranda, qui l'accueillit de la façon la plus naturelle du monde, sans lui poser la moindre question indiscrète. La jeune fille ne tarda pas d'ailleurs à s'endormir, mais il n'en fut pas de même pour Kat, qui se retourna fiévreusement dans le lit sans parvenir à goûter le moindre repos. « Où êtes-vous, Brandon ? songea-t-elle. Vos bras me manquent, ainsi que la chaleur de votre corps. »

De guerre lasse, la jeune femme finit par se lever et par enfiler son peignoir. « Puisque le sommeil me fuit, autant me rendre utile en veillant Francis, se dit-elle en se glissant silencieusement dans le corridor. La pauvre Sondra doit être épuisée, et sera ravie de pouvoir aller se reposer. »

Elle avait presque atteint la porte de la chambre du petit blessé, lorsqu'un bruit de voix qui montait d'une pièce voisine attira brusquement son attention. Le bruit provenait de la chambre de lady Alicia et sir Thomas Cavendish.

— Elle est séduisante, je vous l'accorde, disait le père de Brandon, mais elle doit avoir près de vingt-huit ans, et c'est beaucoup trop tard pour avoir un premier enfant. A quoi songeait le roi lorsqu'il l'a choisie ? Je lui avais pourtant bien spécifié que je voulais un héritier !

Bouleversée, Kat dut s'appuyer un instant contre le mur. Elle avait l'impression que sir Thomas venait d'exprimer à voix haute ses propres craintes ! Pendant quelques secondes, le silence se fit dans la pièce, puis lady Alicia chuchota quelque chose, et son époux lui répondit à voix haute :

— Bah ! pour Brandon, une femme en vaut une autre ! Quand le roi viendra, je lui demanderai d'annuler ces absurdes fiançailles. Il comprendra parfaitement mes raisons, j'en suis sûr. Je souhaite tant avoir un petit-fils qui puisse hériter de Wolf Hall après ma mort !

Immobile dans le couloir, Kat réprima à grand-peine un sanglot de détresse. Il lui était déjà bien assez cruel que sir Thomas la trouvât trop âgée pour épouser son fils. Mais l'entendre prétendre qu'elle n'était rien d'autre pour Brandon qu'une maîtresse de plus lui brisait littéralement le cœur !

La voix douce de lady Alicia s'éleva de nouveau, sans que Kat pût percevoir le moindre son audible. Puis ce fut de nouveau le timbre grave de son époux, qui y mit beaucoup moins de discrétion.

— Oh ! il l'aura vite oubliée ! disait le vieil homme. Il suffit qu'il retourne à la cour, et je ne lui donne que quelques jours pour lui trouver une remplaçante !

C'en était trop pour Kat, dont le désarroi se changea brusquement en colère. Comment le père de Brandon osait-il parler d'elle avec un tel mépris ? Elle était un être humain, et non une pondeuse dont on ne jauge que les capacités physiques ! Relevant le menton, elle se dirigea résolument vers la chambre de Francis, bien décidée à ne tenir aucun compte des humiliantes paroles qu'elle venait de surprendre.

Lorsqu'elle pénétra enfin dans la pièce, elle trouva Brandon assis au chevet de son fils, immobile dans la lueur de l'unique chandelle qui se consumait sur la table de nuit. Au bruit qu'elle fit en entrant, le chevalier se retourna, et elle put constater qu'il avait le visage très pâle et les yeux cernés.

— Il est brûlant, dit-il en montrant Francis d'un geste désolé.

Kat s'approcha du lit et posa la main sur le front de l'enfant, dont la peau était effectivement sèche et chaude au toucher.

— Sondra m'a assuré que c'était fréquent après ce type de blessure, murmura-t-elle dans l'espoir de réconforter un peu Brandon. Cela ne vous est-il jamais arrivé ?

— Si, soupira Brandon. J'ai combattu contre les Français il y a quelques années, et j'ai reçu plusieurs estafilades. Une flèche m'a même transpercé la cuisse.

— N'avez-vous pas eu de fièvre ensuite ?

— C'est vrai, mais j'étais déjà un homme. Francis, malgré son endurance, n'est qu'un petit garçon !

Ce dernier mot résonna presque comme un sanglot, et Kat se pencha vers Brandon pour lui caresser l'épaule. Le chevalier n'était peut-être pas fidèle en amour, mais il adorait ses enfants, c'était indéniable ! reconnut-elle en son for intérieur.

— Votre fils a hérité de votre force, milord, assura-t-elle, et il ira bientôt mieux.

— Etes-vous une devineresse pour lire ainsi dans l'avenir ?

— Je n'en ai pas besoin, affirma-t-elle avec un léger sourire. Allez vous coucher, maintenant, car vous avez besoin de repos. Je sais que vous avez projeté de vous lever très tôt demain pour continuer les recherches.

— Je suis décidé à mettre la main sur ce brigand, et je suis le seul à pouvoir le faire sortir de son terrier, puisque c'est à ma vie qu'il en veut !

— Prenez garde à vous ! conseilla Kat avec un frisson. Je ne voudrais pas vous voir ramené avec une flèche dans le cœur.

Brandon sourit faiblement.

— Je n'ai aucune intention de me laisser larder comme un animal domestique, assura-t-il.

Obéissant enfin à l'injonction de sa compagne, il se leva et déposa un baiser sur le front de la jeune femme avant de quitter la chambre.

Restée seule avec l'enfant, Kat s'assit à la place de Brandon à la tête du lit. Puis elle prit l'un des linges que Sondra avait laissés sur la table de chevet, près d'un pichet empli d'eau fraîche, et l'humecta délicatement avant de le poser sur le front de Francis. Sensible à ce léger contact, le blessé gémit dans son sommeil.

Kat ne sut pas exactement combien de temps elle était restée ainsi, occupée à changer régulièrement le linge pour rafraîchir le front de l'enfant, qui s'agitait sous l'emprise de la fièvre. Dans le silence du château endormi, le temps semblait s'être à jamais arrêté. Etait-il minuit ou 2 heures du matin, lorsque le loquet de la porte remua légèrement ? Tirée de son hébétude, Kat tressaillit légèrement.

— Qui est là ? demanda-t-elle à mi-voix.

Seul le grincement de la porte lui répondit. Une petite silhouette vêtue d'une longue chemise blanche, un flot de cheveux blonds répandus sur les épaules, venait de pénétrer silencieusement dans la pièce !

— Belle, chuchota Kat, que faites-vous ici ? Il est très tard, et vous devriez être couchée !

Sans un mot, la petite fille s'assit sur le bord du lit et prit la main de son frère.

— Il a terriblement chaud, déclara-t-elle.

Kat se contenta de hocher la tête.

— Quelles médecines a-t-il prises ? continua la fillette, qui s'exprimait avec tout le sérieux d'une grande personne.

— Une tisane d'écorce de saule, et un cataplasme d'herbes.

Belle parut satisfaite, comme si elle approuvait la prescription. Kat mourait d'envie de la prendre dans ses bras, mais elle ne céda pas à la tentation. L'enfant lui avait manifesté trop de froideur ce jour-là pour qu'elle se risquât encore à briser la glace.

— Voulez-vous rester pour m'aider à soigner Francis ? interrogea-t-elle tranquillement.

Après tout, se dit-elle, la petite fille pouvait rattraper le sommeil perdu en dormant tard le lendemain matin. N'était-il pas plus important que tout d'établir avec elle une relation de confiance mutuelle ?

— Je veux bien, répondit Belle avec gravité.

De sa propre initiative, elle prit le linge qui recouvrait le front de son frère, puis le trempa de nouveau dans l'eau, avant de le reposer sur la peau moite du blessé.

— Votre père m'a raconté à quel point vous aviez été intrépide ce matin, reprit Kat après un instant de silence. Il est très fier de vous !

Belle haussa légèrement les épaules.

— Nous ne pouvions laisser Francis mourir, déclara-t-elle.

— Vous devez l'aimer beaucoup, hasarda la jeune femme.

Au lieu de répondre, la fillette prit un autre linge mouillé, et le posa sur le poignet du malade.

— Grand-mère me soigne ainsi, lorsque je suis malade, expliqua-t-elle. Elle dit que cela fait du bien au pouls.

— Elle a certainement raison, dit Kat, qui imita Belle en plaçant un linge sur l'autre bras du garçonnet. Francis et vous devez être très proches, ajouta-t-elle.

— A Wolf Hall, nous jouons souvent ensemble, déclara Belle.

Elle s'interrompit un instant avant de poursuivre d'une voix altérée :

— Il a beaucoup de fièvre, n'est-ce pas ?

— Oui, répondit Kat, qui glissa un bras autour des épaules de la petite garde-malade.

— S'il meurt, balbutia Belle, je… je…

Une larme glissa sur sa joue, et, pour la première fois de la soirée, elle leva vers Kat ses immenses prunelles bleues embuées de pleurs.

— Je l'ai beaucoup tourmenté, avoua-t-elle.

— Et vous le regrettez ?

Belle renifla courageusement.

— Oui, reconnut-elle, car il est de loin mon meilleur ami. Mais n'allez surtout pas lui raconter que je vous ai dit cela !

Kat réprima le sourire qui lui était monté aux lèvres.

— Je serai absolument muette, promit-elle. Croix de bois, croix de fer…

Après ce serment, toutes deux restèrent silencieuses, et ce fut Belle qui, au bout d'un moment, prit l'initiative de monter sur les genoux de Kat. Emue, la jeune femme serra doucement l'enfant contre elle. Si seulement la petite brèche qui s'était ouverte dans l'armure de Belle voulait bien s'agrandir un peu ! pria-t-elle avec ferveur.

Juste au moment où Kat la croyait endormie, Belle releva très légèrement la tête et chuchota :

— Mon père adorait ma mère, vous savez.

La jeune femme eut un élancement au cœur en entendant ces mots, mais elle réussit à cacher son trouble.

— Je n'en doute pas, répliqua-t-elle calmement.

— Saviez-vous qu'elle était morte en me mettant au monde ? Papa l'aimait tellement, qu'il n'a jamais voulu se remarier…

« Jusqu'à maintenant ! » se dit Kat, qui se tut pour ne pas blesser la petite fille.

— Votre papa vous a-t-il parlé d'elle ? interrogea-t-elle d'une voix un peu tremblante.

— Jamais. Il ne peut supporter d'en parler, car elle lui manque trop. C'est grand-maman qui me l'a dit.

— Je comprends, fit doucement Kat.

Evidemment, songea-t-elle, une grand-mère aimante ne pouvait dire autre chose à sa petite-fille. Alors, pourquoi se mettre martel en tête ? Même si Brandon avait vraiment aimé Yvette, cela n'avait plus aucune importance dix ans après !

Lorsque Brandon pénétra dans la chambre, aux premières lueurs de l'aube, les deux infirmières improvisées dormaient profondément, la tête de Belle tendrement appuyée contre l'épaule de Kat. Touché par ce spectacle, le chevalier prit une couverture sur la commode, et en enveloppa doucement ses deux bien-aimées. Il ne savait pas comment Kat avait réussi à accomplir un pareil miracle, mais il en avait le cœur tout réjoui.

D'un geste précautionneux, il se pencha vers Francis et lui effleura le front du bout des doigts. L'enfant avait la peau fraîche, et respirait paisiblement !

Eperdu de reconnaissance, Brandon embrassa Kat, puis ses deux enfants, qu'il laissa aux soins de leur ange gardien.

« Et maintenant, songea-t-il en quittant la pièce sur la pointe des pieds, à nous deux, Scantling ! Ton dernier jour vient de se lever. »

Chapitre 19

Blotti dans le tronc creux d'un immense chêne, Tod Wormsley ouvrit un œil, et maudit de nouveau le destin qui l'avait entraîné ici, dans le sillage de Fenton Scantling. « Si seulement j'étais encore chez mon père ! se dit-il pour la millième fois. Même les cochons sont plus à l'aise dans leur porcherie que moi dans ce trou ! »

A travers l'entremêlement de branches qui lui cachait en partie la vue du ciel, il constata que l'aube était sur le point de se lever. « Encore un nouveau jour à vivre dans la peur, songea-t-il, traqué comme un animal sauvage ! »

Courbaturé par sa position inconfortable, il se redressa et s'étira autant que le lui permettait l'exiguïté de la cachette. Stimulé par cet exercice, son estomac en profita pour émettre d'intempestifs borborygmes.

En fait, les deux fuyards ne s'étaient pas restaurés depuis leur frugal petit déjeuner de la veille. Ce matin-là, Fenton était sorti après le repas avec son arbalète, dans l'intention évidente d'aller rôder dans la forêt. Tod, pour sa part, était resté dans la hutte, où il avait procédé à un succinct ménage. Au bout d'un instant, il avait entendu un cor de chasse résonner dans le lointain, et son sang s'était figé dans ses veines. « Seigneur, s'était-il dit, il n'y a que deux hommes qui puissent partir à la chasse par cette belle matinée, sir John Stafford, ou sir Brandon Cavendish ! Et si c'est le second… »

Un deuxième appel avait alors répondu au premier, et Tod, terrifié, avait décidé de quitter les lieux sans plus tarder. Sir

Fenton lui devait encore plusieurs mois de gages, mais tant pis ! Il préférait perdre son argent, plutôt que de finir pendu, sous l'accusation de complicité d'assassinat !

S'emparant d'un petit sac de toile, il y avait entassé quelques effets, puis avait hésité un instant, perplexe. Devait-il emporter l'une des chaînes en or de son maître en guise de paiement ? Que se passerait-il alors si Fenton, au lieu de mettre ses sinistres projets à exécution, rentrait tranquillement à la hutte ? Il aurait tôt fait de lancer les gens d'armes sur les traces de celui qu'il considérerait comme un voleur, et Tod serait condamné pour rapine au lieu de l'être pour meurtre. Piètre échange, en vérité !

Tandis que le jeune serviteur pesait les deux termes de l'alternative, Scantling était entré brusquement dans la tanière, où il avait eu tôt fait de remarquer le baluchon posé aux pieds de Wormsley.

— Très bonne idée ! s'était-il écrié. Il vaut mieux en effet décamper d'ici le plus vite possible. Allons, en route !

Sans ajouter un mot d'explication, il avait jeté le sac sur son dos et avait quitté en hâte la hutte. Effrayé, Wormsley avait suivi son maître dans les bois, sans même avoir le temps d'emporter un morceau de pain. Au loin, on entendait résonner des hennissements et des cris, comme si une douzaine d'hommes au moins s'étaient mis à battre les fourrés.

« Dieu du ciel, avait songé Wormsley, il a dû tuer sir Brandon. Cette fois, je suis perdu ! » Désespéré, il avait continué à marcher derrière Scantling, qui se faufilait avec agilité à travers les halliers. Le visage et les mains égratignés par les épines, et les vêtements déchirés, les deux jeunes gens avaient fini par atteindre ce gigantesque chêne, qui avait dû être planté à l'époque de Guillaume le Conquérant, et mesurait bien une vingtaine de mètres des racines à la cime.

— Grimpez ! avait ordonné Fenton.

« Il est devenu fou ! » avait songé Tod en regardant son maître se hisser de branche en branche avec légèreté.

Maudissant le jour où il était entré au service de ce dément, le jeune homme avait récupéré le sac que Scantling venait d'abandonner au pied de l'arbre, et s'était mis à monter derrière le fugitif. Mais lorsqu'il avait relevé la tête, au bout d'un instant, il avait constaté avec stupéfaction que Fenton avait disparu !

— Mi… Milord ? avait-il appelé à mi-voix.

— Là-dedans, imbécile !

Au-dessus de la fourche centrale du grand arbre, Tod avait vu s'agiter la main de Scantling. Précautionneusement, il s'était avancé sur une grosse branche, et n'avait pas tardé à se retrouver en suspens au-dessus d'une cavité béante. L'intérieur de l'arbre était complètement creux !

— Entrez donc, idiot ! lui avait intimé Fenton. Vous n'entendez pas ces maudits rabatteurs ? Ils doivent être maintenant tout près de nous !

Empoignant la cheville de Tod, le jeune homme avait tiré son serviteur à l'intérieur du chêne.

— Un sacré refuge, n'est-ce pas ? avait-il chuchoté tandis que Tod se faisait une place à grand-peine sur le lit de feuilles mortes qui tapissait le fond du trou.

Les deux hommes avaient beau être minces, il leur avait fallu se serrer plus que de raison pour pouvoir tenir dans un espace aussi réduit. Wormsley, que la poussière incommodait, s'était pincé le nez pour retenir un éternuement.

— Comment connaissez-vous cet endroit ? avait-il interrogé.

— C'était ma cachette préférée lorsque j'étais gamin. Quand l'oncle Edward se fâchait, c'est ici que je venais me terrer, expliqua Scantling.

Il palpa le tronc avec fierté et ajouta :

— Ce devait être autrefois une tanière d'ours !

Puis il montra à Tod une petite crevasse, par laquelle le soleil dardait ses rayons matinaux.

— Il y a même une meurtrière de chaque côté, remarqua-t-il. Maintenant, nous n'avons plus qu'à nous tenir tranquilles !

L'attente avait en effet commencé, et elle s'était révélée plus qu'éprouvante pour Tod, qui se sentait au bord de l'hystérie. Dehors, les hommes et les chevaux s'étaient rapprochés dangereusement, jusqu'à passer à plusieurs reprises tout près de leur cachette. A un moment, un cri avait retenti si près de l'oreille de Wormsley, qu'il avait cru en perdre l'esprit ! Apparemment, l'un des chasseurs avait trouvé un bout d'étoffe accroché à un rameau. Scantling avait alors examiné Wormsley, et lui avait désigné du doigt l'un des accrocs qui déparaient sa manche. Le jeune homme aurait pu facilement répliquer à son maître qu'il était lui-même couvert de déchirures, mais il avait senti qu'il valait mieux n'en rien faire.

L'après-midi s'était écoulé, interminable, et un long crépuscule lui avait succédé. Pendant tout ce temps, Tod et Fenton étaient restés tapis dans leur tronc, tandis que les recherches se poursuivaient autour d'eux. Bien que terrorisé, Wormsley ne pouvait s'empêcher d'admirer la ténacité de leurs poursuivants. A un moment, Scantling avait même chuchoté :

— Je ne vois pas pourquoi ils font tant de raffut ! J'ai manqué Cavendish, et je n'ai abattu que le gamin.

Tod n'osa pas demander de plus amples explications, mais ses dents claquaient de peur.

Enfin, l'obscurité bénie était tombée, et les cavaliers s'étaient éloignés, laissant la forêt retomber peu à peu dans le silence. Après avoir attendu encore un moment, Scantling avait accepté de sortir un instant pour respirer un peu d'air frais. Tod avait les jambes tellement engourdies, qu'il avait failli tomber en redescendant sur le sol.

— Ne songez pas à vous enfuir, c'est inutile, avait déclaré Fenton. Cavendish a dû poster des gardes un peu partout, et vous vous balanceriez au bout d'une corde avant le jour !

Puis il avait saisi Tod par le collet avant d'ajouter :

— Vous êtes aussi compromis que moi, ne l'oubliez pas !

Ça avait été là les derniers mots qu'il eût daigné lui dire. Après s'être dégourdis un instant, les deux hommes avaient regagné leur gîte, où ils avaient passé toute la nuit. Et maintenant, un nouveau jour, gris et pluvieux, venait de se lever sur la forêt. « Un autre matin en enfer ! » songea Tod avec désespoir.

Comme Scantling l'avait prévu, les chasseurs revinrent dès l'aube, accompagnés cette fois de chiens, qui vinrent renifler le pied du chêne.

— Scantling ! hurla à un moment la voix de Brandon Cavendish, dont toute la forêt répercuta les échos. Je sais que vous êtes ici, assassin d'enfant, et je vous trouverai, je vous en donne ma parole ! Entendez-vous ? C'est la damnation qui vous attend !

L'appel du chevalier vibrait de colère, et Tod se mit à trembler comme une feuille. Mais Fenton, plus endurci, se contenta de sourire.

Une heure plus tard, un nuage creva au-dessus des bois, et la pluie se mit à battre les feuillages. D'abord, ce ne furent que quelques gouttes, que Tod recueillit sur ses lèvres avec délice. Puis l'averse augmenta d'intensité, transperçant la cachette et ses malheureux occupants. Mais même alors, Tod continua à entendre les cris des hommes et les aboiements des chiens, qui n'avaient toujours pas renoncé à leur traque.

Qu'avait donc fait Scantling à lord Cavendish, pour qu'il s'obstinât par ce temps affreux ? Tod n'osait même plus se le demander. Il lisait dans les yeux de Fenton une lueur de folie qui l'effrayait de plus en plus.

La lumière grise de l'après-midi s'assombrit lentement, tandis que la pluie continuait à tomber. Trempé et frigorifié jusqu'aux os, affamé et misérable, Tod se serait volontiers rendu à sir Brandon s'il en avait eu la possibilité !

— Combien… combien de temps allons-nous rester ici, milord ? osa-t-il enfin demander, tandis que la forêt s'obscurcissait autour d'eux.

— Jusqu'à ce que j'en décide autrement, répliqua sèchement Scantling.

Prenant son courage à deux mains, Tod se permit d'insister :

— Ils ont abandonné pour la nuit, milord. Peut-être devrions-nous en profiter pour quitter le comté…

— Non ! trancha abruptement Fenton.

— Mais, milord, si cela continue, nous allons mourir ici !

— Vous avez effectivement cette possibilité, mais, en ce qui me concerne, j'irai jusqu'au bout de mon plan. Après-demain, je tuerai le fiancé de ma tante sur le seuil de l'église !

Tod frissonna, plus terrorisé que jamais. « Par tous les anges du ciel, songea-t-il, me voilà enfermé avec un fou ! » Et, comprenant qu'il n'y avait rien d'autre à faire, il se mit à prier de tout son cœur.

Kat n'était pas dans son état normal, songea ce soir-là Brandon, et Dieu seul savait ce qu'elle pouvait avoir ! La jeune femme avait présidé la table du souper avec son affabilité habituelle, mais elle avait à peine échangé quelques mots avec lui pendant toute la durée du repas, et avait soigneusement évité son regard. Que s'était-il donc passé qui l'eût changée à ce point ? s'interrogeait-il avec inquiétude.

Lorsque la table eut été débarrassée et les tréteaux enlevés, il espéra pouvoir lui parler seul à seule, mais, au lieu de cela, ce fut son père qui s'approcha de lui pour lui demander un entretien en privé. Contrarié, Brandon entraîna sir Thomas derrière un paravent, à l'autre bout de la salle, et n'eut pas longtemps à se demander ce que lui voulait le vieil homme.

— Quand le roi sera là après-demain, je lui demanderai de rompre vos fiançailles, annonça le comte sans ambages.

Brandon eut l'impression que la pièce se mettait à tourner autour de lui.

— Mais pourquoi, père ? parvint-il à articuler. C'est vous qui avez voulu ce mariage, et je vous ai obéi. Lady Katherine vous aurait-elle déplu ?

— Non, elle est chaleureuse et hospitalière. Mais elle est trop âgée pour vous !

Brandon pouvait à peine en croire ses oreilles. Prenant une profonde inspiration, il déclara fermement :

— Kat a exactement l'âge qui me convient. Ce n'est pas une oiselle stupide encore accrochée aux jupons de sa mère, je vous l'accorde. Elle a de l'expérience, du charme et de l'intelligence !

Sir Thomas secoua la tête.

— Peut-être, répliqua-t-il, mais elle est trop vieille pour vous donner un héritier. Je vais persuader Henri de renoncer à cette union, et de vous chercher une fille plus jeune. L'an prochain, à la même époque, vous serez en passe de devenir père, ajouta-t-il en exultant à cette pensée.

Brandon serra les mâchoires.

— Avez-vous oublié que j'ai déjà deux enfants ? interrogea-t-il.

Une expression obtuse vint se plaquer sur le visage du vieil homme, qui haussa les épaules. Brandon avait souvent vu la figure de son père se figer ainsi, et il savait que dans ces cas-là il n'y avait rien à faire pour l'amener à changer d'avis.

— J'aime Belle et Francis, rétorqua sir Thomas, mais ils sont nés dans l'illégalité, et aucun d'eux ne porte notre nom.

— Quand mon fils sera assez âgé pour comprendre, je le reconnaîtrai officiellement, affirma Brandon, et vous pourrez lui léguer vos biens et vos titres !

Le vieillard fronça les sourcils.

— En attendant, ce n'est qu'un bâtard ! lança-t-il.

Brandon pâlit et faillit perdre définitivement son sang-froid.

— Si un autre homme que vous, père, avait osé qualifier ainsi Francis devant moi, il serait déjà mort, affirma-t-il. J'aime cet enfant plus que ma vie, et il sera mon héritier. Peu importe que Kat me donne ou non un autre fils !

— Cela compte pour moi, et un tribunal serait de mon avis, affirma le comte.

— En ce cas, laissez Wolf Hall aux enfants de Guy, suggéra le jeune homme. Céleste a l'air décidée à lui donner une foule de bébés ! Quant à vous, il vous faut bien comprendre ceci : j'épouserai lady Katherine dans deux jours, aussi vrai que je suis votre fils !

Sir Thomas défia Brandon du regard et répliqua :

— Quant à moi, je parlerai au roi !

Craignant d'aller trop loin et de commettre un acte irréparable, Brandon tourna brusquement les talons et voulut se ruer hors de la pièce, mais il aperçut Katherine qui vaquait près de l'âtre et ne put retenir un juron. La jeune femme avait dû entendre la conversation, bien qu'il se fût efforcé pour sa part de parler bas. Qui sait même si sir Thomas ne lui avait pas déjà parlé dans le courant de la journée ? se demanda-t-il. Voilà qui aurait expliqué la froideur dont elle avait fait preuve à son égard pendant le souper !

En l'apercevant, Kat quitta la salle en hâte et se précipita dans l'escalier. Brandon se lança à sa poursuite, mais elle avait eu le temps de verrouiller la porte de sa chambre avant qu'il ait pu la rejoindre.

— Kat ! appela-t-il. Ouvrez-moi, je vous en prie ! Il faut que je vous parle.

— Pas ce soir, Brandon, répondit la voix de la jeune femme. Je suis fatiguée, et j'ai mal à la tête.

Appuyé au battant, le chevalier frappa du poing contre le panneau en chêne.

— Je ne vous crois pas, assura-t-il. Personne n'est en meilleure santé que vous ! Ouvrez-moi !

— Allez-vous briser la porte comme le faisait parfois mon second époux ? Je ne veux revivre pour rien au monde un pareil mariage !

— Kat, laissez-moi entrer pour que nous puissions parler de cela, au nom du ciel !

Cette fois, il n'y eut même pas de réponse. Brandon

appliqua l'oreille contre la boiserie, et crut percevoir le bruit d'un sanglot.

— Kat ? interrogea-t-il d'un ton plus doux. Ecoutez au moins ce que j'ai à vous dire ! Mon père est obstiné, mais moi aussi, car j'ai hérité de son caractère. Rappelez-vous bien cela, milady : le jour de la Saint-Jean, je vous épouserai, dussé-je affronter pour cela le monde entier !

La jeune femme eut un rire amer.

— Pour défier votre père, ironisa-t-elle, ou pour prouver que vous êtes un homme de parole ? Non, milord, je ne veux pas être un sujet de discorde dans votre famille. Je vous souhaite une bonne nuit !

Brandon l'entendit s'éloigner de la porte et eut la tentation de pénétrer de force dans la chambre en enfonçant le battant, mais le souvenir des mots qu'avait prononcés Kat l'arrêta net dans son élan. « Tout plutôt que d'être pour elle un second Fitzhugh ! » se dit-il en serrant les poings.

A cet instant, un appel s'éleva de la pièce voisine, et le chevalier reconnut la voix de son fils.

— Qu'y a-t-il, mon garçon ? interrogea-t-il en entrant chez le petit blessé.

Calé contre des oreillers, le garçonnet avait auprès de lui un nombre impressionnant de coupes remplies de fleurs et de fruits, et c'est la bouche pleine qu'il accueillit son père.

— Etes-vous censé manger tout cela ? lui demanda Brandon en s'asseyant sur un tabouret.

Francis jeta un coup d'œil aux douceurs qui encombraient la table de chevet.

— Ce sont les servantes qui les ont apportées, expliqua-t-il. Je n'ai pas pu refuser, elles sont si bonnes !

— Ces demoiselles… ou les douceurs ? questionna Brandon d'un ton moqueur.

Francis se dérida un instant, et Brandon regretta de ne pas voir son fils sourire plus souvent. Bodiam décidément paraissait lui réussir !

— Les deux, milord, répliqua l'enfant.

Amusé, Brandon grappilla quelques fruits confits dans l'une des assiettes et les dégusta avec plaisir.

— Vous êtes-vous querellé avec lady Katherine ? reprit Francis de façon inopinée.

— Pas exactement, répondit Brandon avec prudence, mais elle a entendu mon père s'exprimer de façon un peu cavalière sur notre mariage, et cela l'a blessée.

— Sir Thomas ne veut plus que vous l'épousiez ? demanda le petit garçon avec étonnement. Pourtant, il ne parle que de cela depuis un mois ! Est-ce qu'il ne trouve pas qu'elle est charmante ?

Brandon soupira. Comment expliquer à Francis le revirement de sir Thomas, alors que l'enfant ignorait tout de sa propre filiation ? Décidément, cette simple histoire de mariage devenait bien compliquée !

— Personne ne peut connaître lady Katherine sans l'aimer, affirma-t-il. Au fond, mon père doit sentir qu'elle est trop bien pour moi !

— Vraiment ?

— Oui, Francis, je le crois !

— Alors, il faut que vous fassiez quelque chose pour vous rendre digne d'elle, déclara le garçonnet après avoir réfléchi un instant.

Etonné, Brandon regarda son fils. Comment un enfant de cet âge pouvait-il aussi bien comprendre les femmes ? se demanda-t-il avec perplexité. Lui-même avait deux décennies de plus, et il en était encore à essayer de deviner ce qui pouvait bien se passer dans l'esprit de Kat !

— Vous avez raison, répondit Brandon, mais que puis-je faire pour lui prouver que je l'aime, et réduire ainsi mon père au silence ? Il va falloir que je réfléchisse sérieusement à la question !

Après avoir congédié Brandon, Kat eut le plus grand mal à trouver le sommeil, et resta éveillée une bonne partie de la nuit. Les quelques phrases qu'elle avait échangées avec lui à travers la porte la hantaient, et ce n'est qu'aux approches de l'aube qu'elle tomba enfin dans un lourd sommeil.

Lorsqu'elle s'éveilla, le soleil était déjà haut dans le ciel, et les oiseaux se répondaient allègrement dans le beau ciel bleu de juin.

— Dépêchez-vous, madame, lui intima Laurel, qui venait de pénétrer dans la pièce, l'air tout émoustillée.

— Que se passe-t-il ? demanda Kat en enfilant sa chemise. Ne venez pas me dire que le roi a un jour d'avance ! ajouta-t-elle avec inquiétude.

La moitié seulement des préparatifs étaient achevés, songea-t-elle, et la journée qui restait devait être consacrée à la cuisson du pain. Il y avait encore beaucoup à faire dans la cuisine, où l'on savait que le roi avait un appétit impressionnant, et mieux valait ne pas imaginer ce qui se passerait si celui-ci arrivait plus tôt que prévu à Bodiam !

— Oh ! non, milady, s'écria Laurel, c'est beaucoup plus extraordinaire que cela !

A cet instant, Miranda pénétra à son tour dans la chambre, les joues rouges et les yeux étincelants.

— Levez-vous vite, paresseuse, enjoignit-elle à sa cousine.

— Qu'y a-t-il donc ? interrogea Kat, qui s'aspergeait le visage d'eau, penchée au-dessus de la cuvette.

— Toute la maisonnée est en ébullition, répliqua Miranda. Le petit Francis a demandé à Jess de le porter en bas, car il tenait à assister au spectacle. Même Montjoy a l'air presque heureux !

Impatientée, Kat mit les mains sur ses hanches et apostropha vivement ses interlocutrices :

— Allez-vous me dire enfin de quoi vous parlez ? Je tiens à savoir ce qui se passe dans ma propre maison !

Amusées, les deux jeunes femmes éclatèrent de rire en même temps. Puis Miranda répondit enfin :

— C'est sir Brandon, ma chérie. Il a embauché son frère et John, ainsi que les pages de ces messieurs, et… ils se préparent tous à nettoyer les douves !

Kat examina ses compagnes d'un air incrédule.

— Ont-ils perdu l'esprit ? demanda-t-elle en levant les bras au ciel.

Chapitre 20

Lorsque Kat rejoignit ses hôtes quelques instants plus tard, une atmosphère de fête régnait déjà dans la cour du château, dont les tours arboraient des bannières colorées, en prévision du mariage qui devait avoir lieu le lendemain. Des odeurs alléchantes de pâtisseries et de pain fraîchement cuit s'échappaient des cuisines, et Montjoy, posté sous les arbres, présidait à l'installation des longues tables à tréteaux qui devaient servir au repas de noces.

Installées sous un grand chêne, parmi un amoncellement de coussins multicolores, Céleste et lady Alicia travaillaient à leur broderie, tout en observant la scène pittoresque qui se déroulait sous leurs yeux. Servantes, pages et garçons d'écurie couraient çà et là sur la pelouse en bavardant et en riant, accompagnés par les chiens du château qui aboyaient joyeusement. Polly, la gouvernante de Belle, tenait une ombrelle au-dessus de la petite fille qui jouait dans l'herbe, ses jupes relevées jusqu'aux genoux. Même le vieux régisseur semblait participer à l'euphorie générale, car sa voix semblait plus ferme et plus enjouée que de coutume.

— Bonjour, Kat ! cria Céleste lorsqu'elle aperçut sa future belle-sœur. Joignez-vous donc à nous, afin de jouir du spectacle que vont nous offrir ces messieurs !

Kat s'assit près des dames, et se mit à savourer le pâté de pigeon et les toasts que Colombine venait de lui servir en guise de petit déjeuner.

— Pouvez-vous me dire ce qu'ils ont exactement l'intention

de faire ? interrogea-t-elle. Ils ne peuvent tout de même pas entrer dans cette eau nauséabonde ! Sondra assure que c'est très mauvais pour la santé.

Lady Alicia enfila tranquillement son aiguille avant de répliquer :

— C'est possible, mais Brandon y tient. Il a peut-être raison, après tout. C'est une journée idéale pour se baigner.

Kat jeta un regard étonné à la vieille femme, juste au moment où Guy, John, Brandon et leurs pages, apparaissaient à l'angle du château. Les trois chevaliers avaient revêtu leurs vêtements les plus usagés, ce qui ne leur enlevait rien de leur prestance. Brandon fit de loin un petit signe à Kat, qui empoigna ses jupes à deux mains et s'élança vers lui.

— Je vous en prie, milord, dit-elle en lui saisissant le bras, vous n'allez pas faire cela ! Cette eau est tout simplement infecte.

— Nous l'avons remarqué, lady Katherine, intervint Guy avec bonne humeur.

— Après mûre réflexion, fit Brandon d'un ton faussement doctoral, nous pensons que le problème vient de l'écluse, dont la porte doit être obstruée. John pense qu'un mouton a dû tomber un jour dans les douves, mais je pencherais plutôt pour un cheval, étant donné la virulence de l'odeur !

La petite troupe éclata de rire à cette observation.

— Voyons, Brandon, reprit Kat d'une voix incrédule, vous ne pouvez envoyer ces jeunes gens dans un pareil cloaque !

Le chevalier, dont les yeux brillaient de malice, hocha gravement la tête.

— Je suis bien d'accord avec vous, acquiesça-t-il, c'est pourquoi je compte y aller moi-même !

— C'est impossible ! gémit Kat. Songez aux miasmes qui doivent se dégager de cet endroit.

Brandon lui caressa la joue du bout du doigt et murmura :

— Je vous ai si peu donné depuis que je suis ici… Considérez cela comme un cadeau de noces !

Il se pencha vers elle et lui effleura les lèvres de son souffle.

— Embrassez-moi pour me souhaiter bonne chance, chuchota-t-il.

— Je… je…, balbutia Kat. Oh ! Brandon !

Vaincue, elle lui jeta les deux bras autour du cou et se pressa contre lui, tandis qu'il lui prenait la bouche dans un baiser passionné.

Un rire qui résonna tout à coup derrière eux ramena les deux amants au sens de la réalité.

— Hum… Nous sommes en plein jour, mon cher frère, observa Guy, et ces dames, là-bas, ont un air plutôt surpris !

Brandon s'éloigna doucement de Kat, la laissant tremblante et éperdue de désir.

— Rappelez-vous où nous en sommes restés, ma douce, murmura-t-il, car j'ai bien l'intention de reprendre les choses exactement là où nous les avons interrompues.

— Oui, bredouilla Kat, qui tâchait de reprendre son souffle. Mais en attendant, faites attention, je vous en supplie ! Il ne faut surtout pas que vous absorbiez accidentellement de cette eau.

— Je n'en ai aucune intention, mais merci de vous inquiéter pour moi, ma chérie, répliqua Brandon.

Il sourit une dernière fois à la jeune femmme et lui fit un léger clin d'œil avant de se tourner vers ses compagnons.

— Allons, mes amis, s'écria-t-il, jetons-nous à l'eau, afin de montrer à ces dames que nous sommes de preux chevaliers !

En sifflotant, les six hommes s'éloignèrent d'un pas cadencé, suivis à distance par Kat, qui tenait à assister au déroulement des opérations. Puis ils s'arrêtèrent à l'extrémité de la douve, là où l'eau fétide, par un système d'écluses, était censée s'écouler dans la rivière Rother. Une grande partie de la maisonnée rejoignit alors la châtelaine. Tout le monde était curieux de voir les trois gentilshommes se transformer en égoutiers, et s'ébattre dans la vase puante.

Lorsqu'il eut atteint l'extrémité du bief, Brandon ôta son

pourpoint et sa chemise, bientôt imité par ses cinq compagnons, qui se retrouvèrent torse nu en un tournemain. Cette métamorphose suscita force commentaires parmi les jeunes servantes, toujours impressionnables.

— Oh ! regardez ces épaules ! disait l'une.

— Seigneur, ajoutait une autre, je n'ai jamais vu des hommes aussi beaux !

— Ni aussi dénudés !

Kat se retourna un instant pour foudroyer du regard ces demoiselles, dont les yeux brillaient d'excitation.

« Diable ! songea-t-elle, Brandon va corrompre toutes mes filles en offrant à leur regard un tel étalage de virilité ! »

Comme s'il avait deviné ses pensées, le chevalier lui sourit de loin avant de s'enfoncer bravement dans l'eau. Dérangés dans leur sieste, les cygnes qui régnaient sur les douves enflèrent leurs plumes et naviguèrent vers l'intrus d'un air de dignité outragée.

— Avez-vous pied, papa ? cria la petite Belle depuis la rive.

— Oui, ma chérie, assura Brandon, qui avait maintenant de l'eau jusqu'à la poitrine. Mais c'est très glissant, et j'ai du mal à me tenir debout !

Incommodé par les émanations pestilentielles, il fronça les narines, mais n'en continua pas moins son chemin vers l'extrémité de la douve. L'odeur devenait de plus en plus forte au fur et à mesure qu'il remuait la vase, et la plupart des spectateurs, indisposés, reculèrent de quelques pas. Seule, Kat demeura fidèle au poste après avoir sorti de sa manche un mouchoir, qu'elle pressa contre son nez.

Parvenu à l'endroit stratégique, Brandon tâta le fond avec son pied, prit une profonde inspiration, et plongea. « Seigneur, faites qu'il remonte vite ! » pria Kat avec ferveur. Mais les secondes s'écoulaient, et le chevalier ne reparaissait toujours pas. Et s'il s'était enlisé dans la boue ? se demanda-t-elle avec effroi.

— John, appela-t-elle d'une voix implorante, ne faudrait-il pas aller l'aider ?

Pour toute réponse, Stafford inclina la tête et pénétra dans la douve à son tour. Miranda, qui venait de se joindre à Kat, se pencha vers elle pour lui chuchoter à l'oreille :

— John est un homme étonnant, n'est-ce pas ? Il n'a décidément pas son pareil !

Kat jeta un regard oblique à sa cousine.

— Ce sont les plus grands fous que je connaisse, rétorqua-t-elle, et si Brandon ne remonte pas immédiatement je ne lui pardonnerai jamais !

— Mais ce n'est pas la faute de John ! s'insurgea la jeune fille.

— Aussi n'était-ce pas de lui que je parlais, mais de Brandon. Pourquoi reste-t-il sous l'eau aussi longtemps ?

Au moment même où Stafford allait plonger pour se porter au secours de son ami, la tête de Brandon, puis ses épaules, reparurent brusquement à la surface. De la boue maculait ses bras, et une épaisse couche de limon gris recouvrait ses beaux cheveux blonds.

— Hurrah ! cria-t-il, j'ai trouvé ! Figurez-vous que nous nous sommes trompés tous les deux, John. C'est une vache qui est là-dessous, ajouta-t-il en sortant de l'eau un énorme crâne, qu'il jeta sur la rive.

Les servantes poussèrent des cris effarouchés, mais Belle s'approcha de l'immonde débris afin de l'inspecter de plus près.

— N'y touchez pas, Belle ! lui intima Kat.

L'enfant se tourna vers elle et la regarda avec une certaine surprise, mais tint compte de son injonction et se contenta de s'asseoir près du trophée.

— C'est extraordinaire, papa ! s'écria-t-elle. Francis va être jaloux de ne pas l'avoir vu le premier.

— Mark, Pip, ordonnait pendant ce temps Brandon, apportez des cordes et des seaux. Il y a un gros travail de nettoyage à effectuer ici !

Il jeta à Kat un regard amusé et ajouta :

— Je vous remercie, milady. Vous nous donnez là une excellente occasion de faire un peu de sport !

Et, avant que Kat ait eu le temps de protester, il avait plongé de nouveau à la recherche du squelette, suivi cette fois de John et de Guy, qui disparurent à sa suite, après avoir poussé un retentissant cri de guerre.

— Il est dommage que nous ne puissions vider les douves, afin qu'ils travaillent plus à l'aise, observa Miranda.

Kat jeta à sa cousine un regard stupéfait.

— Quelle idée excellente ! s'exclama-t-elle. Voilà exactement ce qu'il faut faire. Vous êtes décidément géniale, ma petite Miranda !

— Moi ? Oh ! je..., commença la jeune femme.

Mais Kat ne l'écoutait déjà plus. Relevant ses jupes à pleines mains, elle s'était déjà précipitée vers l'endroit où se tenait le régisseur.

— Montjoy, cria-t-elle, nous allons vider les douves !

Le vieil homme leva les sourcils, et déclara d'un ton pince-sans-rire :

— Merveilleuse solution, milady. Sans doute êtes-vous nantie d'un pouvoir magique ?

— Je n'en ai pas besoin ! Des bassines et des cuvettes, voilà tout ce qu'il nous faut, rétorqua la jeune femme. Nous allons former une chaîne. Les uns empliront les récipients, tandis que d'autres les videront un peu plus loin.

Un sourire approbateur illumina le visage de Montjoy.

— C'est parfait, milady ! approuva-t-il.

Et, sans plus attendre, il se mit à organiser le travail, avec une célérité dont Kat ne l'aurait jamais cru capable. Quelques instants plus tard, tous les serviteurs étaient à leur poste, munis de seaux et de baquets. Voyant ce branle-bas de combat, la petite Belle abandonna le crâne pour venir se joindre aux servantes.

Kat, pendant ce temps, s'approcha de Francis, qui était installé sous un saule entre Laurel et Colombine.

— Comment vous sentez-vous ? lui demanda-t-elle avec sollicitude.

Le garçonnet eut un large sourire.

— Beaucoup mieux, milady, assura-t-il, mais j'ai l'impression d'être bien paresseux. J'aimerais tant pouvoir aider lord Cavendish !

Ces paroles attendrirent Kat, qui aurait bien voulu déposer un chaleureux baiser sur la joue du petit garçon. Malheureusement, Francis n'était officiellement que le page de Brandon, et une telle familiarité aurait été plutôt incongrue, surtout en public !

— Peut-être pourriez-vous demander à ces jeunes filles d'apporter de la nourriture et de la bière pour tout le monde ? suggéra-t-elle. Montjoy et moi avons fort à faire par ailleurs, et serions heureux de nous décharger sur vous de ce travail.

L'enfant inclina gravement la tête.

— Ce sera un honneur de vous servir, milady, déclara-t-il.

— En ce cas, c'est à vous que reviendra le soin d'organiser le repas.

— Merci, milady, répondit Francis, qui se tourna aussitôt vers les deux jeunes servantes. Laurel, ajouta-t-il, vous pourriez vous rendre dans la cuisine pour vous concerter avec Philippe. Quant à vous, Colombine…

Kat s'éloigna avec un sourire. Décidément, Francis était un adorable petit garçon. Il ne fallait pas s'étonner que Brandon fût si fier de son fils ! « Comme j'aimerais lui donner un autre enfant comme celui-là ! » songea-t-elle avec un petit pincement au cœur. Mais elle chassa vite cette pensée intempestive. Brandon n'était pas encore son mari, et elle n'était pas sûre de pouvoir jamais l'épouser. Qui sait si sir Thomas ne réussirait pas à convaincre le roi de rompre les fiançailles ? « Allons, conclut-elle, aujourd'hui, Brandon est encore mien, et je suis bien décidée à savourer cette joie jusqu'au bout ! »

— Eh bien, Kat, vous faites un remarquable général ! s'écria Céleste, lorsque la jeune femme eut rejoint ses invitées sur la pelouse. Quant à mon mari, c'est bien simple, je ne l'ai jamais vu aussi zélé… ni aussi sale !

— Mes fils ont toujours aimé jouer dans la boue, intervint lady Alicia avec un sourire de satisfaction maternelle. Quels chenapans ils faisaient lorsqu'ils étaient enfants ! Plus ils étaient sales, plus ils étaient heureux !

— En ce qui me concerne, je préfère plutôt le moment du bain, et il me tarde d'assister à celui de Guy. Mon cher époux sera alors en mon pouvoir !

Lady Alicia donna à sa belle-fille un petit coup d'éventail.

— Vous voilà bien licencieuse ! dit-elle d'une voix taquine.

— Je l'avoue, répliqua Céleste, qui ne parut pas le moins du monde honteuse. Comment croyez-vous donc que j'ai conçu mon enfant ?

Kat éclata de rire en même temps que ses deux compagnes, bien que la plaisanterie de la femme de Guy eut pour elle un arrière-goût amer. Elle aurait tant souhaité faire partie de cette famille aimante ! Mais il aurait fallu pour cela que sir Thomas renonçât à son désir d'avoir un héritier… et que Brandon l'aimât pour elle-même.

« Assez demandé la lune ! se réprimanda-t-elle. Profite de ce que tu possèdes aujourd'hui, et tu verras bien de quoi sera fait demain. Après tout, il te reste encore vingt-quatre heures avant la catastrophe… si toutefois elle se produit ! »

Fenton observa Wormsley à travers ses paupières mi-closes et haussa les épaules. Cet idiot de Tod n'était plus qu'un poids mort sur ses épaules ! songea-t-il. De plus, c'était certainement ce couard qui l'avait trahi. Comment, sans cela, les habitants de Bodiam auraient-ils pu savoir qu'il était revenu dans le pays ? Non, décidément, Wormsley devait disparaître pour toujours, c'était la meilleure solution. Ce témoin gênant une fois écarté, personne ne soupçonnerait sir Fenton Scantling, le neveu bien-aimé de lady Katherine, d'avoir tué Brandon Cavendish le jour de ses noces.

« Mariage », se répéta Fenton, et ce seul mot fit descendre un voile rouge sur ses yeux. Un mois plus tôt, il semblait facile de parer à cette menace. Un mot venimeux ici ou là, une suggestion glissée au moment opportun dans une oreille attentive, et l'union n'aurait pas eu lieu, car les intéressés eux-mêmes pouvaient renoncer à ce projet. Il est vrai que c'était le roi qui tirait les ficelles, et qu'il était particulièrement entêté.

— Que ce gros lard aille au diable ! maugréa Fenton à mi-voix.

— Vous avez parlé, milord ? s'enquit Tod dans un bâillement.

Et, comme Scantling ne répondait pas, le jeune serviteur ajouta en se frottant les yeux :

— Est-ce qu'il fait déjà jour ?

Fenton se leva avec nonchalance.

— Oui, mon ami, répondit-il, et je ne me suis jamais senti aussi en forme !

Tod se redressa à son tour, les yeux encore embués de sommeil.

— Allons-nous partir enfin, milord ? interrogea-t-il. Je meurs de faim et de soif !

Fenton glissa son arbalète sur son épaule et affirma :

— Moi aussi, mon ami.

Puis il se hissa hors de la cachette et inhala profondément, heureux de respirer la fraîcheur matinale.

— Milord ? appela Tod, dont la tête apparut au sommet du refuge.

Comme cet énergumène avait l'air répugnant avec ses cheveux hirsutes et ses vêtements déchirés ! pensa Fenton, qui saisit tranquillement son arme, et fixa une flèche au bout du fût.

Les yeux de Tod s'arrondirent de surprise.

— Voyez-vous un ennemi ? questionna-t-il d'une voix étranglée.

Fenton eut un sourire ambigu.

— Oui, Tod, répliqua-t-il.

Le jeune homme déglutit et demanda d'un ton anxieux :

— Est-ce Cavendish ?

— Vous n'y êtes pas ! C'est quelqu'un que je fixe du regard en ce moment même !

— Mais… mais c'est moi que vous dévisagez ! balbutia Wormsley.

Fenton hocha la tête et remarqua :

— Vous êtes très observateur, mon garçon !

Puis il tendit la corde de l'arbalète et enclencha le mécanisme. Tod blêmit et s'écria :

— Parlez-vous de moi, milord ? Mais je ne vous ai jamais fait aucun mal ! Pourquoi voudriez-vous me tuer ?

Une enivrante sensation de toute-puissance envahit Fenton, qui posa son doigt sur la détente. Wormsley, cependant, tremblait de tous ses membres.

— Seigneur, protégez-moi ! supplia-t-il.

Et, faisant un effort pour se hisser hors du trou, il présenta son dos à Scantling, qui profita de cet instant pour laisser partir le trait.

— Je vous reverrai en enfer, Tod ! s'écria-t-il.

La flèche n'eut même pas le temps de siffler avant de se planter dans la cible. Sans un cri, Wormsley tomba de la branche à laquelle il se cramponnait et chut lourdement sur le sol, où il resta immobile sur un tapis de feuilles. Autour de lui, une tache sombre commença lentement à s'élargir. A cette courte distance, la flèche avait certainement transpercé le corps de cette vermine, songea Fenton avec satisfaction.

Heureux de ce dénouement, il rajusta son arbalète sur son épaule, puis sauta sur le sol. Quel plaisir de pouvoir enfin se mouvoir librement ! songea-t-il en prenant une profonde respiration. Charmante matinée, décidément !

Tout en sifflotant un petit air, le jeune homme se fraya un chemin à travers les halliers, si heureux de se retrouver à l'air libre, qu'il eut tôt fait d'oublier le grand chêne et son macabre secret !

— Voilà, milord, c'est propre ! cria Mark en se tournant vers son maître.

Le visage boueux de Brandon s'éclaira d'un sourire, tandis qu'il jetait un regard satisfait autour de lui. Pour la première fois depuis plusieurs centaines d'années, le fond des douves était à sec, exposé aux rayons du soleil qui éclairaient les murs du château d'une lumière oblique. Les cygnes avaient été contraints de trouver refuge sur la rive, où la plupart d'entre eux dormaient déjà, la tête cachée sous l'aile.

Les servantes, épuisées par les efforts qu'elles avaient dû fournir tout l'après-midi, étaient étendues çà et là sur la pelouse. Quant à la pile d'objets qui avait été retirée des douves, elle gisait un peu plus loin en un tas impressionnant : os, pièces d'armure, vieux ustensiles en cuivre et poteries brisées étaient entassés pêle-mêle, attendant les chariots qui devaient les emporter.

Brandon sourit en voyant Kat s'avancer vers lui, les pieds nus et les cheveux répandus sur les épaules. Bien que sa robe verte fût toute trempée, elle n'avait jamais été plus belle qu'en cet instant ! songea-t-il avec émerveillement.

— C'est fait ? interrogea-t-elle.

— Vous n'avez qu'à donner un ordre, et Mark ouvrira les écluses. La rivière alors fera son travail !

Il éclata de rire et ajouta :

— Dommage que nous n'ayons pas prévu de la musique et un feu d'artifice ! s'exclama-t-il. L'occasion en valait la peine.

Kat secoua la tête.

— Ce qui compte, affirma-t-elle, c'est que vos efforts n'aient pas été vains.

— C'est ce que nous allons savoir maintenant, répliqua le chevalier.

Il mit les mains en porte-voix et cria à Guy, qui se trouvait de l'autre côté du bief :

— La vanne est-elle prête à fonctionner ?

— Tout est parfait ! lui cria son frère en retour.

Curieux d'assister au spectacle, les serviteurs se rapprochèrent, et les dames quittèrent l'ombre de leur chêne pour se joindre à eux. Du coin de l'œil, Brandon vit que Jess portait Francis sur la rive, afin que le petit blessé pût assister aux opérations. Pourvu que tout se passât bien ! pria le chevalier en se signant.

— A vous de jouer, ma chérie, dit-il à Kat.

— Maintenant ?

— Oui, à moins que vous ne vouliez retarder les choses jusqu'à demain, et laisser au roi cet honneur !

— Jamais de la vie ! rétorqua la jeune femme en fronçant les sourcils. Je suis chez moi, et ce qui se passe à Bodiam me regarde.

Elle sortit son mouchoir et l'agita pour attirer l'attention de Mark.

— Laissez entrer la rivière ! cria-t-elle avec emphase.

Obéissant à l'ordre, Mark posa un pied sur le cadre de bois, et donna une forte poussée à la porte, qui pivota sur ses gonds. Aussitôt, les eaux tumultueuses de la Rother forcèrent le passage en bouillonnant, et s'engouffrèrent dans les douves.

Brandon, qui avait retenu jusque-là son souffle, respira. Quant à Kat, elle applaudit comme une petite fille.

— Magnifique, Brandon ! s'écria-t-elle en levant vers son compagnon d'immenses yeux couleur d'émeraude. Vous avez accompli un vrai miracle !

Le chevalier se pencha et lui embrassa le bout du nez.

— C'est vous, le miracle, affirma-t-il.

Kat rougit sous l'effet du compliment. A cet instant, Stafford s'avança vers Brandon en criant :

— Que diriez-vous d'un petit bain ?

Et, sans attendre la réponse, il plongea dans l'eau claire, bientôt suivi de Mark, de Christopher et de Pip, le page de Guy Cavendish.

— Vous permettez, lady Katherine ? demanda Guy, qui venait de rejoindre son frère.

Et, d'une poigne affectueuse, il entraîna Brandon vers les douves, sans tenir compte de ses protestations.

— Papa, papa ! cria Belle, dont la voix aiguë domina le tumulte. S'il vous plaît, attendez-moi !

Et, échappant à l'étreinte de Polly, elle s'élança dans les bras de son père, qui plongea avec elle en soulevant une gerbe de gouttelettes étincelantes.

— Sait-elle nager ? s'inquiéta Kat.

— Comme un poisson ! affirma Brandon.

Francis, qui était resté dans les bras de Jess, jeta à sa sœur un regard critique.

— Elle ressemble à un rat mouillé, observa-t-il.

Pour toute réponse, Brandon enveloppa son fils et Kat du même regard ravi. Comme ils étaient beaux, tous les deux, immobiles dans la lumière pourpre du crépuscule ! songea-t-il avec émotion. Décidément, cette journée était l'une des plus merveilleuses qu'il eût jamais vécues !

Belle, qui gigotait dans les bras de son père, tira la langue à Francis.

— Vous êtes jaloux parce que vous ne pouvez pas en faire autant ! lança-t-elle.

Mais, à cet instant, son attention fut attirée par les chariots qui s'étaient avancés jusqu'à la rive, et dans lesquels on commençait à entasser les détritus retirés des douves.

— Oh ! papa, arrêtez-les ! s'écria-t-elle. Ils emportent mon crâne, et vous m'aviez promis que je pourrais le garder.

— Je vais le récupérer, promit Kat, qui s'élança vers les véhicules à demi chargés.

Brandon la regarda courir sur la pelouse, ses jupes vertes

volant derrière elle. Décidément, c'était bien là l'épouse qu'il lui fallait, se dit-il, et il avait enfin trouvé sur terre son coin de paradis !

A cet instant, Montjoy s'avança vers lui pour lui annoncer qu'un bain chaud l'attendait dans la chambre du bas.

— Lady Belle, ajouta le vieux serviteur à l'adresse de la petite fille, miss Polly vous attend avec une brosse et de l'eau chaude. Le souper sera servi dans une heure.

Sans attendre de réponse, il s'inclina cérémonieusement devant Brandon et s'en fut vers le château. Dès qu'il eut disparu, Belle se tourna vers son père et fronça les sourcils.

— Pour qui me prend-il donc ? demanda-t-elle d'un ton offusqué. Pour un bébé ?

Brandon déposa un baiser sur la joue de sa fille.

— Ne le répétez à personne, chuchota-t-il, car c'est un secret, mais le véritable chef de Bodiam Castle, c'est Montjoy !

Le visage posé contre le sol et les doigts enfoncés dans les feuilles, Tod rouvrit les paupières et reprit lentement conscience de ce qui l'entourait. Une odeur d'humus et de bois pourri lui piquait les narines, mais jamais il n'en avait respiré de plus douce. Il était si merveilleux de vivre encore ! songea-t-il avec un profond sentiment de reconnaissance.

Après avoir inspiré profondément, il se souleva péniblement sur les coudes et fit de laborieux efforts pour se redresser. Lorsqu'il y fut enfin parvenu, il s'aperçut que la flèche qui l'avait abattu était tombée par terre, sans doute au moment où il s'était assis. D'une main prudente, il tâta son épaule gauche. Elle était totalement engourdie et indolore, ce qui lui donnait pour l'instant du moins un peu de répit. Joignant les mains, il murmura du fond de son cœur une action de grâces, puis regarda autour de lui. Le soleil était déjà très bas sur l'horizon, et il lui fallait se hâter s'il voulait trouver de l'aide, songea-t-il avec un sentiment d'urgence.

Prenant appui sur le tronc du vieux chêne, il tenta désespérément de se relever, mais l'effort était décidément au-dessus de ses forces. Fermant les yeux, il vit danser sous ses paupières closes des myriades d'étoiles. « Si je reste là jusqu'à la nuit, je ne reverrai jamais l'aube ! » se dit-il avec désespoir.

Ce fut à cet instant précis qu'une voix impérieuse retentit à quelques mètres de lui, dans la profondeur des bois.

— Eh bien, mon garçon, vous étiez-vous embusqué là pour m'attaquer ?

Relevant la tête, Tod fouilla du regard la pénombre du sous-bois, et aperçut la silhouette d'un chasseur armé d'un arc, qui le tenait en joue à distance respectueuse.

— Non, monsieur, je vous en supplie, ne tirez pas ! balbutia-t-il.

Il fit un effort surhumain pour se lever et s'avancer à la rencontre de l'inconnu, mais ses forces l'abandonnèrent définitivement et il roula sur le sol.

— Que le diable vous emporte ! s'écria l'homme en s'avançant vers lui. On dirait que vous êtes déjà blessé !

— Oui, chuchota Tod, qui eut tout juste le temps de voir se pencher vers lui un visage de vieillard, dont les prunelles très bleues l'observaient avec sollicitude.

Et, sans pouvoir ajouter un mot de plus, il tourna la tête de côté et sombra dans une bienheureuse inconscience.

Chapitre 21

— Mmm…, soupira Brandon en s'abandonnant voluptueusement entre les mains de Kat, qui lui frictionnait la tête avec une lotion savonneuse.

Puis il se renversa en arrière et s'adossa au baquet, tandis que la jeune femme lui massait le cuir chevelu.

— Par ma foi, murmura-t-il, si j'avais su que cela me vaudrait de tels soins de votre part, il y a longtemps que je me serais vautré dans la boue !

Agenouillée derrière le baquet, Kat sourit et résista à l'envie d'embrasser la nuque de Brandon. Montjoy devait venir annoncer le souper dans un instant, et il n'y avait pas de temps à perdre en badinages, songea-t-elle.

— Je suis heureuse que ce bain vous soit si agréable, milord, déclara-t-elle. J'aurais voulu que votre fille puisse en dire autant, mais il a fallu que Polly se joigne à moi pour la rendre présentable, et je ne suis pas sûre qu'elle ait apprécié nos efforts. Si Céleste n'était pas venue à la rescousse, je crois même que nous n'en aurions jamais vu la fin !

Elle s'interrompit pour prendre un pichet plein d'eau et ordonna à Brandon :

— Penchez-vous, pour que je puisse vous rincer !

Lorsque l'opération fut achevée, le chevalier secoua la tête afin d'égoutter ses cheveux mouillés.

— Ma mère assure que cela ne saurait durer longtemps, observa-t-il, et que Belle saura bientôt prendre un bain de façon civilisée. Mais ce souci-là envolé, il en surgira un autre, je le crains bien. Eduquer un enfant n'est décidément pas chose facile !

Kat essora le linge dont elle venait de se servir et répondit humblement :

— Je suis très ignorante en la matière, Brandon. Je n'ai malheureusement pas eu d'enfants à élever, excepté Fenton, qui n'a jamais été vraiment jeune.

Brandon se tourna vers elle et lui prit le menton.

— Vous ferez la meilleure des mères, affirma-t-il en déposant un baiser sur ses lèvres.

Pour toute réponse, Kat poussa un profond soupir. Comment Brandon réagirait-il lorsqu'il saurait la vérité ? se demanda-t-elle avec anxiété. En tout cas, le moment était venu de lui expliquer les choses. Le mariage ne devait-il pas avoir lieu le lendemain, si toutefois le roi n'y mettait pas d'obstacle ?

— Que se passe-t-il, ma chérie ? interrogea Brandon. Qu'est-ce qui vous tourmente ? Ne me dites pas que l'approche des noces vous rend nerveuse !

Kat respira profondément. Oui, il était grand temps de parler ! se dit-elle avec détermination. Et, sans perdre une seconde de plus, elle se jeta à l'eau.

— Je… j'ai quelque chose à vous dire, Brandon, commença-t-elle, et j'espère que vous ne penserez pas trop de mal de moi après cela.

Le chevalier lui caressa tendrement la joue.

— Je ne peux penser de vous que du bien, affirma-t-il. Mais de quoi s'agit-il ?

— Eh bien, je suis heureuse que vous ayez Belle et Francis, murmura Kat, car… je… je crois que je ne pourrai pas vous donner d'enfant.

Brandon leva sur elle un regard grave, et elle sentit ses jambes flageoler.

« Il est choqué, songea-t-elle avec appréhension. Mais tant pis, je ne peux l'épouser avec un mensonge sur le cœur ! »

— J'ai été mariée des années avec Fitzhugh, et je n'ai jamais conçu, continua-t-elle. Je crains bien d'être stérile !

Brandon ne répondit pas un mot et ses yeux s'assombrirent.

— J'ai entendu votre père vous dire qu'il souhaitait à tout prix un héritier, poursuivit la jeune femme, et je…

Interrompant son discours, Brandon lui mit une main sur la nuque et l'obligea à se tourner vers lui.

— C'est en effet le désir de mon père, déclara-t-il. Bien qu'il aime ses petits-enfants, ce sont des bâtards à ses yeux. Il veut un vrai Cavendish pour hériter du nom et des titres de la famille. Mais, en ce qui me concerne, deux enfants de neuf ans suffisent amplement à satisfaire mon besoin de paternité. Ne vous souciez donc pas de cela !

Les lèvres de Kat tremblèrent, et elle balbutia :

— Mais le roi arrive demain, et votre père veut lui parler…

Brandon lui posa un doigt sur les lèvres.

— Chut ! lui intima-t-il. Ne parlons plus d'avoir des enfants. La seule chose qui me plaise vraiment, c'est de les faire…

Et, avant que Kat ait eu le temps de réagir, il sortit du baquet, et, passant ses bras autour du corps de la jeune femme, il la souleva d'un geste vigoureux et la porta sur le lit.

— Je…, commença-t-elle.

Mais Brandon lui ferma la bouche d'un baiser et laissa ses mains descendre lentement le long de son corps, dans une exploration savante qui arracha à Kat une tempête de frissons. Lorsqu'il en fut à remonter doucement ses jupes et à lui effleurer les cuisses d'une longue caresse, elle crut qu'elle allait littéralement perdre le souffle.

— Délacez-moi ! supplia-t-elle. Je ne peux plus respirer…

— Tenez-vous beaucoup à cette robe ? interrogea Brandon.

— Seigneur, non, ce n'est qu'une vieillerie !

— En ce cas, murmura-t-il.

Et, d'un mouvement preste, il déchira l'étoffe par le milieu et en écarta les deux pans. Puis il arracha les rubans de la chemise, et, après avoir dénudé les seins de la jeune femme, se pencha vers elle pour caresser du bout de la langue leurs pointes roses.

— Maintenant ! implora Kat, à qui le désir arracha un gémissement rauque.

Brandon s'étendit sur elle, et ce fut avec une joie sans mélange qu'elle l'accueillit dans son corps. Lui seul existait au monde, et rien d'autre ne comptait que son amour, tandis qu'ils gravissaient ensemble les sommets des plus insondables délices.

— Kat…, soupira Brandon avant de s'apaiser, la tête posée sur la poitrine de sa compagne. Vous êtes une merveille ! ajouta-t-il au bout d'un instant, lorsqu'ils eurent tous deux repris quelque peu leurs esprits.

Kat sourit, dans l'attente des mots qui allaient venir, et qu'elle souhaitait tellement entendre.

« Dites-le maintenant, implora-t-elle en son cœur, dites-moi que vous m'aimez ! »

— Kat, je…, commença Brandon.

Mais il n'alla pas plus loin que les premières syllabes, car un coup brusque retentit à la porte, l'obligeant à interrompre sa phrase.

— Milord, appela la voix de Mark, il faut que vous veniez, vite !

Surpris, le chevalier se redressa sur un coude et cria d'un ton peu amène :

— Que voulez-vous, Mark ?

— Votre père vous demande de le rejoindre immédiatement dans le hall, répliqua le jeune page.

Kat se laissa aller contre les oreillers et poussa un léger soupir.

— Allez-y, murmura-t-elle, car cela m'a tout l'air d'être urgent.

Brandon se leva d'un bond, et enfila les vêtements propres qui l'attendaient sur un tabouret.

— Milord ? appela de nouveau Mark.

— J'arrive, maugréa son maître, et j'espère pour vous qu'il s'agit vraiment de quelque chose d'important !

— Oh ! oui, monsieur ! Votre père vient de ramener Wormsley de la forêt. Le malheureux est blessé et semble à l'article de la mort.

Kat ouvrit des yeux horrifiés.

— Tod ! s'écria-t-elle. Pourvu que Sondra réussisse à le sauver !

— Dieu vous entende, répliqua Brandon en chaussant ses bottes.

Puis il s'approcha de Kat et déposa un baiser sur son front.

— Vous êtes la douceur de ma vie, lui murmura-t-il avant de s'éclipser.

Restée seule, la jeune femme se laissa retomber sur le lit et posa la main sur la place encore tiède qu'avait occupée Brandon.

« Décidément, se dit-elle, cet homme a fait de moi la plus lascive des créatures. Mais le pire, c'est que je n'en ai absolument aucun remords, et que je recommencerai volontiers à la première occasion ! »

Mark conduisit Brandon dans la pièce où l'attendait son père, puis s'empressa d'aller rejoindre Christopher et Pip.

— Vous en avez mis du temps ! s'écria sir Thomas en toisant son fils aîné du regard.

Immobiles dans un coin, Stafford et Guy attendaient en silence, le visage empreint de gravité.

— Comment va le garçon ? interrogea Brandon.

— Il vit, répondit son père, mais il a perdu beaucoup de sang. La guérisseuse est auprès de lui. Elle prétend qu'il est trop tôt pour faire un pronostic. Si le malheureux survit à la nuit, il aura, paraît-il, toutes les chances de s'en sortir.

Brandon fit le signe de croix.

— Que Dieu lui vienne en aide ! s'écria-t-il.

— Amen, fit sir Thomas en dévisageant tour à tour les trois jeunes gens. Je le souhaite d'autant plus que c'est un garçon courageux. Il a trouvé la force de me dire que son maître avait perdu l'esprit, et avait l'intention d'assister demain au mariage dans le but de tuer mon fils !

Brandon se mordit la lèvre.

— Oui, murmura-t-il, c'est Fenton Scantling, le neveu de lady Katherine. Ainsi, il n'avait donc pas quitté le comté !

Sir Thomas fronça les sourcils.

— C'est lui qui a blessé Francis ?

— Oui, répliqua Brandon, qui serra les poings à ce souvenir.

— Mais comment a-t-il pu échapper à nos recherches ? intervint John.

Le comte eut un geste de dédain.

— J'ai trouvé le valet près d'un énorme chêne creux, expliqua-t-il. Il paraît qu'il est resté terré là pendant deux jours avec son maître.

Guy poussa un léger sifflement.

— Tout s'explique ! s'écria-t-il. Il n'est pas étonnant que nous n'ayons pu les trouver.

Sir Thomas écarta le sujet d'un geste impérieux.

— Ce qui me préoccupe, affirma-t-il, c'est la journée de demain. Il faut annuler la cérémonie.

Brandon devint livide. Après ce qu'il venait de vivre avec Kat, il avait moins que jamais l'intention de renoncer à elle, surtout pour obéir aux lubies de son père.

— Ce n'est pas mon avis, déclara-t-il d'un ton ferme.

Les yeux bleus de sir Thomas lancèrent des éclairs.

— Ecoutez-moi, mon garçon, proféra-t-il. Il ne s'agit plus seulement de lady Katherine, mais du roi. Vous ne pouvez laisser un assassin armé d'une arbalète rôder autour de Sa Majesté !

— J'épouserai Kat, père, quoi qu'il puisse arriver ! Rien ne pourra me faire changer d'avis.

Le comte donna un violent coup de poing sur la table.

— Vous ne comprenez pas, Brandon ! se récria-t-il. Ce Scantling a l'intention de vous abattre demain, sous les yeux mêmes du souverain. Nous ne pouvons laisser ce fou aller jusqu'au bout de son dessein !

Brandon réfléchit un instant, ce qui l'amena à considérer le problème sous un angle différent.

— Ce drôle viendra sans doute sous un déguisement, observa-t-il d'un ton pensif.

A cette remarque, sir Thomas leva les bras au ciel.

— Lui aussi ! s'exclama-t-il. Nous avions déjà Robin des Bois et sa joyeuse troupe, et maintenant, il nous faut compter avec un meurtrier costumé en… je ne sais quoi !

John se frappa le front et s'écria :

— En fermier ou en villageois, cela va de soi ! Kat a l'intention de se marier dans l'église qui s'élève au bas de la prairie, afin que tous ses gens puissent assister à ses noces. La chapelle du château est trop petite pour contenir beaucoup de monde.

— Oui, mais elle est plus sûre, objecta Guy. Il vaudrait mieux que la cérémonie ait lieu ici.

Sir Thomas jeta un regard acéré à son fils aîné.

— Ou qu'il n'y ait pas de mariage du tout, intervint-il. Vous savez ce que j'en pense, Brandon !

— Trop bien, père, mais je suis déterminé, et, comme j'ai de qui tenir, je suis parfaitement capable de me montrer aussi entêté que vous !

— Nous verrons ! fit sir Thomas, qui quitta la pièce sur ces mots menaçants.

Lorsque le vieillard eut disparu, Guy s'écroula sur un banc et lança :

— Un jour, frérot, vous irez trop loin avec notre cher père, et il ne vous le pardonnera pas !

— Nous n'en sommes pas encore là, assura Brandon.

Il parut réfléchir, et le silence régna pendant quelques instants dans la pièce. Puis le chevalier se frappa le front.

— Mes amis, annonça-t-il, je viens d'avoir une lumineuse idée !

— Je m'en doutais, répliqua John. Vous avez toujours une carte cachée dans votre manche ! Quelle comédie allons-nous jouer, cette fois ?

Brandon éclata de rire.

— Une excellente pièce, en vérité, déclara-t-il, si seulement Kat et nos jeunes pages veulent bien accepter le rôle que nous allons leur proposer. Ecoutez-moi bien ! A minuit, lorsque toute la maisonnée sera couchée…

Cette nuit-là, une main se plaqua sur la bouche de Kat, la tirant brusquement de ses rêves. Etait-ce Fenton qui avait réussi à s'introduire dans le château ? se demanda-t-elle d'abord avec effroi. Mais, à la lueur du feu qui brûlait doucement dans l'âtre, elle reconnut la silhouette de Brandon. Que faisait le chevalier dans sa chambre à une heure pareille ? s'interrogea-t-elle. Ne disait-on pas que les fiancés ne devaient pas se voir durant les quelques heures qui précédaient les noces ?

— Vous ne devriez pas être ici, chuchota-t-elle d'un ton désapprobateur.

— Ce sont les circonstances qui l'exigent, affirma Brandon.

A cet instant, un bruit retentit dans la ruelle du lit, du côté de Miranda cette fois, et Kat sentit sa cousine tressaillir à côté d'elle. John Stafford venait à son tour de tirer sa bien-aimée du sommeil !

Kat s'assit dans le lit et se croisa les bras sur la poitrine.

— Que se passe-t-il ? questionna-t-elle en jetant un regard inquisiteur autour d'elle.

Un cri de surprise lui échappa. Trois autres hommes, debout au pied du lit, la dévisageaient en souriant. C'étaient Guy Cavendish, Mark et Christopher !

— Est-ce l'un de ces stupides tours que l'on joue à la

fiancée la veille de ses noces ? s'insurgea-t-elle. Vraiment, messieurs, j'ai passé l'âge de ces amusements !

Brandon s'assit sur le lit à côté d'elle et affirma :

— Vous êtes aussi jeune qu'un éternel printemps, ma douce, mais il ne s'agit pas d'une plaisanterie, et notre visite a un objectif précis.

— Que voulez-vous dire, s'enquit Miranda, qui se frottait les yeux d'un air éberlué.

— Chut, mon amour ! murmura Stafford en étouffant d'un baiser les protestations de la jeune fille.

— Il est minuit passé, fit remarquer Brandon, et c'est la Saint-Jean, c'est-à-dire la nuit la plus courte de l'année. Nous devons agir promptement !

Kat haussa les épaules. Le jeu décidément n'avait que trop duré, songea-t-elle. Tous ces hommes n'avaient rien à faire dans la chambre de deux dames à une heure pareille !

— L'aube va se lever tôt, en effet, déclara-t-elle, et il est grand temps de dormir. Bonne nuit, messieurs !

— Hum, chuchota Brandon, je passerais volontiers une heure ou deux avec vous, car vous êtes délicieuse lorsque vous vous mettez en colère !

Impatienté par la lenteur de ces préliminaires, Guy se permit d'intervenir en claquant légèrement des doigts.

— Allons, Brandon, dit-il d'une voix impatiente, nous n'avons pas de temps à perdre !

— Mon frère a raison, observa Brandon en serrant la main de Kat. Vous savez déjà que votre neveu me hait, mais ce que vous ignorez encore, c'est qu'il a l'intention de me tuer demain matin sur le seuil de l'église !

— Non ! s'écria la jeune femme d'un ton horrifié. C'est trop affreux !

— Il doit avoir perdu l'esprit ! se récria de son côté Miranda.

— C'est exactement ce que je pense, répliqua Brandon d'une voix grave, et voilà pourquoi je ne veux pas mettre votre vie en danger, Kat.

La jeune femme pâlit. Ainsi, c'était là que Brandon voulait en venir ! songea-t-elle. Il allait probablement s'enfuir avec ses amis, et la laisser seule à Bodiam, sous prétexte qu'il ne voulait pas lui voir courir le moindre risque.

— Est-ce votre idée, ou celle de votre père ? demanda-t-elle d'un ton glacial.

— Mon père n'a rien à voir avec cela, répondit Brandon en fronçant les sourcils. Il veut purement et simplement annuler la cérémonie.

— Et vous avez fini par vous ranger à son avis, à ce que je vois ! Je vous remercie d'avoir eu du moins la délicatesse de me prévenir, au lieu de disparaître dans la nuit comme un voleur !

Brandon secoua la tête et se pencha vers Kat.

— Si nous étions seuls et si nous avions le temps, chuchota-t-il, je vous prouverais à quel point je souhaite vous épouser !

— Allons, mon vieux, intervint John, si vous n'allez pas droit au fait, nous n'en finirons jamais ! En bref, Kat, votre vieux chapelain, le père Robert, nous attend dans la chapelle du château, prêt à vous unir à Brandon par les liens sacrés du mariage !

Cavendish hocha la tête et pressa la main de Kat.

— John a fort bien résumé la situation, affirma-t-il. C'est aujourd'hui la Saint-Jean, et conformément aux souhaits d'Henri, notre souverain, je vais vous épouser devant Dieu !

La jeune femme le regarda, sidérée.

— Mais… et le roi ? objecta-t-elle. Sa Majesté vient à Bodiam spécialement pour assister à nos noces !

— Le plus urgent pour moi, c'est que vous deveniez ma femme. Pour le reste… mes amis et moi avons mis au point un stratagème qui nous permettra peut-être de prendre Scantling au piège. Lorsque ce sera fait, nous pourrons nous marier une seconde fois, si vous le jugez bon !

Kat interrogea Brandon du regard, comme si elle essayait de lire dans le fond de son cœur.

— Est-ce que vous m'épousez pour défier votre père ? fit-elle avec méfiance.

— Quelle femme suspicieuse ! intervint Guy d'une voix impatiente. Comment, mon frère, vous lui offrez un honorable mariage, et elle vous questionne comme un juge ! Laissez là les bonnes manières et jetez-la sur votre épaule pour la porter à la chapelle, comme on faisait au bon vieux temps. John pourra se charger de la demoiselle d'honneur.

— Mon Dieu, s'écria Miranda en se cachant la tête sous le drap, ils sont devenus fous, ou bien ils ont trop bu !

— N'en croyez rien ! protesta John. Nous sommes totalement à jeun, et aussi sérieux que des papes. Mais assez discuté !

Et, d'un geste brusque, il tira les couvertures du lit, sans tenir compte des cris de protestation des deux cousines, à qui il ne resta plus qu'à se lever, bon gré mal gré !

— Kat, interrogea Brandon d'un ton solennel, voulez-vous m'accorder votre main ?

La jeune femme ferma un instant les yeux, éperdue. « Seigneur, songea-t-elle, que puis-je répondre ? Je ne sais même pas ce qu'il éprouve réellement pour moi. Tout ce dont je suis sûre, c'est que je ne contracterai plus jamais un mariage sans amour. Plutôt mourir ! »

— Non, répliqua-t-elle enfin d'une voix tremblante. Je suis désolée, Brandon, mais je ne peux pas vous épouser !

Chapitre 22

Pendant quelques secondes, Brandon resta littéralement sans voix, comme s'il venait de recevoir un coup en pleine poitrine.

— C'est mon père, lança-t-il enfin, j'en suis sûr ! Que vous a-t-il offert, pour vous décider à renoncer à moi ?

Blessée par cette accusation, Kat releva le menton et défia le chevalier du regard.

— Rien, assura-t-elle. Il s'agit de mon propre choix !

Outré, Brandon se redressa de toute sa taille. A la lueur dansante du feu, il semblait plus grand et plus imposant que jamais.

— Très bien, lady Katherine, articula-t-il avec lenteur. Je vous remercie sincèrement pour votre… hospitalité, et vous souhaite une bonne nuit. Mais, avant que je quitte définitivement Bodiam, pourriez-vous me dire ce qui en moi vous a si fortement déplu ?

Kat resta muette, et, pendant un instant, on n'entendit plus que le bruit des bûches qui crépitaient dans l'âtre. « Que répondre ? » se demandait la jeune femme avec désespoir. La présence physique de Brandon exerçait sur elle une telle émotion, qu'elle ne parvenait plus à trouver ses mots. Ce qu'elle aurait voulu, c'était le toucher, mais il était désormais hors de sa portée. « Un seul mot malencontreux, songea-t-elle, et je le perds pour toujours ! Est-ce cela que je veux vraiment ? »

Bouleversée, elle regarda son interlocuteur droit dans les yeux et balbutia :

— Je ne saurais épouser un homme qui ne m'aime pas !

Brandon parut ne pas en croire ses oreilles.

— Qui ne… ? répéta-t-il d'un ton incrédule. Par tous les saints, j'aurai tout entendu ce soir !

En trois enjambées, il traversa de nouveau la pièce et saisit Kat par les épaules.

— Mais évidemment que je vous aime, petite idiote ! s'écria-t-il en la secouant. Ne vous l'ai-je pas prouvé à maintes reprises ? Pourquoi ai-je passé l'après-midi dans les douves, à votre avis ?

— Les… douves ? s'étonna la jeune femme.

— Oui, cette eau fétide, verte et puante ! Croyez-vous que je m'y serais risqué si je ne vous aimais pas ?

Kat le regarda, abasourdie.

— Vous m'aimez… pour moi-même ? interrogea-t-elle. Ce n'est ni pour jouir de mes domaines, ni pour avoir un héritier, ni même pour défier votre père ?

Pour toute réponse, Brandon posa un genou à terre et déclara :

— Devant Dieu, et devant ces jeunes gens qui s'impatientent, je jure, moi Brandon Thomas Cavendish, que je vous aime, lady Katherine Fitzhugh, et que je vous chérirai jusqu'à mon dernier souffle. Acceptez-vous, madame, de m'épouser maintenant… avant que le prêtre ne s'endorme au beau milieu de la chapelle ?

Cette déclaration arracha à Kat des larmes de joie, et ce fut d'une voix émue qu'elle répondit :

— Oui, Brandon, c'est mon vœu le plus cher.

Pressée maintenant de suivre les jeunes gens, elle chercha sa chemise des yeux, mais elle avait disparu dans le désordre du lit.

— Pouvez-vous nous accorder quelques minutes ? reprit-elle. Miranda et moi devons nous vêtir décemment.

Mais cette fois, la patience de Brandon était à bout. D'un

mouvement preste, il saisit la jeune femme par la taille et la jeta sur son épaule !

— Nous n'en aurons que pour quelques instants, bougonna-t-il. Après quoi, je vous ramènerai dans votre lit.

Ravi de la tournure que prenaient les événements, Guy se précipita vers la porte et l'ouvrit toute grande.

— Bravo, Brandon ! s'écria-t-il. Il est parfois bon de revenir aux anciens usages.

Mais Kat n'était pas tout à fait de cet avis, et c'est avec un petit cri de dépit qu'elle martela le dos de Brandon, tandis qu'il s'engageait avec elle dans le corridor.

— Laissez-moi descendre ! supplia-t-elle à mi-voix.

— Tout à l'heure, mon amour, répliqua tranquillement le chevalier, qui se mit en devoir de descendre l'escalier.

Comprenant qu'il ne servirait à rien de protester davantage, Kat jeta un regard en arrière et constata que la petite troupe les suivait. Miranda, tendrement blottie contre l'épaule de John, qui la portait dans ses bras avec d'infinies précautions, semblait prendre grand plaisir à cette petite sortie nocturne. « Le diable l'emporte ! jura Kat en son for intérieur. Pourquoi est-ce toujours à moi qu'il arrive des choses insensées ? »

Heureusement, le supplice de la jeune femme fut de courte durée. Deux minutes plus tard, elle se retrouvait pieds nus devant le père Robert, qui lui sourit avec bienveillance. Gênée, Kat baissa les yeux. Dire qu'elle n'avait même pas eu le temps de prendre un voile pour se couvrir la tête dans la maison du Seigneur !

— Je vous aime tant, lui chuchota Brandon, que je vous épouserais même si vous portiez un tablier de servante !

Les sourcils froncés, Kat jeta un regard oblique à son fiancé. Brandon avait beau jeu de prétendre cela, lui qui resplendissait dans son pourpoint de velours bleu brodé de fils d'argent ! « Et moi, songea-t-elle avec amertume, je suis obligée de me marier en chemise, alors que la pauvre Sondra m'a confectionné non pas une, mais deux superbes robes de noces ! Non, décidément, c'est trop injuste… »

Heureusement, le père Robert interrompit ce flot d'imprécations silencieuses en prenant enfin la parole, et Kat sentit fondre toute sa rancune lorsque Brandon lui saisit la main et la serra doucement dans la sienne. Quand le moment fut venu de donner son acquiescement, ce fut de toute son âme qu'elle prononça le « oui » rituel, et elle ne put s'empêcher de trembler un peu lorsque le chevalier lui glissa l'anneau nuptial à l'annulaire gauche. Le baiser qui suivit fut un peu plus long que ne le voulait la coutume, et les deux nouveaux mariés faillirent bel et bien oublier le lieu où ils se trouvaient !

La cérémonie achevée, Brandon ôta sa cape bleu de nuit et la drapa autour des épaules de sa femme, tandis que les témoins signaient le registre de mariage. Puis Guy tendit une pièce en or au vieux prêtre, qui semblait ravi de pouvoir enfin regagner son lit.

Au lieu de ramener Kat dans la pièce qu'elle partageait avec Miranda, Brandon la conduisit dans la chambre où ils avaient déjà dormi ensemble deux jours plus tôt. Là, une bougie brûlait sur la table de nuit, où un pichet de vin voisinait avec deux timbales en argent.

— John a bien fait les choses, murmura Brandon. Il est vrai que c'est un romantique invétéré !

Sur ces mots, les deux nouveaux époux échangèrent un nouveau baiser, plus prolongé et insistant que celui qu'ils s'étaient donné un peu plus tôt devant le père Robert. Puis Brandon ôta ses vêtements avant de dégrafer la chemise de Kat, qui tomba sur le sol avec un bruit soyeux.

— Ma chérie, assura-t-il, vous êtes une fête pour mes yeux, et pour mon cœur !

Pressés de retrouver l'intimité à laquelle ils avaient déjà goûté cet après-midi-là, tous deux se glissèrent dans le lit… et poussèrent un cri de douleur !

— Qu'est-ce donc que cela ? s'écria le chevalier, qui assaisonna sa question d'un chapelet de jurons.

Se relevant d'un bond, il tira les couvertures… et constata que les draps étaient parsemés de roses superbes, dont les tiges avaient gardé intactes leurs redoutables épines ! Un petit billet était posé au milieu des fleurs, et Brandon dut l'approcher du bougeoir pour pouvoir lire à voix haute :

« Bonne nuit de noces, papa et Kat ! Votre fille bien aimée,
Belle Maria Cavendish. »

Assise sur le bord de la couche, Kat eut une crise de fou rire comme elle n'en avait pas connu depuis des années, tandis que Brandon ôtait du lit le malicieux présent de Belle.

— Comment a-t-elle su ? demanda la jeune femme un peu plus tard, tandis qu'elle reposait paisiblement entre les bras de son mari.

Son compagnon émit un léger rire et répliqua :

— J'aurais dû vous en avertir plus tôt, ma chérie, mais je suis persuadé que notre fille a le don de seconde vue !

Le lendemain matin, il faisait un temps superbe, et un beau soleil brillait dans le ciel lumineux, où pas le moindre nuage n'était en vue.

Penchées à l'une des fenêtres de la tour Nord, Kat et sa cousine regardaient Montjoy et les autres serviteurs s'affairer sous les arbres, autour des tables déjà dressées pour le festin.

— Croyez-vous que nous pourrons goûter de tout cela ? demanda Miranda avec gourmandise.

Les deux jeunes femmes n'avaient pris en effet qu'un maigre petit déjeuner de pain et de fromage, que Jess leur avait monté sur un plateau. Mais Kat n'avait cure de ces petits désagréments. Le cœur réjoui et le corps délicieusement las, elle planait encore sur un nuage après sa nuit de noces avec Brandon !

Une heure plus tôt, elle avait discrètement regagné sa chambre du premier étage, où elle avait procédé à une rapide toilette. Un instant plus tard, Brandon la rejoignait, accompagné de Sondra, de Jess et des deux jeunes pages, qui semblaient d'humeur assez maussade.

— Voilà une histoire qui va alimenter les commérages du comté pendant dix ans ! s'était écriée la gouvernante en disposant sur le lit les deux robes de mariée. Dépêchez-vous, lady Katerine !

Jess s'était alors avancé, et avait aidé la jeune femme à se draper dans le manteau gris que Mark venait d'ôter. Brandon s'était approché d'elle à son tour sous prétexte de l'aider à agrafer la capuche, et lui avait murmuré à l'oreille :

— Je vous aime, madame mon épouse !

— Moi aussi, Brandon, avait-elle chuchoté. Mais, pour l'amour de Dieu, faites attention à vous !

Quelques instants plus tard, Jess la conduisait discrètement vers la chambre des deux chevaliers, où Miranda et elle devaient rester enfermées jusqu'à ce que Fenton eût été neutralisé.

— Amusez-vous bien, Jess ! avait-elle dit au jeune veneur, qui s'apprêtait à se retirer. Et surtout, profitez de l'occasion pour dire à Sondra que vous l'aimez.

Le jeune homme avait eu un large sourire.

— Oh ! lady Cavendish, avait-il répliqué, c'est déjà fait ! Sondra ne m'a pas permis de l'oublier, et je lui ai demandé sa main dès les premières lueurs de l'aube !

Sur ces mots, le jeune homme était sorti en sifflotant, laissant Kat plongée dans un océan de délices. Lady Cavendish ! s'était-elle répété. C'était le plus beau nom qu'elle eût jamais porté !

Quelques instants plus tard, Miranda l'avait rejointe, enveloppée dans le manteau de Christopher. Et maintenant, les deux jeunes femmes assistaient du deuxième étage au spectacle de leur propre mariage !

— Regardez, murmura Kat en désignant à sa cousine les villageois qui se pressaient sur la pelouse, ils ont mis leurs plus beaux atours pour assister à mes noces !

— Et aux miennes, j'espère ! compléta Miranda.

Kat serra sa cousine dans ses bras.

— Bien sûr, ma chérie ! s'écria-t-elle. Ne croyez pas un seul instant que je vous aie oubliée !

Accoudées à la fenêtre, les deux jeunes femmes examinèrent la foule. Fenton était-il réellement parmi ces gens ? se demanda Kat. Elle n'était pas encore remise de la stupeur qu'elle avait éprouvée en apprenant que son neveu avait voulu tuer Brandon, et qu'il avait presque réussi à occire le malheureux Tod. Dieu merci, le jeune serviteur avait survécu à la nuit, et Sondra assurait qu'il finirait par se rétablir.

A cet instant, un cor de chasse résonna de l'autre côté des bois, et Miranda enfonça ses ongles dans le bras de sa compagne.

— Croyez-vous que ce soit le roi ? interrogea-t-elle d'une voix tremblante. Je ne l'ai jamais vu !

— Moi non plus, répondit Kat en scrutant la crête de la colline.

L'appel de l'instrument s'éleva une seconde fois, et la plus splendide compagnie de hors-la-loi qu'on pût rêver apparut bientôt au sommet du coteau. Parvenus là, les nouveaux venus observèrent quelques secondes d'arrêt, avant de dévaler la pente qui menait à Bodiam.

— C'est lui ! s'écria Kat en voyant un cavalier monté sur un coursier noir s'arrêter devant le pont-levis.

— Il est d'une stature impressionnante ! chuchota Miranda.

Vêtu de vert depuis ses bottes jusqu'à la plume de son chapeau, sa barbe flamboyante étalée sur la poitrine, Henri VIII avait un port vraiment royal, et on ne pouvait le confondre avec aucun de ses compagnons. Lorsqu'il leva la main, les nombreuses bagues qu'il portait aux doigts étincelèrent dans les rayons du soleil matinal.

Lady Alicia, qui faisait fonction de maîtresse de maison en l'absence de Kat, s'avança aussitôt vers la petite troupe et salua le roi et ses courtisans d'une respectueuse révérence.

— Et voilà sans doute Anne Boleyn, chuchota Kat en désignant à Miranda la seule femme du groupe.

Habillée d'une robe toute simple, dont l'étoffe de velours avait de chauds reflets dorés, la favorite du roi portait une couronne de fleurs sur la tête, et ses longs cheveux dénoués tombaient jusqu'à sa taille.

Troublée par la vue de cette pécheresse, Miranda se hâta de faire un signe de croix.

— On prétend que c'est une sorcière ! murmura-t-elle.

Kat haussa les épaules.

— Vous avez trop écouté les contes dont Sondra épouvante régulièrement ses filles de cuisine, remarqua-t-elle.

Elle s'interrompit un instant avant d'ajouter d'une voix inquiète :

— Mon Dieu, voilà sir Thomas qui s'avance à son tour vers le roi. Pourvu qu'il n'aille pas le faire changer d'avis !

Miranda émit un petit gloussement.

— Qu'importe ? dit-elle à sa cousine. Il est trop tard !

— C'est vrai, puisque je suis bel et bien mariée ! Mais je n'aimerais pas commencer ma vie d'épouse sous de mauvais auspices, en me querellant avec ce vieillard. J'aurais tant voulu m'entendre avec lui ! Quant à lady Alicia, elle est tout simplement délicieuse.

— En parlant d'elle, regardez ! s'écria Miranda. Elle vient de repousser sir Thomas, qui s'obstinait à parler au roi, et Sa Majesté a éclaté de rire !

Les derniers mots de Miranda furent couverts par un bruit joyeux de trompettes. Postés à l'une des fenêtres du château, les musiciens de Bodiam venaient de faire éclater une fanfare, qui fit tressaillir les deux jeunes femmes. A cet instant, deux hautes silhouettes revêtues d'une imposante armure sortirent par la grande porte et s'avancèrent sur le pont-levis à la rencontre du roi.

— Qui est-ce ? chuchota Miranda.

Kat eut un léger sourire.

— Mais, si je ne me trompe, ce sont nos chevaliers ! déclara-t-elle. Il y a peu d'hommes aussi grands qu'eux dans cette assemblée, si ce n'est Guy, mais je l'aperçois là-bas à côté de Céleste.

Miranda fronça les sourcils.

— Mais pourquoi ce harnachement ? interrogea-t-elle. On ne parvient même pas à les distinguer l'un de l'autre !

— C'est là tout l'intérêt de cet accoutrement, ma chérie ! Fenton ne saura pas sur qui il doit tirer, et même s'il le fait nos hommes seront protégés par leur armure.

Miranda pâlit.

— J'espère bien qu'il n'osera pas ! s'écria-t-elle. Pas devant le roi !

— C'est ce que nous allons savoir, répliqua Kat, dont le visage se rembrunit à cette pensée. Malheureusement, je crois que ce petit malheureux a perdu l'esprit, et qu'il est capable de tout !

A cet instant, une seconde sonnerie de cuivres s'éleva de la fenêtre voisine.

— Et maintenant, qui est-ce ? questionna Miranda, qui se pencha avec curiosité afin de mieux profiter du spectacle. Oh ! regardez, Kat, ce sont nos robes !

Deux silhouettes féminines s'avançaient en effet sur le pont, vêtues des superbes toilettes de mariée confectionnées par Sondra, et le visage soigneusement dissimulé derrière un voile blanc. A leur vue, les spectateurs applaudirent frénétiquement, et des vivats montèrent de la foule.

— Mon Dieu ! s'écria Kat, qui ne put s'empêcher de rire malgré son anxiété. Regardez leur dos ! Sondra n'a pas réussi à lacer les robes jusqu'en haut, car leurs épaules sont plus larges que les nôtres. Il n'empêche qu'ils ont fort belle allure. Brandon m'avait bien dit que Mark et Christopher pratiquaient avec beaucoup de talent l'art du déguisement !

Tandis qu'elle parlait, les deux prétendues fiancées, qu'escortait le digne Montjoy, s'étaient avancées vers le roi, et avaient plongé devant lui dans une profonde révérence. Puis les mystérieux chevaliers s'étaient inclinés devant elles, et avec un ensemble parfait, chacun d'eux s'était emparé du bras de sa « promise ». On entendit alors s'élever le rire satisfait du roi, qui prit la direction de la petite église, suivi des deux couples et du reste des invités.

— Oh ! fit Miranda, quel dommage ! Ils vont bientôt être hors de vue. J'aurais tant voulu voir…

La jeune femme n'acheva jamais sa phrase, car un cri terrible retentit soudain dans la foule, à gauche du pont-levis. Au même instant, l'un des chevaliers s'effondrait sur le sol dans un fracas de métal, atteint par une flèche au défaut de la cuirasse. Sans perdre une seconde, son compagnon dégaina son épée et s'avança au plus épais de la cohue, vers l'endroit d'où était monté le hurlement. Mais il était déjà trop tard ! Un second trait survola la tête des badauds, et, avec un sifflement aigu, vint se planter tout droit dans le chapeau du roi ! Aussitôt, des glapissements hystériques s'élevèrent dans l'assistance, qu'agitaient de violents remous.

Kat, qui regardait la scène avec une horreur croissante, ne pouvait détacher les yeux du chevalier abattu. « Mon Dieu ! supplia-t-elle, pas Brandon ! Ne me le reprenez pas avant même que nous ayons eu le temps de vivre ensemble ! »

Incapable de se maîtriser davantage, elle retroussa ses jupes et se précipita vers la porte.

— Kat, où allez-vous ? s'écria Miranda d'une voix implorante.

La jeune femme ne s'arrêta que le temps de répondre :

— Je ne sais qu'une chose, ma chérie, c'est que l'homme qui gît sur le sol est mon bien-aimé, et que je veux être à son côté, quoi qu'il advienne !

Et, sans perdre un instant de plus, elle descendit en trombe l'escalier en colimaçon, sa cousine sur les talons. « Je l'aime ! scandait à chaque pas son cœur affolé de chagrin et de terreur. Ne me l'enlevez pas maintenant, alors que le jour de nos noces n'est même pas achevé ! »

La journée avait bien commencé pour Fenton Scantling. Il avait passé une nuit paisible dans la ferme d'un métayer, ce qui l'avait parfaitement reposé de ses deux jours de fatigue et d'errance. Le meurtre du paysan et de sa famille n'avait pas pesé plus lourd sur sa conscience que celui de Wormsley. Ces gens n'étaient après tout que d'inutiles parasites, s'était-il dit en haussant les épaules. Le temps que l'on découvre leurs corps dans la meule de foin où il les avait cachés, il serait devenu le maître de Bodiam, et nul n'oserait s'en prendre à lui. Ce serait même assez drôle d'avoir à veiller au bon déroulement de l'enquête, avait-il pensé en s'endormant.

Le lendemain matin, son premier soin avait été de revêtir les habits du paysan, qui, Dieu merci, lui allaient parfaitement. Puis il avait pris un solide petit déjeuner, avant de préparer son arbalète et les deux flèches dont il allait avoir besoin, l'une pour ce chien galeux de Cavendish, et l'autre pour tante Katherine. Pourquoi pas, après tout ? avait-il songé. En abattant Kat, il deviendrait immédiatement le propriétaire du domaine, et n'aurait pas à attendre des années pour hériter !

Ces préparatifs achevés, il dissimula son arme sous les plis de sa cape, et, après avoir jeté un dernier regard autour de lui afin de s'assurer qu'il n'avait rien oublié, il prit résolument la route de Bodiam.

En approchant du château, il constata que la fête battait déjà son plein. Des bannières multicolores avaient été accrochées aux remparts, et s'agitaient dans la douce brise estivale. Une foule imposante s'était déjà rassemblée sur la pelouse, et des serviteurs couraient çà et là, portant des plats couverts et des corbeilles de fruits. Fenton renifla avec gourmandise les alléchants fumets. « Quel dommage de ne pas pouvoir profiter de cet excellent repas ! » songea-t-il avec regret. Enfin, la nourriture ne serait pas perdue pour tout le monde, puisqu'il comptait l'offrir à la foule après le double meurtre. Cela tiendrait les gens occupés pendant qu'on emporterait les corps !

Se glissant au plus épais de l'assistance, il choisit un endroit où il aurait le soleil derrière le dos, et un excellent point de vue sur la porte du château. Puis il s'assura que son arbalète était bien en place, et attendit la suite des événements.

L'arrivée du roi représenta la première anicroche dans le déroulement de son plan. Qu'est-ce que le gros Henri venait faire ici, dans cette campagne perdue ? se demanda-t-il avec irritation. Et pourquoi ses courtisans et lui étaient-ils vêtus comme des bûcherons du siècle précédent ? C'était absolument ridicule !

Mécontent, Fenton se tourna de nouveau vers le château, et vit une femme d'un certain âge, vêtue de riches étoffes de damas et de satin, franchir avec dignité les quelques mètres qui la séparaient du souverain, et accueillir ce dernier d'une révérence.

A cet instant, un homme âgé s'avança à son tour vers Henri, et Scantling ne put retenir un juron. Le diable l'emporte, songea-t-il, ce devait être le vieux comte de Thornbury, le père de Brandon ! Le vieillard était en effet aisément identifiable à la tête de loup qu'il portait brodée sur sa cape.

— Cher Robin des Bois, s'écria le comte, qui haussa la voix pour se faire entendre par-dessus le brouhaha de la foule, j'ai quelques mots à vous dire, si vous n'y voyez pas d'inconvénient !

— Maintenant, milord ? demanda le roi d'un ton étonné. Le moment ne me semble pas très indiqué !

Mais il en fallait davantage pour décourager sir Thomas, qui reprit d'un ton grave :

— Mon fils n'a pas vraiment lieu d'être satisfait de ce mariage, Majesté !

Le roi l'arrêta d'un geste désinvolte.

— Aucun fiancé n'est jamais satisfait le matin de ses noces ! affirma-t-il. C'est naturel, n'est-ce pas ? ajouta-t-il en prenant la foule à témoin.

Cette remarque suscita une vague de rires et d'applaudissements, après quoi la dame âgée entraîna rapidement le comte à l'écart, et lui chuchota quelques mots à l'oreille. C'était sans doute la femme du vieux Cavendish, songea Fenton. Tous deux croyaient peut-être avoir des raisons de se plaindre, mais ils ne savaient pas encore ce qui les attendait !

Une sonnerie de trompettes interrompit brusquement la scène, et Fenton arrondit les yeux lorsqu'il vit surgir du château deux chevaliers revêtus de brillantes armures. Lequel des deux était Brandon Cavendish ? songea Scantling avec angoisse. Il tâta les flèches qu'il avait dissimulées dans son manteau. Sûr de son fait, il n'avait songé à en prendre que deux. Devait-il retourner dans la forêt, à l'endroit où il avait caché les autres ? « Trop tard ! » lui répondit une voix intérieure. S'il s'éloignait maintenant, il ne pourrait plus jamais mettre son projet à exécution ! Il lui fallait donc choisir d'assumer le risque.

Il en était là de ses pensées, lorsqu'une seconde fanfare le fit tressaillir. Aux clameurs de l'assistance, deux dames voilées venaient d'apparaître sur le pont-levis, accompagnées de ce vieux corbeau de Montjoy. Cette fois, Fenton sentit la sueur lui perler sur le front. Deux mariées ! songea-t-il avec désespoir. Sur laquelle fallait-il tirer, et à quel moment ? Embarrassantes questions, auxquelles il était incapable de répondre. Les choses prenaient décidément une tournure qu'il n'avait pas prévue !

Les mains crispées sur son arme, il se mit à réfléchir comme un fou. Il devait prendre sa décision tout de suite, ou tout serait perdu ! A quelques mètres de lui, l'un des chevaliers s'avança vers la dame la plus proche et lui prit la main. Ce devait être Katherine et Cavendish, décida le jeune homme, bien qu'il ne se souvînt pas que sa tante fût si grande. Sans doute avait-elle chaussé des mules à talons hauts pour cette solennelle occasion ! supposa-t-il.

« Maintenant ! lui ordonna une voix impérieuse, qui bourdonnait dans sa tête comme un insecte importun. Fais-le tout de suite, car c'est le moment ou jamais ! »

D'un mouvement vif comme l'éclair, Fenton leva l'arbalète, visa, et envoya la première flèche. Le chevalier s'écroula dans un fracas de jugement dernier. Près de Fenton, une femme se mit à hurler, et il eut la tentation de lui renfoncer son cri dans la gorge. « Tu n'as pas le temps ! lui hurla la voix. Tire encore ! » Mais, à l'instant même où il appuyait sur la détente, quelqu'un lui bouscula le bras, et le trait, dévié de son trajet initial, se perdit dans la foule.

— Malédiction ! s'écria Fenton.

Mais il n'eut pas le temps d'aller plus loin dans ses imprécations. Un bras puissant venait de lui arracher son arme, et, lorsqu'il voulut se tourner pour voir le visage de son agresseur, un coup brutal s'abattit sur sa nuque.

Non, se dit-il, ce n'était pas possible, ce n'était pas ainsi que les choses auraient dû arriver ! La tête bourdonnante, il s'affaissa sur le sol, tandis que tout s'obscurcissait autour de lui.

Stupéfait, le roi entendit siffler la première flèche et vit le chevalier mordre la poussière. « Vite, songea-t-il, il me faut trouver un abri, car il y a un traître parmi les assistants ! »

Il était en train d'essayer de maîtriser son cheval, lorsque le second trait partit de l'arbalète. Henri le regarda venir vers lui sans même esquisser un mouvement de fuite, littéralement hypnotisé par le danger. « Il va me percer le front ! » se dit-il avec effroi. Mais il se sentait aussi incapable de bouger que de proférer un son. La seconde d'après, la pointe acérée lui effleurait la tête, emportant son chapeau de velours orné d'une plume verte.

— Arrêtez l'assassin ! cria-t-il enfin d'une voix de stentor, tout en retenant son cheval qui piaffait de peur.

A cet instant, la foule s'écarta devant lui, et le roi vit s'avancer dans la trouée le second chevalier, qui portait sur son épaule un jeune homme à demi inconscient. Arrivé devant le souverain, l'homme jeta le félon à terre, puis leva sa visière et salua le monarque.

— Cavendish ! s'écria le roi avec un soupir de soulagement.

— Voici le traître, Majesté ! fit Brandon en désignant l'assassin du bout de son pied chaussé de métal.

— Seigneur, s'écria Henri, mais c'est Fenton Scantling ! Le diable vous damne ! ajouta-t-il à l'adresse du jeune homme. Vous n'êtes pas digne de respirer !

Le misérable se redressa péniblement et se mit à genoux.

— Pitié, Sire, balbutia-t-il. On m'a heurté le bras, mais je jure que ce n'était pas vous que je visais, c'était…

— Scélérat ! interrompit le roi. Tu as vécu trop longtemps ! Otez cette vermine de ma vue, ajouta-t-il en se tournant vers ses gens.

Puis il toisa le meurtrier du haut de sa monture et lui lança d'un ton méprisant :

— Nous nous reverrons, Scantling… dans un cachot de la Tour de Londres !

Foudroyé par ces mots, Fenton retomba en arrière et les gardes du roi s'emparèrent de lui.

— Enfermez-le en lieu sûr, cria le monarque, et donnez-lui des eaux de vidange pour seule boisson ! C'est tout ce que mérite ce sinistre individu !

Dès que l'assassin eut été emmené, lady Anne Boleyn s'avança sur sa haquenée blanche, tandis que Brandon, après avoir salué le souverain, se fondait discrètement dans la foule.

— Allez-vous bien, Majesté ? interrogea la jeune femme avec une tendre sollicitude.

Henri lui dédia un chaleureux sourire.

— Oui, mon amour, assura-t-il. Le Seigneur a daigné me préserver de cette fin misérable.

Lady Anne se pencha sur sa selle et prit la main de son royal amant.

— Que ferait l'Angleterre sans vous, Sire ? murmura-t-elle. Le pays serait perdu… et moi aussi.

— Voilà exactement les mots que j'avais besoin d'entendre, déclara le roi en lui baisant galamment le poignet.

Haletante, Kat se fraya péniblement un chemin jusqu'au chevalier qui gisait toujours sur la pelouse, sa visière baissée. A quelques mètres de là, les deux jeunes pages, empêtrés dans leurs longues jupes, se hâtaient également vers leur maître, bousculant les spectateurs avec une force que l'on se serait difficilement attendu à trouver chez deux frêles femmes !

Parvenue enfin près du blessé, Kat s'agenouilla dans l'herbe et balbutia :

— Brandon, mon amour, avez-vous très mal ? Répondez-moi, je vous en prie.

Un ricanement s'échappa du heaume du chevalier.

— Je vous remercie de vos douces paroles, Kat, mais elles ne me sont malheureusement pas destinées ! fit la voix de John Stafford. Ne vous inquiétez pas pour moi, en tout cas, car je ne souffre que d'une égratignure. Mais où est donc ce vaurien de Christopher ? ajouta-t-il en tentant vainement de s'asseoir. Je suis absolument incapable de me relever avec cette maudite armure !

— Il arrive, assura Kat, qui ne savait plus si elle devait rire ou pleurer. Et voici également Miranda, dont les soins vous seront certainement plus agréables que les miens. Tandis qu'elle s'occupe de vous, je vais aider Mark et Christopher à ôter les chefs-d'œuvre de Sondra, avant qu'ils ne les aient déchirés !

— Vous devriez les laisser dans leurs jupes, ma chérie, s'écria tout à coup une voix sépulcrale, qui résonna dans le dos de la jeune femme. Ils font de très jolies filles, ne trouvez-vous pas ?

Surprise, Kat se retourna et se retrouva en face d'un chevalier en armure qui, par la fente de sa visière, l'observait du regard le plus bleu qu'il y ait jamais eu sur cette terre.

— Dieu merci, vous semblez en parfaite santé ! s'exclama-t-elle tandis que Mark débouclait le heaume de son maître.

Enfin libéré de son carcan, Brandon secoua la tête et prit une profonde inspiration.

— C'est un beau matin pour un mariage, milady, observa-t-il. Que diriez-vous de m'épouser de nouveau ?

Kat inclina la tête.

— Oh ! oui, milord, ce sera avec plaisir, car Robin des Bois semble plutôt impatient !

— Il a surtout hâte de goûter au festin ! assura Brandon, qui baissa la voix pour faire à Kat cette confidence.

Puis il regarda les lèvres de la jeune femme et ajouta :

— Par ma foi, on dirait que vous attendez un baiser, lady Katherine !

— C'est mon vœu le plus cher, milord, affirma Kat en se haussant sur la pointe des pieds, pour permettre à Brandon de lui effleurer les lèvres.

Mais Belle ne laissa pas ses parents se livrer longtemps à ces effusions. Les yeux brillants d'excitation, la petite fille se précipita vers le couple en s'écriant :

— Allons, papa, mariez-vous de nouveau et qu'on en finisse, sans quoi, Francis va manger à lui seul tous les gâteaux à la crème !

Brandon abandonna à regret la bouche de Kat pour se tourner vers sa fille.

— Et si nous parlions un peu du cadeau de noces que vous nous avez offert, ma chérie ? suggéra-t-il d'un ton suave.

Gênée, Belle se frotta le nez avant de détourner résolument la conversation.

— Oh ! papa, supplia-t-elle, j'ai tellement faim ! Ne nous faites pas languir davantage, je vous en prie !

Et elle s'envola dans un tourbillon de jupes bleues, tout en criant à l'adresse de son frère :

— Francis Bardolph, papa a dit que vous deviez arrêter de vous empiffrer !

Un sourire aux lèvres, Brandon prit la main de Kat et déclara d'une voix solennelle :

— Bienvenue dans la famille Cavendish, ma chère épouse !

Radieuse, la jeune femme se blottit contre la robuste poitrine de son mari et lui chuchota à l'oreille :

— Vous ne pouvez savoir combien je suis heureuse d'en faire partie, mon époux bien-aimé !

Epilogue

Wolf Hall, Northumberland, novembre 1530

— Qu'est-ce donc ? interrogea sir Thomas en regardant le plat que son page venait de poser devant lui.

Assise en face de son époux, lady Alicia dissimula un sourire malicieux derrière sa serviette.

— De la corneille rôtie, affirma-t-elle avec le plus grand sérieux. On prétend que c'est très bon pour la mémoire, et je crois que vous avez grand besoin de rafraîchir la vôtre !

Sir Thomas piqua le volatile du bout de son couteau, et prit un air penaud pour demander :

— Qu'ai-je donc encore oublié ?

— Eh bien… vos bonnes manières, peut-être ! répliqua lady Alicia, qui tira une enveloppe des profondeurs de sa manche, et annonça d'un ton triomphant :

— J'ai reçu ce matin une missive de Bodiam.

— Humph, fit sir Thomas, qui mâchait avec application.

— Brandon est ravi de nous annoncer que Kat attend un enfant !

Pris au dépourvu par cette nouvelle, le comte avala précipitamment le morceau de viande qu'il avait dans la bouche, et but une gorgée de vin avant de bredouiller :

— Seigneur Dieu, un bébé ? Pour quand ?

Le sourire de la vieille dame s'accentua. C'était pour elle un tel plaisir de taquiner son époux, surtout quand il le méritait comme en cet instant !

— En mars, précisa-t-elle, au début du printemps !

Sir Thomas la dévisagea un instant d'un air empreint de gravité. Puis il ouvrit la bouche pour articuler d'un ton fortement adouci :

— Passez-moi la moutarde, ma chérie. Au fond, ajouta-t-il, je me suis plutôt mal comporté avec Kat, n'est-ce pas ?

— Oui, on peut le dire, décréta fermement lady Alicia.

— Je ne lui ai même pas fait de cadeau de mariage !

— Pas que je me souvienne, en effet.

Sir Thomas porta l'aile du volatile à sa bouche et la décortiqua un instant en silence.

— Peut-être ne m'en voudra-t-elle pas trop si je lui envoie maintenant un petit présent, reprit-il enfin. Qu'en pensez-vous ?

Lady Alicia tapota la lettre et déclara du ton le plus sérieux du monde :

— Je crois même qu'un gros cadeau s'impose ! Que diriez-vous d'un service en or et en argent ?

— Vous me volez mon idée ! s'exclama le comte. Voilà exactement ce que je pensais lui offrir.

Il mastiqua un instant sans mot dire, puis déclara d'un ton pensif :

— Peut-être devrais-je également lui écrire une petite lettre d'excuse…

— Une très longue lettre ! renchérit lady Alicia.

— Je vais m'y mettre tout de suite après le dîner, promit sir Thomas. Hum, ajouta-t-il, cette corneille n'est finalement pas mauvaise, à condition de l'assaisonner avec une pointe de moutarde… et une bonne pinte de remords !

Désarmée par l'air contrit de son mari, lady Alicia se pencha par-dessus la table et lui chuchota à l'oreille :

— Afin de vous montrer que vous êtes pardonné, j'ai commandé pour le dessert les gâteaux que vous affectionnez !

Le visage du vieil homme s'éclaira.

— Avec de la crème à la menthe ? interrogea-t-il d'un ton plein d'espoir.

Lady Alicia éclata de rire.

— Bien sûr, mon cher époux, affirma-t-elle. Croyez-vous que je ne connaisse pas vos goûts après plus de trente ans de mariage ?

À découvrir ce mois-ci

6 nouveaux romans dans la collection

Les Historiques

DANS LES BRAS D'UN HIGHLANDER
de Marguerite Kaye - n°566

Ecosse, 1747. Madeleine est désemparée. Alors qu'elle a fui sa Bretagne natale pour retrouver son fiancé disparu, la voilà fascinée par le mystérieux Ecossais qui lui sert de guide, et dont elle ignore à peu près tout. Certes, Calumn Munro lui est venu en aide à son arrivée à Edimbourg, et sans lui, Madeleine n'aurait jamais réussi traverser les Highlands ; mais peut-elle vraiment faire confiance à cet inconnu ? Calumn ne lui a-t-il pas promis qu'avant la fin de leur périple, il lui ferait connaitre le plaisir qu'elle n'éprouvera jamais dans les bras de son fiancé ? Le pire dans tout cela, c'est que Madeleine ne peut s'empêcher de déceler une part de vérité dans les paroles du Highlander. Une vérité qui pourrait bouleverser sa vie ...

LE SECRET DES HAUTES-TERRES
de Suzanne Barclay - n°567

Kennecraig, Ecosse, 1407. Qui est vraiment Ross Sutherland ? Après avoir ouvert les portes de sa forteresse au ténébreux guerrier pour le sauver d'une embuscade, Cathlyn Boyd ne peut s'empêcher de frissonner. Car si elle est fascinée par le séduisant Irlandais, elle n'oublie pas la menace qui pèse sur les siens depuis la mort de son père. Comment ne pas redouter que Ross ait été envoyé par Hakon Fergusson, son ennemi juré qui rêve depuis toujours de voler le secret ancestral de Kennecraig ? Un risque d'autant plus inquiétant que Ross possède une arme redoutable pour parvenir à ses fins : le désir irrépressible qu'il fait tout de suite naître en elle...

LA VENGEANCE DE FORD BARRETT

de Deborah Hale - n°568

Angleterre, 1821. Epouser Ford Barrett, l'héritier de son défunt mari, et devenir chaque jour l'objet de sa vengeance ? Pour Laura Penrose, ce serait sacrifier sa vie. Elle a beau avoir été éperdument amoureuse de Ford sept ans plus tôt, elle refuse de s'imposer une deuxième union sans amour, qui plus est avec cet homme incapable de lui pardonner leur rupture de jadis. Mais pour sauver son indépendance, Laura sait qu'elle devra se montrer forte : Ford n'est plus le garçon charmant d'autrefois. Et que fera-t-elle s'il la place devant un dilemne — l'épouser, ou bien quitter les terres sur lesquelles elle vit avec sa famille, mais qui sont désormais à lui... ?

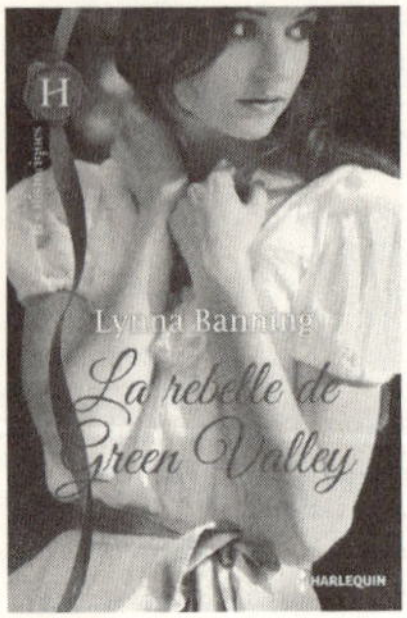

LA REBELLE DE GREEN VALLEY

de Lynna Banning - n°569

Green Valley, 1867. Quitter sa propriété, comme essaie de l'y forcer Wash Halliday ? Pour Jeanne, c'est une inconcevable perspective ! Après la terrible guerre civile qui a ravagé le pays, sa plantation et sa modeste maison sont tous les biens qu'il lui reste. Ce Halliday peut bien être envoyé par le président, jamais elle ne cèdera ! D'ailleurs, elle a déjà prouvé que rien ni personne ne pouvait l'arrêter s'il s'agit de protéger son avenir et celui de sa fillette. Rien, sans doute, mais... personne ? Le jour où Wash Halliday décide de se présenter chez elle, Jeanne, saisie par tant de séduction, sent chavirer sa chère indépendance...

LA MAÎTRESSE DU LIBERTIN

de Christine Merrill - n°570

Londres, Régence. Le père d'Esme, un homme cruel et violent, a prévu de la marier à un vieil aristocrate dans le seul but de servir ses intérêts. C'est oublier le caractère impétueux de sa fille qui, lorsqu'elle devine ses intentions, décide d'échapper à l'union qu'il veut lui imposer. Comment ? En ruinant sa réputation, en provoquant un scandale, par tous les moyens... Et très vite, une solution apparaît clairement dans l'esprit d'Esme — ou plutôt un visage : celui du capitaine John Radwell, son séduisant voisin, un incorrigible débauché dont on ne compte plus les conquêtes. Aussitôt, Esme fuit la demeure familiale et s'introduit chez le célèbre capitaine, convaincue qu'un libertin tel que lui ne pourra pas résister...

FIANCÉS SUR ORDRE DU ROI

de Tori Phillips - n°571

Angleterre, 1528. A la Saint Jean, Brandon Canvendish et lady Katherine Fitzhugh, fiancés malgré eux, devront se rencontrer. Ainsi en a décidé le roi, et sa décision n'est pas contestable. Pour les intéressés, c'est un véritable couperet qui s'abat. Désespéré, le premier s'épanche auprès de son meilleur ami, John : comment pourrait-il être un bon époux, lui qui a toujours été le pire des débauchés ? Quant à la seconde, elle confie à Miranda, sa cousine, combien il lui en coûte de renoncer à sa liberté après une première union désastreuse. Le premier choc passé, un plan astucieux germe dans l'esprit de Brandon : il se présentra au rendez vous... en se faisant passer pour John ! Un plan savamment orchestré, à un détail près : il ignore que Katherine, elle aussi, a échangé sa place avec Miranda...

A paraître
le 1er décembre 2012

LA PROMESSE DU HIGHLANDER
de Marguerite Kaye - n°572

Ecosse, 1748. Et si, après toutes ces années, il était de retour pour la reconquérir ?... Alors qu'elle observe Alasdhair, son séduisant Highlander, au milieu du groupe de convives, Ailsa se sent défaillir. Combien de fois a-t-elle rêvé de ces retrouvailles depuis la disparition d'Alasdhair, six ans plus tôt ? Combien de fois a-t-elle imaginé qu'il reviendrait lui expliquer les raisons de son départ ? Aujourd'hui, Ailsa croyait avoir renoncé à ses rêves de jeune fille. Trop d'années se sont écoulées, trop de mensonges ont été prononcés. Et puis, elle est promise à un laird, un homme de son rang. Pourtant, elle ne peut ignorer la lueur d'espoir qui s'allume en elle lorsqu'elle croise le regard de feu de l'irrésistible Alasdhair…

AMOUREUSE D'UN VIKING
de Joanna Fulford - n°573

Angleterre, 995. Depuis la disparition de son époux, Anwyn ne cesse de repousser les avances du cruel Ingvar, qui rêve de mettre la main sur ses terres. Pour elle, il n'est pas question de subir un autre mariage forcé ni d'imposer l'autorité d'un tyran à son fils ! Hélas, comment résister à l'assaut d'Ingvar avec si peu d'hommes au château ? Il faut trouver des renforts… Aussi Anwyn voit comme un signe l'arrivée d'une bande de Vikings sur son domaine : si elle parvient à faire de ces barbares ses alliés, alors – enfin ! – elle pourra vivre en paix avec son enfant. Et qu'importe le prix que ce pacte lui coûtera ! Du moins le croit-elle. Jusqu'à ce qu'elle se retrouve face au chef des Vikings, un homme ténébreux au captivant regard azur…

UNION SOUS CONTRAT
de Deborah Hale - n°574

Angleterre 1824. Pour protéger son neveu orphelin, Artemis est prête à tout, y compris à affronter le puissant Hadrian Northmore, qui réclame la garde de l'enfant. Il a beau être l'oncle du petit, Artemis refuse de lui abandonner son neveu bien-aimé. Car les Northmore ont prouvé qu'ils étaient indignes de confiance ! N'est-ce pas le frère débauché de Hadrian qui a séduit sa sœur cadette ? Mais alors qu'Artemis se prépare à une violente confrontation, l'arrogant Hadrian lui propose une troublante solution : si elle veut élever son neveu, elle devra accepter de l'épouser…

UN ÉPOUX POUR ELLA

de Cheryl St John - n°575

WYOMING, 1783. Jamais Ella n'aurait dû répondre à cette petite annonce ! Certes, dans sa situation, cette offre était l'occasion rêvée de prendre un nouveau départ, le genre d'opportunité qui se présente une seule fois dans une vie. Et puis, en acceptant de se marier avec un parfait inconnu, elle n'avait pas imaginé qu'elle tomberait sous le charme de son époux dès leur première rencontre… ni même qu'elle éprouverait pour lui un désir aussi immédiat qu'incontrôlable. A présent, déchirée entre ses sentiments pour Nathan et la nécessité de dissimuler sa véritable identité, Ella est complètement désemparée. Car, elle le sait, s'il vient à découvrir son sulfureux passé, Nathan ne lui pardonnera jamais de lui avoir menti…

LE BAL DE L'HIVER

de Annie Burrows - n°576

Angleterre, Régence. Depuis son arrivée à Alvanley Hall, où le comte de Bridgemere donne son traditionnel bal de Noël, Helen ne décolère pas. Pour qui se prend le comte, à traiter si mal ses invités ? Et comment ose-t-il loger sa propre tante dans une tour glaciale du château, sans se soucier de la santé de cette vieille dame ? Helen savait son hôte austère, mais pas à ce point de grossièreté ! Aussi, déterminée à expliquer à ce rustre sa façon de voir les choses, Helen n'hésite pas : elle exige un rendez-vous avec Sa Seigneurie. Mais alors qu'elle se préparait à rencontrer un homme aigri et méprisant, elle a la surprise de découvrir un gentleman infiniment séduisant…

FILLE DE ROI

de Tori Phillips - n°577

Angleterre, 1497. En secret, sir Brampton, tuteur de la jeune Alicia Broom, vient demander à sir Cavendish d'accepter un mariage entre sa pupille et l'un de ses trois fils. Alicia, lui explique-t-il, a besoin de protection, car elle n'est autre que la fille naturelle du roi déchu et serait menacée de mort si le nouveau roi découvrait son existence. Aussitôt, le pacte est conclu : sir Cavendish porte son choix sur son benjamin, Thomas, un adolescent taciturne et solitaire. Puis dix longues années s'écoulent, durant lesquelles Thomas, devenu comte de Thornbury, oublie l'existence d'Alicia. Jusqu'à ce jour où une jeune femme se présente au château et affirme être sa promise…

BestSellers

A paraître le 1er novembre

Best-Sellers n°541 • historique
L'ange du passé - Judith James

Angleterre, 17ème siècle

En pleine tempête, alors que la guerre civile fait rage, Elizabeth découvre un homme presque inconscient sur le seuil de sa modeste demeure. Ses vêtements ne laissent aucun doute sur son appartenance : c'est un soldat, un ennemi de surcroît. Aussi Elizabeth hésite-t-elle : en portant secours à cet inconnu, elle se mettrait en danger, elle et tous ceux qui partagent son foyer. Mais ses hésitations volent en éclat lorsqu'elle découvre le visage du jeune homme. Ce regard intense, ces traits séduisants ne sont autres que ceux de William de Veres, l'ami d'enfance dont elle était éperdument amoureuse, celui qui, alors qu'ils n'étaient que des adolescents, lui a promis de toujours veiller sur elle ! Bouleversée, Elizabeth décide de venir en aide à William, au risque d'être accusée de trahison. Une décision qui va complètement bouleverser son existence…

Best-Sellers n°542 • historique
L'héritière de Boston - Kat Martin

Londres, 1859.

Venue à Londres pour faire annuler son mariage avec Rule Dewar, Violet Griffin est convaincue que son époux sera soulagé par sa requête. Après tout, si, sur son lit de mort, le père de Violet ne l'avait pas supplié de prendre soin de sa fille, jamais le séduisant Anglais n'aurait posé les yeux sur elle. La preuve : depuis qu'ils ont échangé leurs vœux trois ans plus tôt, Rule n'a jamais remis les pieds à Boston, préférant mener une vie de débauche en Angleterre, sans même prendre la peine de se montrer discret.

Et pourtant, contre toute attente, Rule Dewar ne se montre pas aussi coopératif que prévu. Pis encore ! il impose ses propres conditions à Violet : pour obtenir son accord, elle devra accepter de vivre sous son toit pendant trente jours…

Composé et édité par les
éditions HARLEQUIN
Achevé d'imprimer en France (Malesherbes)
par Maury-Imprimeur
en septembre 2012

Dépôt légal en octobre 2012
N° d'imprimeur : 175372